マツリカ・マトリョシカ

角川文庫
22091

目次

登場人物

柴山祐希《しばやまゆうき》 …………………… 二年生
小西菜穂《こにしなほ》 …………………… 二年生　写真部
高梨千智《たかなしちさと》 …………………… 二年生　写真部
松本《まつもと》まりか …………………… 一年生　写真部
三ノ輪《みのわ》 …………………… 三年生　写真部部長
村木翔子《むらきしようこ》 …………………… 二年生　柴山のクラスメイト
野村直樹《のむらなおき》 …………………… 三年生　美術部部長
春日麻衣子《かすがまいこ》 …………………… 一年生　美術部
草柳《くさやなぎ》 …………………… 三年生　新聞部部長
七里観月《ななさとみづき》 …………………… 三年生　テニス部
深沢雪枝《ふかざわゆきえ》 …………………… 三年生　テニス部
工藤綾子《くどうあやこ》 …………………… 三年生　元テニス部
田中翔《たなかかける》 …………………… 三年生　演劇部
吉田《よしだ》 …………………… 数学教師
猪頭《いのがしら》 …………………… テニス部顧問
松橋《まつはし》すみれ …………………… 当時二年生　写真部
秋山風花《あきやまふうか》 …………………… 当時二年生　松橋の友人
マツリカ …………………… 廃墟《はいきよ》の魔女

◆特別棟三階　略図

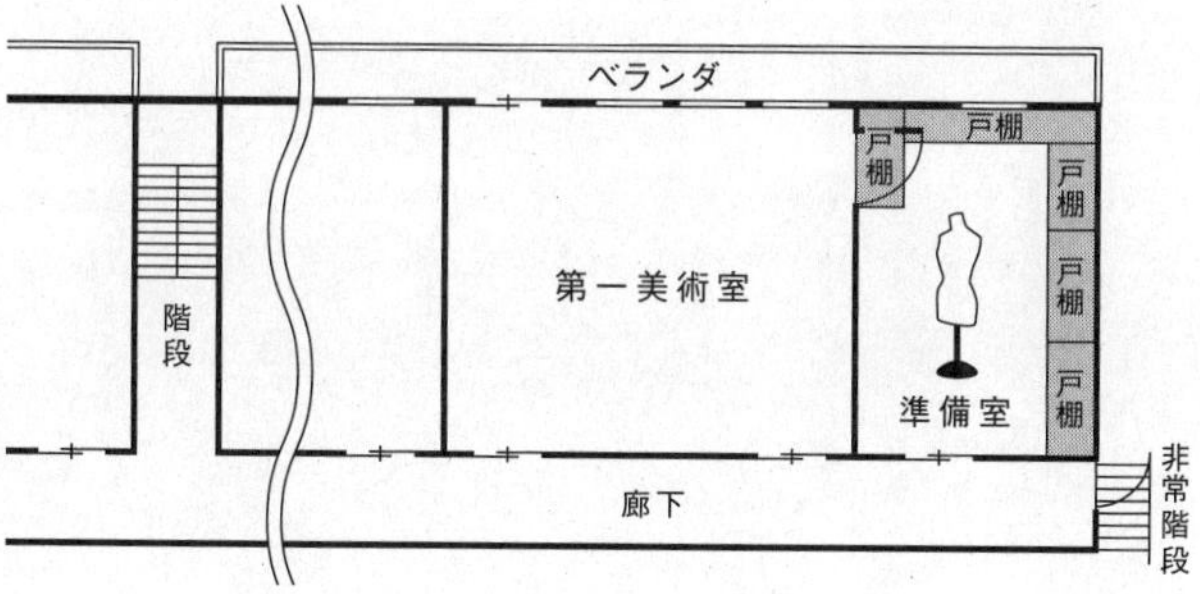

第一章　開かずの扉の胡蝶さん

怪奇、顔の染み女という怪談話がある。

この学校の怪談におけるひどいネーミングセンスは誰の手によるものなのか、非常に気になるところではあるけれど、顔の染みというのは顔に浮かんだシミのことではなく、ある部室の天井に浮かんだ染み模様が、人間の女性の顔のように見えるので、そう名付けられたのだという。この顔の染みは、よくよく観察すると日ごと口の位置が変わるらしく、かつて何者かに殺されてしまった女子生徒の怨念《おんねん》が、我々に何事かを語りかけているのではないか——、という話が、まことしやかに噂されているらしい。

そのとある部室というのが、僕が今こうして見上げる、運動部部室棟女子テニス部の部室。男子禁制の禁断の花園なのだった。

僕に仰せつけられた使命というのは、その天井の染みをさながら定点観測のように写真に収めることだった。もちろん、まったくの部外者である僕が、怪談調査などという失笑ものの名目で花園に入れるはずもない。そんなわけで、僕はもう何日もの間、溜息《ためいき》まじりに運動部部室棟を見上げる日々を送っていた。

女子テニス部の部室は、今はカーテンが閉ざされている。耳をそばだてれば女の子たちの笑い声が漏れ聞こえてくるようでもあり、もしかしたらその薄い幕を隔てた向こうは、着替えの最中なのかもしれなかった。友人である高梨《たかなし》君の情報に拠《よ》れば、女子テニス部には七里観月《ななさとみづき》さんという三年生のエースが在籍しており、その彼女はとてもスタイルのよろしい美人さんで、男子ばかりか女子からも人望の厚い、言わば学校のアイドルのような人物らしい。そんな余計な情報を耳に入れてしまっていたので、つい退屈しのぎに、花園の景色を想ってよからぬ妄想を繰り広げてしまう。

と、不意に部室のカーテンが開いた。

窓越しに現れたのは、テニスウェア姿の女の子だった。とたん、目が合う。ぎょっとしたような表情を見せた彼女は、すぐにこちらを睨《にら》み付けてきた。僕はとっさに口笛を吹いてさも偶然目が合ったふうを装い、その場から立ち去った。

テニス部の女子と、こうして目が合ってしまったのはこれが初めてではない。まさか追いかけられるなんてことはないだろうけれど、すぐ近くの旧体育館裏へと回り込んで、閑散としたそこに身を潜めることにした。やはり、日々部室棟を見上げる僕の行動はどう考えても怪しい。作戦を考えなくてはならない。

腰を落ち着かせようと思ったところで、ふと目に留まったものがあった。コンクリートのステップに、奇妙なものが落ちている。スケッチブックである。

落とし物だろうか。ひょっとして、と持ち主の心当たりはあったのだけれど、何の気なしに、僕はそれを拾い上げていた。

描かれていたのは、白黒の濃淡で表現された、いくつもの教室風景のスケッチだった。

制服を着た数人の女子生徒たちが、身体全体でおしゃべりの楽しさを表現している。活《い》き活《い》きとしたその様子から、教室のざわめきや慌ただしさが伝わってくるかのようだった。その中でも、ある一つの構図が印象的だ。

三人の女の子が一つの机に集まって、おしゃべりをしている構図だったけれど、僕の興味を惹《ひ》いたのは、それとは別の部分にある。それは窓越しに教室を描いている、という点だ。

ベランダよりも離れた箇所からの視点は、写真にするならば、空に浮いてカメラを構えるか、あるいは——。

「あの」

声に顔を上げると、少し離れたところに一人の女子生徒が立っていた。

一年生であることを示す臙脂色《えんじいろ》のネクタイは、暑さのためだろう、微《かす》かに緩められていて、華奢《きゃしゃ》な白い首筋に汗の筋が流れている。背丈は低く、やや地味な眼鏡を掛けていた。

「なに勝手に見てるんですか。それ、わたしのなんですけれど」

「え、あ、いや、ごめん」じろりと睨まれ、慌ててスケッチブックを閉ざす。「落ちていたので、落とし物かと」

「いいから、返してください」

彼女は僕の手からスケッチブックをひったくった。それから、なにこいつ、まだここにいるの、気持ち悪いんですけれど、みたいな視線で僕を一瞥《いちべつ》し、コンクリートのステップに腰を下ろす。きょろきょろと、彼女の視線がなにかを探すように動いていた。

「あの、コンテを知りませんか。一緒に置いてあったはずで――」

彼女の言葉が途中で止まり、その視線が僕の足元に注がれた。

見下ろすと、黒く細長い四角柱が、半ばで折れて砕けているのを見つけた。なんだろう、これ。チョーク？　クレヨン？

「ええと……」僕はだらだらと肌を伝う汗を感じていた。「いや、あの、ごめん。これは、その、わざとではなくてですね……」

「まぁ、高いものではないので、いいですけれど」女の子は呆《あき》れたように吐息を漏らした。

「その代わり、ジュースをおごってください。あっちの自販機にある炭酸でいいので」

「え、あ、はい」

頷《うなず》きつつもぽかんとしていると、「早くしてください」と、睨まれてしまう。

「た、炭酸ね」

鋭い視線に追い払われるようにして、僕は旧体育館の表にある自販機で炭酸飲料と自分用のレモンウォーターを購入し、再び裏手へと舞い戻った。女の子はステップに腰掛けたまま、熱心にスケッチブックへ眼差《まなざ》しを注ぎ、あの黒い四角柱を持った手を忙《せわ》しなく動かしていた。

「あの……。えと、買ってきました」

「ああ、ありがとうございます」

ちらりと目を向けて、彼女は言った。手を休めて、僕の差し出したペットボトルを受け取ると、不服そうな表情でキャップを開け、それに口をつけた。

炎天下の最中《さなか》、どうして僕は後輩の女子にパシられているのだろう、と疑問が過《よ》ぎる。

「先輩って――」

僕もペットボトルの口を開け、一口飲んでさぁどうしたものか、と考えていると、女の子がそう声を上げた。立ったままの僕を見上げている。

「いつも、ひとりでこの辺りをうろうろしていますよね。ぼっちなんですか？」

直球だった。やはり、見られていたらしい。というのも、僕もなにかをスケッチしている彼女の姿を、放課後に見かけることがあったからだ。

「ま、まぁ、ぼっちなのは否定しないけれど」我ながら、情けない台詞《せりふ》である。「でも、べつに、僕は理由もなく、この辺りをうろうろしているわけじゃないんだ」

「ふぅん」女の子は胡散《うさん》臭そうに僕を見ている。

「僕はね……、ええと」

「あれでしょう。怪談とかを調べているんですよね。なんか、小学生みたいですね」

僕は口に含んでいたレモンウォーターを吹き出す。

「な、なぜそれを」

「わりと有名ですよ。怪談話を追いかける、子供じみた趣味の先輩がいるという話は」

僕は咳《せ》き込みながら心当たりを探る。誰がそんな噂を。

「あの、大丈夫ですか？　座ったらどうです？　そこに立っていられると、暑苦しいです」

咳き込みながら、勧められるままに、彼女の傍らのステップに腰を下ろした。

「それで、こんなところをうろうろして、なんの怪談を調べているんですか？　走る原始人の噂とか？　それとも、開かずの扉？」

「開かずの扉？　いや、実は、怪奇、顔の染み女っていう怪談があって、それが女子テニス部の部室に――」

「あ、それ知ってます」微かに顔を輝かせて、彼女は声を上げる。「夜中に呻《うめ》き声を上げるっていうやつですよね」

「あれ、そうなの？　僕の知ってる話だと、それは殺された少女の怨念で、殺した相手の名前を告げるように唇のかたちが動くっていう……」

「そうなんですか」彼女は首を傾げた。「まぁ、噂なんていろんな尾ひれがつくものですから」

「実はさ、ある人の頼みでその怪談を調べなきゃいけないんだけれど、なにせ場所が女子テニス部だから、入るわけにもいかないし、どうしたものかって……」

「それで、女子テニス部の部室に不法侵入する機会を探してうろうろしていたわけですね。なんだ、ただの覗《のぞ》き魔の変態じゃないですか、気持ち悪い」

「ちっ、ちがっ……」

「冗談ですよ」と、彼女はくすりと笑う。

「あ、あのね」僕は溜息をもらす。「そういえば、さっき言ってた、開かずの扉っていうのは？」

「知らないんですか。この学校には、ある理由から、長い年月閉ざされ続けてきた……、誰にも開けられない『開かずの扉』なる部屋があるんですよ」

そんな話は初耳だった。この学校にはいったいいくつの怪談があるというのか。

「その話、詳しく聞かせてくれる？」

お願いすると彼女は一つ頷き、両手の指先を同時に添えるようにして、眼鏡の位置を直した。

「その部屋……。第一美術準備室には、こんな話が伝わっているんです」

ずっとずっと昔、この学校の美術部に、一人の女子生徒が在籍していました。

彼女の名前は――、そうですね、今では、胡蝶《こちょう》さん、とだけ伝えられています。

どうして、そんな名前なのかって？　彼女はね、蝶の絵を描くのが好きだったようなんですよ。胡蝶さんは、自分の家に古くから伝わる蝶の標本箱を参考に絵を描いていたといいます。

けれどあるとき、胡蝶さんは美術準備室で首を吊《つ》って死んでしまったそうなんです。失恋だったのか、未来に絶望するなにかがその身に訪れたのでしょうか……。

ところがそれから何年も経って、美術準備室で奇妙なものを見かけた、という生徒の声があがるようになったんです。

「奇妙なもの？」

蝶を、見かけるようになった、という話なんです。

ある生徒が美術準備室で後片付けをしていると、ふと、傍らをなにかが通り過ぎていった気配がしました。なにか風が通ったような、不思議な空気の流れを感じる……。けれども、それはおかしな話です。準備室の窓は閉まっていましたし、扉も閉ざされたままなんですから。それでも、その生徒が意を決して、室内によくよく視線を巡らせると……。

「いたんです。一匹の蝶が」

ひらひら、ひらひらと――。

彷徨《さまよ》うように、漂っているんです。

どこから入ってきたのだろう、と、生徒は再び窓の方に目を向けました。確かにそこは閉ざされていることを確認して、もう一度視線を戻すと、蝶は、消えてなくなっている――。

「そんな不思議なできごとが、何度も続いたそうです」

「それが、開かずの扉……」

「ところが、この話には続きがありましてね」

冷たさすら感じられる声音で、彼女は続けた。

「それから何年も経って、胡蝶さんのことや、開かずの扉のことなど、忘れられてしまったころのことです」

ある女子生徒が、文化祭のために必要な備品を、第一美術準備室へと取りに行くことになったんです。彼女は教師から鍵《かぎ》を借りて、何年も閉ざされていたその部屋へと向かって――、それきり、いなくなってしまったんです。

夜遅くになっても鍵を返しに来ないその女子生徒を心配して、先生たちは開かずの扉はもちろん、学校中を捜して回りました。けれど、女子生徒の姿は見つからず、まるで神隠しにあったかのように、忽然《こつぜん》と行方知れずになってしまったんです……。

「それで……。その子は、どうなったの？」

「見つかりましたよ。一週間も、経ってから」

一週間後の、朝早くに、彼女は見つかりました。

校庭の片隅で、ぼろぼろの恰好《かっこう》になって震えているところを、先生が見つけたそうです。先生たちが、いったいなにがあったのか、今までどこにいたのかを訊《たず》ねても、彼女はうわごとのようにある言葉を繰り返すだけでした。

「胡蝶さん、胡蝶さん、って……」

生ぬるい風が吹いて、僕たちの髪をさらっていく。この陽射しの強さにもかかわらず、僕は微かに肌寒いものを感じて身を震わせた。

「それって」僕はごくりと喉《のど》を鳴らした。「本当にあった話、ってわけじゃないよね」

「この学校って、歴史が古いですから、どうでしょうね。実際にそういうことがあっても不思議じゃありません。怪談だと、その女の子はすっかり心を病んでしまって、精神科病院へ入ってしまったとか、胡蝶さんに連れて行かれるみたいに、首を吊って死んでしまったとか……。

いくつか、バリエーションがあるようです」

「一年生のわりに、詳しいね」

僕が感心して言うと、彼女は微かに目をそらして答えた。

「先輩が——、もう、卒業していませんが、この学校に通っていた人が、家の近所に住んでいて、親しかったんです。この学校のこと、よく話してくれていました」

「へぇ」

「まぁ、どちらにせよ」彼女はふと顔を上げた。片手を持ち上げて、人差し指をまっすぐ彼方《かなた》へ向ける。「閉ざされたままの、第一美術準備室は実在しますよ」

そう彼女の指先が示す先へ、僕は眼を向けた。新校舎裏の中庭や第二グラウンドを通り越して、古めかしい特別棟の建物が見える。四階建てのそれは旧校舎と同じくらいに歴史が古く、また大きさもそれなりだった。

「あそこの三階、いちばん左端に、カーテンの閉じた部屋があるのが見えますか？　あそこが第一美術準備室です。授業ではもちろん、部活や課外活動で使われることもなく、ずっと鍵が掛けられたままになっているそうです」

開かずの扉か——。

この話を、僕に無理難題を命じてくる、あの彼女は知っているのだろうか？

「ありがとう、凄《すご》く役立ちそうな話だったよ。ええと……」

「春日《かすが》です」と、女の子は横目でちらりと僕を見て名乗る。「春日麻衣子《まいこ》」

「えと、僕は、柴山《しばやま》です。柴山祐希《ゆうき》」

そう名乗る僕に特に反応を示すこともなく、彼女はスケッチブックを抱えて立ち上がった。

「そういえば、もう一つ、こんな怪談を聞きました」

僕は彼女を見上げて、その怪談とやらに耳を傾ける。

「この学校の近くに、廃墟《はいきょ》に住んでいる魔女がいて……。彼女は、どんな不思議なできごとも、どんな奇怪な謎も、瞬く間に解き明かしてしまう。そういう、話なんですけれど」

僕は、呆然《ぼうぜん》と彼女を見つめる。

ぬるい風が吹いていた。

「まぁ、眉唾《まゆつば》な話ですけれどね」

そう彼女は笑うと、肩を竦《すく》めて身を翻す。

僕はその後ろ姿を眺めたまま、彼女が描いていた絵の景色を思い返していた。

教室から一歩離れて、遠くから観察するような眼差しの光景を——。

＊

人生において、取り返しがつくものなんてなにもない。世界は常に理不尽で、僕らはその無慈悲に抗《あらが》うように、優しさや温《ぬく》もり、希望を見出《みいだ》そうとするけれど、そんなものはやはり人間が都合のいいように作り上げた虚構でしかないのだと思う。

だって、どう足掻《あが》いても、取り戻せない。やり直せない。

鼻を擽《くすぐ》るのは、漂う煙がもたらす、僕にとっては死臭も同然の匂いだった。

「祐希」

母に呼ばれた。

僕は眼を開ける。長らく屈《かが》んでいたので、少しばかり脚が痺《しび》れていた。立ち上がって、眼前の滑らかな表面の墓石を見下ろす。

「そろそろ行かないと、お父さんたちが待っているから」

「先に行っていて」僕は振り向かないで応《こた》える。「バスで行けるから」

小高い丘の上にある霊園は、そこだけ時間が停止してしまっているかのように物静かだった。都会の喧噪《けんそう》も、車両の騒音も、なにもかも届かないで、ひっそりとした木々に囲まれている。その静寂の中で、母さんはなにも応えなかった。ただ、微かに溜息を漏らしたかのように思えた。

今日は姉さんの三回忌になる。

あれから二年が経った。僕としては、それはまるで実感の湧かない期間だった。もう二年、とも思えないし、まだ二年、とも感じられない。ただ漠然と、本当に姉さんは死んでしまったんだろうかと考える自分がいて、この墓石の脇に姉さんの名前が刻まれている以上はそうなのだろう、と考えるだけだった。

すぐ傍らに、いつの間にか母の気配を感じた。

「もしかしたら」と、母さんは言った。「明日になったら、また、ひょっこり帰ってくるんじゃないかって、そう思うのよね」

どうしてなのかな、と母さんは呟《つぶや》く。

「なにか言ってくれても、良かったのにね」

姉は恐らく、自殺だった。

恐らく、というのは、彼女が死を選んだ理由が不明なままだったからだった。遺書は残されておらず、走行する大型トラックの前へ、いきなり飛び出したという目撃証言から、そう判断されている。父も母も、そして僕も、姉さんが死を選んだその動機を探ったが、二年経った今もそれはわからないままだった。

姉さんは、僕らになにも打ち明けなかったのだ。

「先に行ってるからね」

僕が黙り込んでいると、母は諦《あきら》めたように息を漏らし、そうとだけ告げて去って行く。

僕はしばらく、ひたすらに墓石を見つめていた。沸き上がる空虚な感覚を噛《か》み締めて、どうして生きているのは自分なのだろうと考えた。

「どうして……。なにも、言ってくれなかったんだよ」

それをおまえに話したところで、どうなるというの――？

そう答える声は姉さんのものではなかったけれど、あの春に告げられた言葉は、未《いま》だ僕の胸に重たくへばりついている。

そんなこと、わかりきっている。

僕が、役立たずだから。

だから、姉さんは僕を置いて去ってしまった。

夏の陽射しが、じりじりと肌を焦がしていく。

僕は墓石に背を向けて、墓地を歩き出した。

それから、ふと視線を感じたような気がして、振り返る。

一匹の白い蝶が、ひらひらと、墓石の間を縫うようにして、舞っていた。

＊

月曜日。お昼休みの喧噪を抜け出し、特別棟へ向かう渡り廊下を歩いた。

目指す目的地は、開かずの扉と言われている第一美術準備室だ。食べ歩きというのは褒められたことではないのだろうけれど、僕は購買で買った焼きそばパンを齧《かじ》りながら渡り廊下を歩いていた。と――。

「柴山君」

声に驚いて振り返ると、そこに立っていたのは、やや不健康そうな、白い肌をした女の子の姿だった。華奢な体軀《たいく》は折れそうなほどに細く、夢遊病者みたいにとらえどころのない表情の顔を、人形みたく傾げている。綺麗《きれい》な子なのだけれど、長い黒髪や、纏《まと》う雰囲気と相まって、こうしていきなり声をかけられると幽霊かと驚いてしまう。

「どこに行くの」

彼女──、村木《むらき》翔子《しょうこ》さんはそう訊ねてきた。

同じ教室の彼女とは、少し前の、彼女の妹を巡るあるできごとをきっかけに、親しくなれたような気がする。怪談話にも抵抗がないようなので、僕は素直に話すことにした。

「えと……。特別棟に、開かずの扉、っていうのがあるって聞いて」

「そこに行くの？」

「うん。鍵が掛かっているとは思うけれど、扉だけでも拝んでおこうかなって」

「それじゃ、行こう」

村木さんは一人納得し、すたすたと歩き出す。あれ、一緒に行ってくれるの？

「えっと、村木さんは？　どこか行くところだったの？」

「お昼を、食べようと思ったのだけれど。つまり、どこかで……」と、肩のスクールバッグを掲げる。「けれど、柴山君について行った方が面白そう」

「うーん、面白いかなぁ」

僕はぼやきながら、焼きそばパンを齧る。村木さんは場所を熟知しているらしい。彼女のおかげで迷うことなく特別棟の三階まで上がり、左手の廊下へ向かう。

「ほら、いちばん奥の部屋よ」

なんだろう。彼女に示され、廊下の奥へと視線を向けたとたん、奇妙な違和感を覚えた。

窓の向こうに見える空は明るく、ぬるい陽射しが廊下へ入り込んでいた。それにも拘《かか》わらず、暗いのだ。廊下の奥、恐らくは開かずの扉である第一美術準備室の辺りが、まるでそこにだけ夜が訪れているかのように暗く、黄昏《たそが》れている。

「なんだか、えらく暗いね」

「あれのせいじゃない？」

村木さんが示したのは、窓から見える新体育館の巨大な佇《たたず》まいだった。その壁面が陽射しを遮るようにして、第一美術準備室の向かいに聳《そび》え立っている。なるほど、これでは夕刻になって太陽が傾くと、ますます陽が遮られてしまいそうだ。

そこだけ薄暗いというのは不気味ではあったが、理由がわかればどうということはない。僕は歩みを再開し、開かずの扉の前に向かった。

扉の頭上に『第一美術準備室』と薄汚れたプレートが掲げられている。扉はよくある引き戸で、硝子《ガラス》などは嵌《は》まっておらず、中の様子を確かめることはできそうにない。

僕はその扉に手をかける。しかし、力を込めても開く様子はない。

「やっぱ、鍵は掛かってるよね……」

「だって、開かずの扉だもの」

「職員室でお願いしたら、鍵を貸してもらえるのかな」

「聞いた話だと、キーストッカーには第一美術準備室のラベルはないそうよ。それも怪談をそれっぽく飾っている要因の一つなのかもしれないけれど」

「うーん、いくらなんでも、先生が鍵の場所を知らないってことはないと思うけれど」

「そうね……。うん、それっておかしいかもしれない。よく考えるとあの話と矛盾してる」

村木さんが呟いた。僕は視線で、その言葉の意味することを問いかける。

「二年前、だったかな。この部屋で奇妙な事件があったみたい」

「奇妙な事件？」

「密室で、女の子が襲われたって」

「密室で？」

どういうことだろう。けれど村木さんは、それ以上詳しい話を知らないらしい。

「でも、そういう事件があったのなら、扉が開かないってことはないでしょう？」

「なるほど。あ、ていうか、準備室ってことは、隣から入れるんじゃない？」

左側の部屋に視線を向ける。当然ながら、そこには『第一美術室』と書かれている。

僕はその引き戸に手を掛けたが、しかしこちらも開く様子はない。

「う……。ここも鍵掛かってるんだ」

「この部屋も、授業で使ったことはないかな。わたしたちが美術の授業で使うのも、美術部が使うのも、新校舎の第二美術室だから」

「ということは、ここも含めて開かずの扉なのかな？」

「ねぇ」首を捻《ひね》っていると、後ろに佇んでいた村木さんが静かに言った。「特に用事がないのなら、もう行きましょう。ここはなんだか、いやな感じがする」

「いやな感じ？」

彼女はどこか気難しい表情で、じっと扉を睨んでいた。

「あの外階段と似たような空気がして、あまり長居したい場所じゃない」

外階段というのは、村木さんと初めて言葉を交わした『一年生のりかこさん』なる怪談に因《ちな》んだあの場所のことだろう。僕もうまく説明できないのだけれど、なんだかあの場所はよくない感じがするのだ。呪いだとか心霊現象だとかは信じていないけれど、それでもふと寒気を覚えてしまうようなところなのである。

そんなわけで、僕らは廊下を引き返すことにした。村木さんはどこか空き教室を見つけて、そこでお弁当を食べるという。僕と同じように、彼女は単独行動を好む子なのだ。

「柴山君は、お昼はさっきのパンだけで大丈夫なの」

「え、まぁ、うん」

「そう。なら仕方ないね」

「え、なにが？」

「それじゃ、またあとで」

村木さんは鞄《かばん》を肩で担ぎ直すと、踵《きびす》を返してすたすたと去って行く。その後ろ姿は心なしか不機嫌そうでもあった。

＊

相変わらずの蒸し暑さの最中、僕は放課後の運動部部室棟を観察していた。今度は中で着替えている女子部員と目が合わないよう、近くの建物の陰からである。

『それで、染み女の写真は撮影できたのでしょうね』

耳に押し当てた携帯電話から聞こえる声音は、どこまでも冷たいものだった。

「いや、ですから、女子テニス部の部室ですよ？」物陰に隠れ潜みながら、彼女に抗議する。

「そう簡単に写真が撮れるわけないじゃないですか！」

『もうすぐ部活の時間でしょう。部員たちが着替えを終えて、誰もいない間に入り込めばなんの問題もないわ』

「問題だらけですよっ！」さらりと告げる声に対し、思わず携帯電話へと唾を飛ばした。「そんなのただの変態と変わらないですし、不法侵入じゃないですか！」

『変態も不法侵入もおまえの得意分野でしょう』

「そんなわけないでしょうが！」

『そう？　無断で浴室に立ち入って、わたしの裸を覗き見たわ。いやらしい男ね』

去年の話を持ち出された。

今でも繰り返し思い起こすことがあるので、あのときの映像が明確に脳裏へと甦《よみがえ》る。

「いや、それは、そのぅ……、だ、だいたい廃ビルで水浴びとかする方がおかしいんですよ」

と、そこで自転車のブレーキ音が聞こえた。運動部部室棟の近くには、自転車置き場があるのだ。自転車を走らせてきた女子生徒が、その駐輪場に自転車を駐《と》めていた。

すらりと背の高い女子生徒だった。ブラウスに包まれた胸元は、思わず視線を釘付《くぎづ》けにしてしまうほど、その存在感を主張していた。短いスカートから伸びた脚は長くしなやかで、射す陽光に輝いている。遠目にもモデルと見紛《みまが》うほどに印象的な女子生徒だ。隠れ潜んでいることを察知されないよう、僕は息を潜めた。

「あ、もう観月ちゃんってば！」

部室棟の方から、声がした。テニスウェア姿の女子が、駐輪場へと駆け寄ってくる。観月ちゃん、と呼ばれた女子生徒が彼女に応えて片手を掲げた。自転車のカゴから財布と買い物袋を取り出すと、テニスウェアの子へ近付く。

もしかすると、彼女が噂に聞いた、テニス部の七里観月先輩なのだろうか。なるほど、噂に違《たが》わぬ洗練された容姿だった。廃墟に棲《す》まう高慢な魔女とは対極に、眩《まばゆ》い陽をいっぱいに浴びるのが似合う健康的な美人だと思う。

「まったく、どこ行ってたの？」

その七里先輩に、テニスウェアの子が呆れた様子で訊ねた。

「コンビニよ。買い物頼まれちゃって」

七里先輩は袋をゴソゴソとやり、なにかを取り出す。

「まったく、そんなの一年生に任せればいいのに」

「そうだけれど、エイト・フォー買いたかったんだもの」

「で、ちょっとコンビニ行く程度で、わざわざスカート短くしたの？　本当に、観月ちゃんは隙がないというか」

「二回折っただけよ。可愛いでしょう？」

彼女は優雅な動きで、くるりと回転した。

短いスカートのプリーツが遠心力で広がる。思わず、その光景をじっと観察してしまう。

「はいはい。わかったから早く着替えて。もう時間だよ」

「え、本当？」

七里先輩は慌てた様子でスマートフォンを取りだし、時刻を確認した。女子にありがちな、多種多様なストラップをじゃらじゃらとぶら下げているスマートフォンだった。

「うっわ、ホントだ」

二人は運動部部室棟の方へと去って行く。僕は彼女たちの姿が見えなくなるのを待って、潜んでいた物陰から抜け出した。どうやら、気付かれなかったようである。

「すみません、近くに人がいたもので、思わず息を潜めてしまいました」

『ええ、女子たちの会話がこちらにも聞こえてきたわ。それにしても、条件反射で隠れ潜むだなんて、やましい存在なのね、おまえ』

「誰のせいだと思っているんですか！」

『どうでもいいから、侵入する算段を考えて』

マツリカさんはまったく聞く耳を持たないようだった。

「そうは言ってもですね……」

『では、どんな褒美を与えたら、やる気を出してくれるのかしら』

「ほ、褒美って……。ぼ、僕はモノにつられて罪を犯すつもりは」

『では、共に水浴をしてあげましょう』

「えっ」

『もちろん、わたしは水着を着るけれど。でも、あのバスタブでは、共に入るのには狭すぎるかもしれないわね。身体が、密着してしまうかも……』

「はい。ちょっと検討させてください」

僕は暫《しば》し瞑目《めいもく》した。

脳内を駆け巡る妄想に堪え忍び、炎天下の陽射しの中で喉を鳴らす。

確かに、あのバスタブは狭い。そこに、水着姿のマツリカさんと一緒に——。

え、いいの？　色々と、柔らかなものと、触れ合ってしまうんじゃないの……。

それならば、花園への不法侵入も致し方ない……。

「——って、いいわけないじゃないですか！」

このままでは大罪を犯してしまう。

僕の紳士の心よ。もう少し堪《こら》えてくれ。

＊

　このままではいけない。

　僕が誘惑に屈する前に情報を集めて、マツリカさんに『開かずの扉』へ興味を持ってもらう必要がある。代わりとなる怪談を提供することで、『顔の染み女』の調査を諦めてもらおうという作戦だ。

　こんなときに頼りになるのは、学校の噂話や怪談の類《たぐい》に詳しい写真部の松本《まつもと》さんである。元は僕と同学年であるものの、今も一年生である彼女は、ここのところ保健室を抜け出て、授業に出席する機会も少しずつ増えてきたようだ。彼女に『開かずの扉』のことをメールで訊ねたところ、いろいろと調べてお知らせしますと頼もしい返信が来た。とはいえ、僕の方もその報告を待っているだけというわけにはいかない。

　そう。もしかすると、美術部員であれば、あの部屋の鍵を手に入れる方法を知っているのではないか――。

　そんな一縷《いちる》の望みを掛けて、僕は旧体育館裏を訪れていた。

　春日さんは、やはり例の場所でスケッチブックを抱えていた。彼女は熱心になにかを描いていたが、やがて僕の存在に気づくと顔を上げ、あからさまに迷惑そうな表情を見せる。

「どうしたんですか先輩。わたし、ぼっちの相手をしている暇はないんですけれど」

護《まも》るようにスケッチブックを抱え直し、じろりと僕を睨んでくる。

「えっ、いや、あの、ええと」

するると、春日さんはぷっと吹き出し、くすくすと笑い出した。

「冗談です。べつにコンテを潰《つぶ》されたことや、これを勝手に覗かれたことを恨んでいるわけではありませんから、安心してください」

「そ、そうなら、いいんですけどね」

春日さんはスケッチブックを抱えて僕を見ていたが、軽く肩を竦めると、絵を描くことに意識を戻したようだった。黒いペンのようなもので、描画を続けていく。

黒い線で大ざっぱに描かれているのは、教室を俯瞰《ふかん》して見下ろしているかのような奇妙な構図だった。

「なんか、すごいね。上手なんだ」

思わずそう声をかけると、春日さんははたと腕を止めた。

顔を上げるわけでもなく、自分の描いているものを睨むように見つめたまま、唇を開く。

「べつに……、大したことは、ないと思いますけれど」

「いや、そんなことないと思うよ。絵のことはわからないけれど、なんか、そんなふうにスムーズに描けるって、すごいことなんじゃ――」

「わからないなら黙っていてください」

僕は再びたじろぎ、口を閉ざす。

春日さんはこちらを見上げた。

「いま、口の悪い奴だなって、思いましたよね」

「え、あ、いや」

「口が悪いって、よく言われますよ。思っていることをそのまま声に出すって、罪ですから。それは、わかっているんですけれど」

「わかっているならよしていただけると……」

「本音と建て前を使い分けるのって、どうも苦手で。というか、声をかけられるとびんでした。先輩ってマゾなんですか？」

「違うから！」

「あの、うざったいので脇に立つのやめてもらえますか。できれば視界に入らないところにいてもらえると」

「ホントにひどい後輩だね君……」

「まぁ、そこに座るくらいなら赦《ゆる》してあげますよ」

「そ、それはどうも……」

春日さんはやや胡散臭そうに僕をじろじろと眺めると、やがてそれも飽きたのか、再びスケッチブックに向き直った。

「それ、なに描いているの、教室？」

「そうですけれど、へたすぎてそうは見えませんか？」

「あ、いや、その、違うんだ。そう見える。めっちゃそう見えるんだけれど」

「それなら、わかりきったことをいちいち訊《き》かないで下さい」

「えと、すみません……。いや、でも、その、なんというか、本当に上手だと思うよ。この前見たときも、教室の風景とか、いろいろと描いてあって、なんというか、そこの世界と、こっちの距離感というか、そういうのが感じられるというか、うん、すごいなって」

　春日さんは、はたと手を止めて僕の言葉を聞いていた。やがてスケッチブックに落としていた双眸《そうぼう》を瞬《しばたた》かせると、見る見るうちにその頬を赤く染めていく。

「ま、まぁ……。これくらいしか、取り柄がないので」

「絵、好きなんだね」

「そうですね、まぁ。取り立てて、なんの役にも立ちませんけれど」

「え、でも……」

「先輩の眼にはどう映るのか知りませんけれど、これくらい上手《うま》い人はごろごろいます、の程度の実力じゃ、夢を叶《かな》えて将来の仕事にできるかどうか、わかりませんい
「おお」

　僕は思わず呻いていた。

　春日さんは不審そうにちらりと見る。

「なに呻いているんですか気持ち悪いですよ」

「あ、いや、将来の夢があるなんて、すごいなぁって……。えーっと、詳しくないんだけれど、

こう、画家とか、そういうの？」

「そういう高尚なものではないですけれど、べつに、そこまで具体的に決めているわけではないので」

「僕はそういう得意なことがないので、素直に羨《うらや》ましいというか」

「ああ」と春日さんは顔を上げて僕を見ると頷く。「わかります。先輩、なにもできなさそうですよね」

「だからなんでそんなに攻撃的なの……」

「この手のことは昔から好きだったんです。あ、先輩に厳しい現実を告げることではなくて、つまり、絵を描くことです。そっちも好きといえば好きですが」

「ですよね……」

「絵を描くことだけではなくて、図工とか、そういうのも好きです。中学のころは、演劇部の美術背景を手伝ったりしましたね」

そう語る春日さんは、ちょっぴり誇らしげで、その一瞬だけ僕は彼女が年下の女の子だったなと思い出す。

「いいなぁ。僕は工作とかぜんぜんだめ」

「先輩は、プラモデルって作ったことあります？」

「え、まぁ、あるけれど」

「そういうのも好きですよ。ガンプラの塗装とか」

「え、ほんとに？」

「歳の離れた兄の影響ですかね。最近は戦艦なんかも作りました」

「おお……。そういうのが趣味の女の子ってすごいな。うん、すごい」

しかし誇らしげに語る彼女は、途中ではたと気が付いたかのように口を噤《つぐ》み、また頬を赤く染めた。

「そ、それで、先輩はなんの用だったんですか？　ぼっちだから話相手が欲しかったわけじゃないですよね気持ち悪いです」と早口にまくし立ててくる。

「えっと、いや、そのことなんだけれど……」僕は意を決して彼女に向き直る。「春日さんって、美術部の人だったりする？」

「ええ、一応は」

彼女はきょとんとして、両手で眼鏡の位置を調整した。

「もしよかったら、先生に頼んで、開かずの扉をなんとか開けてもらえないかなって……」

「いやです」笑顔できっぱりと彼女は言った。「どうしてわたしが先輩のお願いを聞いてあげないといけないんですか」

ですよね。

「だいたい、そんなところになんの用事なんです？　怪談調査ってやつです？」

「いや、まぁ、春日さんに噂を聞いたら、ちょっと気になっちゃって」

「染み女の方は、諦めたんです？」

「え？　ああ、うん。まぁ、諦めた、と言いたいところなんだけれど。その代わりに、開かずの扉の方を調べなくてはいけないというか。さすがに女子テニス部に入る方法なんてないし」

「ふぅん」

春日さんは頷いた。それからスケッチブックを脇に置くと、こちらに身を寄せるようにステップに手を突いて、僕の顔を覗き込んでくる。

「愚問だとは思うのですが、先輩、今晩は暇ですか」

「えっ……？」

眼鏡の奥でいたずらっぽく双眸を輝かせて、春日さんは奇妙な提案を告げてくる。

「それなら、今日の二十三時に、駅前で集合です」

＊

深夜に女の子と待ち合わせだなんて、いったい僕の人生はどうしてしまったのだろう。

時刻は二十二時四十分。待ち合わせの二十分も前だった。

女の子と夜に待ち合わせ。去年の夏は、小西《こにし》さんと一緒に肝試しに参加したな、なんてことを想起し、軽く憂鬱《ゆううつ》な気分になる。

ここのところ、小西さんとの間には微妙な空気が生まれてしまっている感じがして、なんだか顔を合わせるのが非常に気まずい。教室で会えば眼を逸《そ》らされてしまうという日々が続いており、それはたぶん、少し前に僕が泣いているところを彼女に見られてしまったせいなのだろう。お前なんて嫌いだと、そう断言されてしまったのだ。口も利いてくれないし、よそよそしいし、ぜんぜん声をかけてくれないし、へこんでしまう。

駅前に佇み、しばらくの間、携帯電話をいじって時間を潰した。少し早く来すぎてしまったかもしれない。でも、遅れたりして春日さんを待たせるわけにもいかないし、ここはやはり先輩として良識ある大人の余裕を見せなくてはならないだろう。先輩、待ちましたか。いや、少し前に来たばかりだよ。きゃっ、きちんと時間を守るなんてすてきっ。よしこれで行こう。

二十三時になった。

しかし、春日さんは現れない。

あれ、どうしたのかな……。

僕はそわそわと駅の時計を見上げる。既に、駅前に突っ立っているのは僕だけだった。電車が遅れているのだろうか、それとも、こんな時間に家を出てご両親に見咎《みとが》められてしまったのかもしれない。あるいは、もしかして事故とか？　変質者に襲われていたり？　だ、大丈夫だろうか。メールアドレスを聞いておくべきだった。いくら口の悪い子であっても、小柄な女の子なのだ。

二十三時十五分になった。

僕は駅の時計を確認し、ついでに携帯電話で自分の時計を確認する。もちろん時計に狂いはなかった。彼女は僕の連絡先を知らないので、メールも電話も来るはずがない。嫌な予感がする。彼女の身に、なにかがあったのではないだろうか——。

二十三時二十分になった。

「あ、先輩」

声がして振り返った。

ようやく、というべきか、駅へ近付いてくる春日さんの姿があった。

彼女は白くふんわりとした印象のワンピースに、デニムのジャケットを羽織っていた。ワンピースの丈が短く、すらりとした脚はほとんど露出しており、実に女の子らしい可憐《かれん》な服装だった。

「早かったですね。待ちました？」

「待ちました？　じゃないよ！」

僕は彼女へ近付いて喚《わめ》き立てる。

「もう二十分だよ二十分！　こんなに遅刻するなんて聞いていないよ！　僕四十分もずっとここにいたんだから！」

「あー……」春日さんは一歩引いて顔を顰《しか》めた。「先輩って、器の小さい男だって言われません？」

余計なお世話だよ。

とはいえ、僕の胸中は安堵《あんど》でいっぱいだった。何事もなくて良かった。

「というか二十分も早くから待っていたとか、デートに飢えている感じがして気持ち悪いですね。もう少し余裕を持った方が男らしくなれますよ」

「あ、あのね……。もうこんな時間なんだし、ぜんぜん来る様子がなかったら、なにか事故とか病気とかそういうのかなって不安になるでしょ。心配して損したじゃないか」

「うわ、恩着せがましい」春日さんはそう言って眉を顰《ひそ》める。「むしろ、先輩は、わたしが嘘の約束をしたのかもしれないって考えなかったんですか？」

「え、なに、どういうこと」

「つまり、わたしに先輩と会うつもりなんて欠片《かけら》もなく、先輩が待ちぼうけを食って途方にくれているのをよそに、わたしが家ですやすやと寝ている——、そういう、自分が騙《だま》された可能性を考えなかったんですか？」

え、なにそれこわい。いじめじゃん。

春日さんは深く溜息を漏らした。

「まぁ、要らぬ心配をかけてしまったのは謝ります。それより、さっさと行きましょう。あまり時間もないですし、補導でもされたら計画が台無しです」

くるりと踵を返し、彼女は夜道を歩き出す。僕は慌ててその背中を追いかけた。

しばし歩き、僕らは特に何事もなく学校に辿《たど》り着いたのだが——。

「げ」校門から離れたところで、僕らは立ち止まる。「職員室、明かりついているよ？」

「うーん。もうすぐ期末試験ですし、まだ先生が残っているのかもしれませんね。さっさと裏に回りましょう。東側がいいです。西は開いているかもしれませんが、帰る先生と鉢合わせしてしまうかもしれないですから」

学校の敷地をぐるりと迂回《うかい》するようにして、僕らは裏手の方へ回り込んだ。こちらの方は徐々にビルや住宅などが減り、曰《いわ》く付きの小山があるということもあって、人気の少ない寂しい場所になっている。辿り着いた東門は閉ざされていたが、僕らは門を乗り越えて、学校の敷地を歩いた。

周囲に明かりはなかったが、月が明るいのが幸いだった。

「けどさ」僕は彼女の背中に囁《ささや》いた。「どうやって入るの？　鍵が掛かってるでしょう？」

「まぁ、黙って付いてきてください」

運動部部室棟はちょっとした古いアパートのような造りになっており、鉄骨の外階段を上って二階へ行くことができる。外灯のようなものはなく、春日さんは月明かりを頼りに階段を上っていった。

春日さんは女子テニス部の部室の前で屈み込んだ。植木鉢がいくつか置いてあるのがわかる。

「なにしてるの？」

「たぶん、この辺りに……。以前、先輩に聞いたことがあったんです。いちいち職員室へ預けるのが面倒だから、植木鉢の下に鍵を隠すのが、女子テニス部の伝統なんだって――」

言いながら、もぞもぞと鉢の下を探り――。

「あれ……。ありませんね……」

「えっ」

「おかしいなぁ」

春日さんは立ち上がり、首を傾げている。

「ど、どうしよう。帰る？」

「ううーん。ここまで来て大人しく引き下がるのも……」

それから彼女は扉に向き直り、ドアノブを握った。と、その扉が呆気《あっけ》なく開いた。

「あれ、開いてますね……」

微かに軋《きし》んだ音を立てて、スチールの扉が開く。

「ええっ、鍵掛かってないの？　ずさんすぎない？」

「まぁ、部活中ならともかく、みんな貴重品は持って帰るでしょうから……」

室内はそれほど広くないはずだが、中は暗闇でほとんどなにも見えない。

暗闇の中で鼻腔《びこう》をくすぐるのは、多種多様な制汗スプレーが入り混じったような、自己主張をし合って混沌《こんとん》とした薫りだった。ううーん、これが花園の薫りか……。

物怖《ものお》じせずに室内に入った春日さんは、携帯電話のライトを掲げてぐるりと室内を見回した。

しかし光は弱々しく、室内の様子は朧《おぼろ》にしかわからない。

「仕方ないですね。部屋の電灯を点《つ》けてしまいましょう。天井の染みを探さないといけないのでしょう？」暗闇の中で春日さんが言う。「スイッチ、どこかにありませんか？」

僕は壁に手を伸ばした。ぺたぺたと壁を触って、電灯のスイッチを探り出す。

「ありません？　このへんはどうで――」

「え、どこ……、わっ」

壁を探る手の甲に、温かな感触が重なった。ほとんど同時に、甘い石鹸《せっけん》の薫りが鼻をくすぐる。指がスイッチを探り当て、僕は反射的にそれを押していた。部屋が明るくなると、視線を下ろした目先に春日さんの頭頂部があった。彼女ははっと視線を上げて後退したが、なにかに躓《つまず》いたのかひどく身体のバランスを崩した。きゃっ、と微かな悲鳴を漏らして、求めるように伸びた指先が、僕の身体を摑《つか》んでくる。えっ、ちょっと待っ——。僕はそのまま引っ張られて、視界が目まぐるしく回転するのを感じていた。

「っくーっ……」

とりあえず、彼女を下敷きにしてしまうことは避けたつもりだった。

混沌とした制汗スプレーの残り香や埃《ほこり》っぽさに混じって、甘い匂いを強く感じる。肘《ひじ》や顎先《あごさき》を刺激する鈍痛と共に、僕の身体は柔らかな質量を感じ取っていた。腰の辺りが、なんだかものすごく柔らかいものに挟まれているような——。

「先輩！　離れて下さい！　最低！　最悪！」

罵倒《ばとう》と共に、春日さんの掌《てのひら》が僕の顎や頰を打った。じたばたと僕の下で春日さんの小さな身体が暴れている。暴れる彼女の白い太腿《ふともも》が、僕の身体を挟んでいた。

「わっ、ご、ごめ……、ぐぇっ！」

離れようとした間際に、暴れる彼女の膝《ひざ》が下腹部を痛打する。僕は負傷した脇腹を抱えたまま、暫しその場に座り込んでいた。

「なんなんですか？　わざとですか？　最低なんですけれど」

「いや、ええとですね……」君が引っ張ったからじゃないか、と言い返したくなったものの、ここはあえて引き下がるのが紳士というものだろう。「すみません……」

春日さんはワンピースの裾《すそ》を押さえ、追い打ちのようにじろりと僕を睨みつけると、小さく鼻を鳴らして立ち上がった。

「それで、どうするんですか。そろそろ零時になりますよ」

「そ、そうだった。写真を撮らないと」

部屋の電灯を点けてしまった以上、残業中の先生たちに気づかれてしまう可能性がある。なるべく早めに用事をすませた方がいいだろう。

「天井の染みって、どれだろう」

「あれじゃないですか？」

二人で天井の模様を見上げ、ゲシュタルト崩壊でも起こしそうな心持ちで目的のものを探す。僕は春日さんが指先で示した箇所を矯めつ眇《すが》めつ眺めた。

「うーん。確かに、人の顔に見えなくもないような……」

それは口を開けているようで、なるほど、怨念の籠《こ》もった表情でなにかを訴えかけているようにも……、見えないなぁ……。

一応、携帯電話のカメラを掲げて、写真に収める。フラッシュを点けて、どうにか視認できる程度の画像を何枚か保存することができた。

時計を確認すると、五十九分。あと一分以内で零時を過ぎる。怪談が本当なら、ここで怪奇顔の染み女は、自分を殺した人間の名前を告げるべく口を動かしたりするはずだった。

　春日さんと揃って、天井を見上げること一分——。

「首が疲れます」

「そうだね……」

「先輩って、いつもこんなことをしているわけですか？」

「はぁ、まぁ……」

　ロッカーの中に一時間籠もることを続けたりとかね……。

「先輩って、もしかしなくても、凄いバカなんじゃないですか？」

「返す言葉もないです」

　春日さんは小さく鼻を鳴らした。もしかしたら笑ったのかもしれない。

　ひとまず、写真は撮り終えた。厄介な調査を終えて、僕らは部室棟を後にした。月明かりを頼りに門までの道を引き返しながら、僕は前方を悠々と歩いている春日さんの背中に聞いた。

「そういえば……。春日さんは、どうしてこんなことに付き合ってくれたわけ？」

「そうですね……。一度、やってみたかったんですよ」

　月の僅《わず》かな光の下で、彼女が立ち止まる。

　振り返ると、ワンピースの裾がふわりと浮き上がった。

「夜の学校に忍び込んでみるのって……、滅多にできない経験じゃないですか？」

　悪戯《いたずら》めいた笑顔は無邪気なものであり、高校一年生の少女に相応《ふさわ》しい表情であるようにも見えた。少なくとも、校舎裏でスケッチブックを抱えているときの、眉間《みけん》に皺《しわ》を寄せた気難しい様子は覗《うかが》えない。けれど、その表情の変化もひとときのものでしかなかったらしく、春日さんは不意に元の表情に戻ると、鋭く周囲に視線を巡らせた。

「どうしたの？」

「静かに」

春日さんが鋭く声を発する。彼女は校舎の方に広がる闇を睨んでいた。

「誰かいるの？」

その女性の声は、僕のものでも春日さんのものでもなかった。職員室に残っていた教職員の誰か。あの声は、古典の南江《みなみえ》先生のものに似ている。こちらへと近付きながら、手元の携帯電話のライトを光らせて――。

春日さんに、手首を摑まれる。僕らは駆け出していた。振り返って確かめる余裕もなく、僕らは夜の敷地を走り、眼に付いた植え込みの陰へと飛び込んだ。

僕は乱れた呼吸が落ち着くのを待ってから、それこそ息を殺すようにして、じっと待った。今のところ追いかけてくる気配はない。咎める声もしなかったことを鑑《かんが》みれば、勘違いだと思ってくれたのか……。いや、まだ油断はできない。

ところが、春日さんの方は気が抜けてしまったらしい。すぐ傍らで座り込んでいた彼女は、いつの間にか肩を震わせていた。くすくすと、小さく笑い始めている。

「ちょ、ちょっと春日さん？　見つかっちゃうって……」

「ふふっ、すいません……。なんだか、おかしくって」

口元を手で押さえながら、春日さんは笑い声を漏らす。

その様子を見て、僕の方もいつの間にか安堵していたのだろう。自然と笑いが零《こぼ》れた。

「確かに、なんか、笑っちゃうね」

「ええ……。夜の学校に忍び込んで、こんなふうに先生から逃げ回って……。漫画やドラマみたいなシチュエーションです」

女の子と一緒に、夜の学校での冒険。

「特に、その相手が先輩みたいな冴《さ》えない男子っていうのが、いちばんウケますね。笑っちゃいます」

「え、笑うのそこなの」

「他におかしいところあります？」

「いや、まぁ、確かに……」

これが漫画やドラマなら、春日さんと共に行動するべきなのは、爽《さわ》やかなイケメン男子であるべきだろう。確かにそこだけおかしい。

おかしいけど、むなしい。

「もう追われていないとは思いますけれど、ちょっと、周囲の様子を見てみましょう」

春日さんは腰を浮かせて、植え込みから顔を覗かせた。向こう側の校舎の様子を見ているようだった。僕も彼女に倣って顔を出し、周囲の様子を覗う。

月明かりに浮かぶ校舎は、ひたすらに静謐《せいひつ》だった。

「大丈夫みたいだね。帰るなら、いまのうちに——」

言葉を続けようとして、見つけた景色に息を呑《の》み込んだ。

「先輩？　どうしたんですか？」

春日さんが問いかけてくるが、僕は校舎に視線を向けたまま、動くことができずにいた。

「いや、その……」

気のせい、だったのだろうか？

「なんです？」

「いや、あそこ……。あそこの窓が、光ったように見えたんだ。こんな時間にだよ？」

「どこの窓ですか？」

僕の視線の先に佇む校舎は特別棟だった。職員室がある本校舎ならともかく、こんな時間に訪れる人間がいるとは思えない。実際、今のところ全ての教室は真っ暗だった。どこにも明かりが点いていない。けれど、さっき、一瞬だったけれど——。

「見間違いなんじゃないです？」

訝《いぶか》しんで、春日さんが言う。

「いや、確かに、光ったんだよ」

「どの辺りですか？」

「あそこの、三階の……」

そこまで口にすると、春日さんはなにかに気づいたかのように、はっと息を呑んだ。

また、光った。

三階の窓が、ほんの一瞬だけ、光る。

誰かが室内でカメラのフラッシュを焚《た》いたのだろうか？　それとも、電灯を点けて一瞬で消したのだろうか？　弱々しい光の明滅が、一秒に満たない短い時間で三度ほど繰り返された。

教室のカーテンは閉ざされたままであり、部屋の様子はまるで覗えなかった。

誰かが、あの教室でなにかをしているのだ。

「確かに、部屋の中が光りましたね……」

「う、うん……。なんだろう、今の」

「わかりません。ですが、こんな時間に誰がなにをしているんでしょうか」

「あそこって、なんの教室だかわかる？」

月明かりのせいかもしれない。

夜の校舎を見つめる春日さんの表情は、どこか青ざめていた。

「あそこは、第一美術準備室……。『開かずの扉』の部屋ですよ――」

＊

翌日のことだった。

お昼休み、購買へパンを買いに行くべくのろのろと廊下を歩いていたら、不意に肩を掴まれた。クラスメイトの高梨君である。

「なぁ、柴山よ。お前、開かずの扉の怪談、調べておるんやろ?」

以前はバスケをしていたという彼は、背が高く体軀もしっかりとしている。しかし、人懐っこいにこやかな表情のせいか、威圧感というものは微塵《みじん》も感じられなかった。怪我のため今は写真部に入っている彼は、この二年生になってからできた僕の数少ない友人だ。

「ええと……、そうだけど、松本さんに聞いたの?」

「そや。暇ならちょいと来てみ」両親の都合で地方を転々としていたという彼は、例の如く各所の方言が入り交じった胡散臭い口調で答える。「なんか面白いことになっとるらしいで」

「面白いことって?」

「『開かずの扉』が、開くかもしれへん」

ニヤリ、と口元を斜めにして高梨君。

「え、どういうこと?」

「まぁまぁ、歩きながら話すわ。ほれ、とりあえず現場に急行や」

背中を押されて、僕らはそのまま特別棟の方へ歩き出す。

「午前中、体育の授業をしておった三年生が、気がついたらしいんよ。第一美術準備室って、ずっと閉ざされたままでカーテンが閉まっとるやろ? 三年生の間やと、それって当たり前のことだったらしいんよ。ところが体育を終えた三年生が校舎に戻る途中、何気なく特別棟を見上げて、気づいてしもたん」

「気づいたって……、なにに？」

「第一美術準備室のカーテンが、開いてたらしいねん」

「カーテンが、開いていた……？」

昨晩見た景色を想起し、僕はごくりと喉を鳴らした。

「元々曰く付きの部屋やろ？　それで、午前中、ちょっとした騒ぎになっとったん。三年生の一人が『開かずの扉』を訪れて中を確認しようとしたらしいねんよ。けれど、もちろん、そこは鍵が掛かって閉ざされたまま、開けて確認することもできん」

「それで？」

「そこで噂を聞きつけたまりかが、興味を持ってな」

「え、松本さんが？」

「先生に頼み込んで、お昼休みに鍵を開けてもらうことになったらしいんよ。ほんなら我らがゴーストハンターたる柴山も、外すわけにはいかんやん？」

「いや、まぁ……。呼んでくれるのは、嬉《うれ》しいけれど」

「部屋に誰かが入ったんなら、なにか目的があったはずやろ？　長い間、誰も立ち入らんかった場所に何者かが入ったなんて、ちょっとわくわくするやん？」

「まぁ、確かに……」

そうこうしている内に、問題の部屋の前に辿り着いてしまった。意外と『開かずの扉』の話は有名だったのか、第一美術準備室の前には、ちょっとした人だかりができている。扉の前を遠目に囲う人垣を掻き分けると、居心地悪そうに項垂《うなだ》れている松本さんの姿が見えた。その傍らには数学の吉田《よしだ》先生もいる。彼が第一美術準備室の鍵を持ち出してくれたのかもしれない。

「あ、ちーちゃん、ゆうくん」

僕らに気がついて、松本さんは僅かばかり表情を明るくした。

手招きをする彼女の元へ近付くと、松本さんは身を護るように肩を抱いて、周囲に視線を巡らせる。ふるふるとかぶりを振ると、セミロングの黒髪が揺れ動いた。

「うう、失敗しました……。こういうふうに注目を浴びるのって苦手です」

「大丈夫?」

「はい……。でも、やはりここは、自分の眼で確認してみたいと思ったので」

と、彼女は好奇心旺盛《おうせい》な双眸を輝かせ、手にしていた鍵をぐいと掲げて見せた。

キーホルダーには、『倉庫B』とラベルが貼ってある。

「倉庫B?」

「この鍵で、準備室の扉が開くそうなんです」

「やっぱり職員室に鍵があったんだ。それなら、開かずの扉でもなんでもないような」

「開かない扉なんてあるわけないだろう」そう言ったのは、腕を組んで呆れたように吐息を漏らした吉田先生だった。彼はボサボサの短髪を掻きながら続ける。「学校にそんな部屋があったら大問題だよ。ほれ、それで気が済むんならさっさと開けろ。どうせたちの悪い悪戯だよ。

昼休み、終わっちまうぞ」

「ええと、はい」松本さんはこくりと頷いた。

「悪戯って?」

「カーテンが開いていることに気づいた三年生が、この部屋を確認しに来たとき、扉の前に落ちていたそうなんですよ」

「落ちていたって、なにが?」

「それが、青い蝶の、標本だったそうで……」

僕は、ぎょっとした気分で閉ざされた扉を見やる。

扉の向こうへ消えたという、胡蝶さんの怪談――。

「開けて、みましょう」

ごくりと喉を鳴らし、気合いを入れるように、松本さんが拳《こぶし》を掲げる。

「おうよ。いざとなったら、オレらにはゴーストハンターがおるからね。心配は要らん」

「いや、だから僕はそんなものになった覚えは……」

松本さんが、鍵を鍵穴に挿し込んでいく。半回転させると、重々しい音が鳴り響いた。

それから一呼吸して、松本さんが扉に手を掛ける。

引き戸が開け放たれ、その光景が僕らの眼に飛び込んでくる。

その景色に、僕らはきっと、誰も彼もが凍り付いていたように思う――。

第二章　犯人はあなたなんですか？（松本まりかの推理）

室内から漂う黴臭《かび》さが、唖然《あぜん》とする僕らの鼻を擽《くすぐ》っている。

準備室は、一般的な教室に比べれば、半分ほどの面積しかないだろう。スチールや木製の戸棚が並んでおり、画材の類《たぐい》が混沌《こんとん》と押し込められている。それらの戸棚には折り畳んだイーゼルが立てかけられていた。カーテンが開かれている窓は背の低い戸棚に半ば隠れており、陽の光が室内を僅《わず》かに照らしている。机の類は撤去されたのか見当たらず、室内の中心部は、普段ならばがらんとしていたのだろう。そう、普段ならば——。

人が死んでいる、と見誤った。

そう錯覚したのは、僕だけではなかったのだろう。沈黙の只中《ただなか》で、高梨君たちが息を吞《の》み込んだ気配が伝わってくる。松本さんが、小さく悲鳴を上げた。後退した彼女の背中が僕にぶつかる。

部屋の中央に、それが仰向けに倒れている。

人ではない。それは制服を着せられたトルソーだった。

ブラウスにネクタイ、ニットのベスト。腰までしかない下半身にはスカートが巻きついており、プリーツがくたりと広がっている。

そしてそれを飾るのは、青い翅《はね》だった。

青い蝶《ちょう》の数々が、倒れたトルソーの上を無造作に飾っているのだった。

無数の蝶の死骸《しがい》に彩られたその異様な景色を、僕らは啞然と見つめていた。

「おいおい……。なんだ、こりゃ」

思い出したように、吉田先生が呟《つぶや》く。いったい何事かと、後ろで人だかりを作っている生徒たちがこの異様な景色を覗《のぞ》き込もうとしていた。とはいえ、長身の吉田先生や高梨君の背中に阻まれて、中の様子を確認するのは難しいだろう。

室内に真っ先に足を踏み入れたのは、高梨君だった。

彼はトルソーの近くまで歩み寄ると、ぐるりと視線を巡らせ、室内の様子を確かめている。

それから僕と目が合うと、好奇心に満ちた双眸《そうぼう》をいたずらっぽく輝かせ、手招きをした。

「ちょっ、ちょっと、ちーちゃん、ゆうくん、危ないですよ……」

松本さんが声を震わせて制止してくるが、僕も高梨君に続いて室内に入る。

トルソーに近付いて、屈《かが》み込んだ。散らばった青い蝶を観察するためだ。

「これって、怪談に出てくる――」

「せや。その標本やろね。何者かが、そこから取り出して、ブチまけたんよ」

高梨君が示す先、戸棚の足元の辺りに、空の標本箱が三つほど落ちている。

「うえ……」

標本と言えば聞こえがいいが、実際のところは虫の死骸である。と、もう一つ見つけたものもある。トルソーの傍らに、刃が剝《む》き出しになったカッターが一つ落ちていた。古いものらしく、刃は少し錆《さ》びている。

「それより柴山、これはもしかすると、面白いことになるかもしれへんで」

「面白いことって？」

高梨君は、顎先《あごさき》で窓の方を指し示した。

教室や他の準備室にある窓となんら変わることのない、普通の窓だった。その手前には背の低い戸棚が置かれており、窓の下半分は隠れてしまっている。

「鍵《かぎ》が掛かっておるか、確かめてみぃへん？」

「え、僕が？」

ニヤリと頷《うなず》く彼に後押しされて、戸棚の方まで歩んでみる。手を伸ばして窓を動かしてみるが、鍵が掛かっているようで開く様子はない。高梨君に急かされて、僕は戸棚に手を掛けてぐいと身を乗り出した。そうしなければ、半ば戸棚に隠れている窓のクレセント錠を目視することはできなかったのだ。クレセント錠はしっかりと掛かっている。

「うん、ちゃんと、鍵は掛かってるみたいだけれど……」

振り向いてそう報告すると、高梨君は何故かガッツポーズをしている。

「あの」入り口から覗いている松本さんが声を上げた。「トルソーの胸ポケット、なにか入っていませんか？」

言われてみれば、胸ポケットが微《かす》かに膨らんでいるのがわかった。

「なんやろ」

高梨君が屈み込んで、ポケットに手を入れる。出てきたのは、小さな鍵だった。

「自転車の鍵かな？」

僕も顔を近付けて、それをまじまじと眺めた。小さくて平べったい十手のような独特の形状は、古いタイプの自転車の鍵によく見られるものだ。僕の自転車の鍵もこのタイプである。五百円玉よりも一回り大きい、カエルをモチーフにした可愛らしいキーホルダーが付いている。

「なんでこんなものが――」

「おい、いったん外に出ろ」

吉田先生が声を上げた。

「けどな、先生、こりゃあ――」

「いいから、あとは先生たちに任せておけ」

高梨君は僕と顔を見合わせると、自転車の鍵を元のポケットに戻し、渋々といった様子で部屋から出て行く。吉田先生は準備室の扉を閉めて、遠巻きに見物している生徒たちのことをも追い払い始めた。

「いいからいいから。もう授業始まるぞ！」

高梨君や松本さんと共に、僕も廊下を引き返す。

松本さんは気味の悪い光景を見たせいか、顔を青ざめさせて、黙り込んでいた。

一方で、高梨君の表情は明るい。なにか面白いことを考えているようで、ニヤニヤとしている。その表情を怪訝《けげん》に思って眺めていると、彼は僕を見つめて言った。

「わからんか？」

そう言われても、なにがなんだかさっぱりわからない。

「オレの予感が正しければ、これはな」

歩きながら、高梨君は声を潜めて言った。

「密室殺トルソー事件に違いないんよ——」

＊

密室殺トルソー事件。

高梨君は元は運動部に所属していたスポーツマンタイプの少年であるが、どういうわけか推理小説の類を嗜《たしな》むらしく、ときおりこんなふうに摩訶《まか》不思議な造語を生み出してしまうことがある。いったいどこが密室で、誰が殺されたというのか、僕にはわけがわからない。高梨君から、放課後、さっそくこの件について相談したいと言われてしまった。

先に確認したいことがあるので、写真部の部室で待っていてほしい。高梨君にそう告げられ、僕は松本さんと共にスチールの長机を囲んで待機していた。いつもよりこの場所を居心地悪く感じてしまうのは、嫌いだと宣告されてしまった小西さんと顔を合わせる可能性を危惧《きぐ》してのことなのだが、珍しく部室に彼女の姿はないようだ。

それとなく三ノ輪《みのわ》部長に彼女のことを訊《たず》ねてみると、なにやら近所の写真屋で働く櫻井《さくらい》さんの伝手《つて》で、ある写真家のアシスタントをできることになり、この一週間、放課後はその仕事に勤《いそ》しんでいるらしい。試験勉強より写真の勉強を取るとは、いかにも小西さんらしい。

「悪戯《いたずら》にしては、少し不気味でしたね……」

どこか沈んだ様子で、松本さんが言う。

「ああ、うん、まぁ……、確かに」

落ちていた無数の蝶のことを思い返すと、確かに気味が悪くなる。

「わざわざ青い蝶の標本を撒《ま》くのは、胡蝶さんの怪談に見立ててのことなのでしょうか」

「でも、なんでそんなことを……」

あれは、なかなかに悪質な悪戯に思える。そこに見え隠れする不気味な悪意のようなものに、僕ら二人はしばらくの間、沈黙していた。

と、折良く部室の扉が開く。顔を輝かせて現れたのは高梨君だった。

「やっぱりな、オレの目に狂いはなかったんよ」

彼は腕を組んで、ひとしきり頷いている。

「い、いったいなんなわけ？」

「ええか、名探偵シバよ。心して聞きたまえ」高梨君はニヤリとして、僕を見下ろす。「あの『開かずの扉』で行われた犯罪は……。まさしく、誰も出入りできない密室状況で行われていたに違いないんよ！」

「密室って……。でも、職員室で鍵を借りれば、入れるんじゃないの？」

「ところで、今日は期末試験の二週間前やろ？」

僕らが訝《いぶか》しんでいると、彼は椅子に腰掛けながら語り始めた。

「なるほど、確かに『開かずの扉』と通称される第一美術準備室の扉は、職員室の鍵で開けることができる。それはオレらの目の前で、まりかが扉を開けたことからも明らかなことや」

「はぁ」

「せやけどね、皆の衆。ウチらの学校では、期末試験の十四日も前から、生徒は職員室への出入りが制限されてまうことを、忘れていないかね――？」

高梨君の言葉に、僕らは顔を見合わせる。

「この期間、不正防止のため、職員室にはいつだって先生が一人おる。ほんでもって、生徒は職員室の床に貼られるテープのラインより奥――、キーストッカーのあるところまで立ち入ることは赦《ゆる》されておらん。つまるところ、第一美術準備室の鍵を借りるためには、職員室の先生に伝えて、鍵を取ってきてもらわなあかんわけよ」

「それって」ようやく、高梨君の主張を理解した。「じゃあ、第一美術準備室の鍵を借りた生徒は――」

「先生たちに確認してきたで。そんな生徒は一人もおらん。つまり、扉を開けて、あの部屋に侵入することは誰にも不可能ってことになるんよ」

高梨君の言いたいことはこうだ。

僕らの高校では、教室や部室の鍵は職員室の奥にあるキーストッカーに保管されている。この鍵の管理は主に吉田先生が担当しているらしく（どうして吉田先生なのかといえば、単に机がストッカーの近くだからという理由らしい）、普段、なんらかの用事があって鍵を借りる際には先生に声を掛けて、そこから目的の鍵を取り出す必要がある。このときならば、特に記録には残らないので、他の鍵を借りるフリをして、第一美術準備室の鍵を持ち出すことは不可能ではないだろう。しかし問題は、今が期末試験前の職員室立ち入り制限期間だということだ。

試験前の十四日間は、不正対策のため、僕ら生徒は職員室に立ち入ることができない。仮に立ち入ることができたとしても、床に貼られるビニールテープの奥へ向かうことは禁止されている。キーストッカーは職員室の奥にあるから、この期間に鍵を借りる際には、先生に目的の教室名を告げて取ってきてもらう必要がある。しかも、このときばかりは、いつ誰がなんの目的で鍵を借りたのか、これも不正対策の一環で、職員室のノートに記録がとられることになっているのだ。

「例年なら、昨日の月曜日からこの試験準備期間なんやけれど、今年は先生たちの都合もあって、実際には先週の金曜朝から開始しとるんよ。吉田先生曰《いわ》く、これは過去に実際にあった不正への対策やから、かなり徹底されとるって話なんや。つまるところ、誰にも知られずに第一美術準備室の鍵を持ち出すことは、不可能なんよ」

「なるほど……。それ故に、密室殺トルソー事件、ですか……」

松本さんはそう呟き、思案するように目を伏せた。

「けどさ」僕は頭を整理しながら口にした。「実際には悪戯されたわけなんだから、入る方法がまったくないってはずはないよね」

「それは、そうなんやけれども」

「では、トルソーの死亡推定時刻を割り出してみませんか？」そう奇妙なことを言い出したのは松本さんである。「犯人がいつ準備室に入って犯行に及んだのか、考えてみましょう。なにかわかるかもしれません」

松本さんはいつも使っている赤い手帳を取り出した。

「わたし、たまたまなのですが、昨日帰るときに、三階のあの部屋を見上げたんですよ。そのときはまだ、カーテンは閉じたままでした。誰かが室内に入って犯行に及んだのは、昨日の夕方の十七時以降になるはずです」

「準備室のカーテンが開いていることに三年生が気づいたんは、午前中の九時半ごろって話らしいで。となると、犯人が部屋に入ったのは、昨日の夕方五時から朝九時半の間になるってことやね」

「わたしが持っている情報を含めて、少し纏《まと》めてみます」

松本さんが、それらの情報を手帳に記していく。

○六月十九日

十七時　準備室のカーテンが閉ざされているのを、わたし（松本）が目撃する。
○六月二十日
九時半　準備室のカーテンが開いていることに三年生（野村直樹《のむらなおき》先輩）が気づく。
九時半　準備室の扉の前で、野村先輩が落ちている蝶の標本を見つける。
（このとき、扉はまだ施錠されていた）
十二時半　準備室の扉が開かれる。

「なんや、三年生の名前までもうわかっとるん」

「ふふ、保健室の情報網を甘く見ないでください」

「なんやそれ……」

「それより、ゆうくん、どうしました？　なんだか怖い顔をしていますけれど」

「えっ、あ、いや、それは」

唐突に話題を振られて、思わず挙動不審気味な受け答えをしてしまう。

当然ながら、僕の脳裏に過《よ》ぎるのは、昨日の夜の一件だった。

深夜、美術準備室で起こった光の明滅――。

やはりあの光の明滅は、今回の悪戯とは無縁ではないのだろう。犯人は正にあの時間に準備室に忍び込んでいたのだ。真夜中、まだ仕事をしている先生たちや防犯システムの目をかいくぐりながら、怪しまれないよう、ほんの一瞬だけ明かりを点《とも》したのではないか――。僕と春日さんは、図らずもその瞬間を目撃してしまったのだ。

結局のところ、僕はこの情報を胸の内にしまい込むことにした。流石に深夜の学校に侵入した話を打ち明けるのは気が引けるし、そうなれば女子テニス部の部室へ不法侵入を果たしてしまったことも告白しなくてはならない。春日さんにも迷惑がかかるというものだろう。

「そうだ。わたし、もう一つ重要な情報を耳にしてるんです。うっかり忘れていました……。ゆうくんにも、ちーちゃんが戻ってきてから、お伝えしようと思っていて」

「重要な情報って？」

「まだはっきりしたことではないのですが、もしかしたら、被害者に繋《つな》がるかもしれません」

「被害者？」

「制服を着ていたトルソーですよ。あの制服は、そもそも誰のものなんだと思います？」

僕は高梨君と顔を見合わせる。高梨君はきょとんとして、それから、おおと声を漏らした。

「なるほどな、考えてみれば新品の服でない限り、誰かの制服ってことになるわけやね」

「昨日のことなんですが、女子テニス部の部室から、女子生徒の制服が盗難に遭う事件があったのはご存知ですか？」

問われて、再度、僕と高梨君は顔を見合わせる。それは初耳だった。

「しかも、盗まれたのはブラウスとニット、ネクタイにスカートということです。あのトルソーが身に付けていたものとの関連は確認できてませんが、でも、これは偶然なのでしょうか？」

松本さんの話によれば、その盗難事件のあらましはこうだ。

昨日の放課後、練習を終えて部室に戻ったテニス部員が、自身の制服が紛失していることに気が付いた。部室の鍵は開いており、何者かが侵入して彼女の制服を盗んだ疑いが強い。盗まれたのはその女子生徒の制服だけで、他の女子生徒のものは無事だったという。松本さんが聞いた限り、一人の制服しか盗まれていないことから、学校はいじめや嫌がらせの可能性を考慮しているそうだ。

「その女子生徒っていうのは、誰なんよ？」

「三年生の、七里観月先輩らしいです」

「そんなん、ただの変態の仕業ちゃうん？　人気ある人やん」

「ええ、まぁ、そうかもしれないですが……。どっちにしろ気味が悪いですけど」

松本さんは顔を顰《しか》めて言う。

「ほんで、その盗人《ぬすっと》は、どうやって部室に入ったん？」

「どうやらテニス部は、部室の鍵をずさんな方法で管理していたようです。部室棟やクラブハウスの鍵は、職員室ではなくて部長さんが管理していることが多いですから。噂だと植木鉢の下に隠しておいたようで、それを知っていれば、誰でも部屋に入ることができたわけです」

「なら、盗人は外の人間より、生徒の可能性が高いかもしれへんな」

「外の人間の可能性も棄てきれません。ストーカーとか……。外から望遠鏡などで監視していれば、鍵の在処《ありか》はわかってしまうはずですから」

「いくら変態でも、ずっと学校を望遠鏡で覗いているような奴、おるんかねえ」

うわぁ、心当たりがあるよ……。

「ええと」思わず、条件反射的に話題を逸《そ》らしてしまう。「それで、松本さんは、あのトルソーが着ていた制服が、その七里先輩のものかもしれないって、考えてるわけ？」

「あくまで可能性の一つですが……。先生たちも関連を考えると思いますから、少ししたら繋がりがはっきりするかもしれません。タグとかに名前が書いてあれば、わかりやすいんでしょうけれど……」

今のところ、トルソーの制服が七里先輩のものだったという確証は得られていない。仮にあの制服が七里先輩のものなのだとしたら、そこにはいったい、どんな意味が隠されているというのだろう？

＊

翌日の学校は、第一美術準備室の奇怪な事件に関する噂で持ちきりだった。朝の廊下で、休み時間の教室で、トイレの片隅で、秘《ひそ》やかに、あの奇怪な悪戯の真意に対する憶測が囁《ささや》かれていた。たとえば、こんな具合である。

「それで、そのトルソーが着ていた服っていうのが、前日に盗まれた、あの七里先輩のものだって話でよ」

「え、七里先輩って、テニス部の？　うわ、マジか？」

　こうして噂話を交わしているのは、休み時間に二人連れでトイレに来たらしき男子たちだった。僕はといえば、今朝からどうにも調子がよろしくないお腹を抱えて、トイレの個室に籠《こ》もっているところだ。声の大きい彼らの会話は、聞き耳を立てる必要もなく耳に届いてくる。

「部活の先輩に聞いたんだけどよ、間違いないらしい」

「うわぁ、もったいねぇ」

「もったいねぇ……、ってなにがだよ？」

「だって、あの先輩の制服だろ？　めちゃくちゃ美人で、おっぱい大きくて、すげースタイルいいっていう。せっかく制服を盗んでよ、そんなしょうもない悪戯に使うか？」

「うわ、お前、引くわー。ないわー」

「あ、わかった、犯人は女だわ。男なら別の用途に使うだろ。どうよ俺の名推理」

「いや、そんなんお前だけだろ……」

「なに、お前、聖人？　性欲ないの？」

　なんともあけっぴろげな会話である。

　僕はさっそく携帯電話を取りだし、七里先輩の制服に関する噂が既に広まっていることを高梨君に伝えようとした。その瞬間、携帯電話が振動し、メッセージの受信を報《しら》せてくる。高梨君からだった。なんてタイミングだろう。これぞ以心伝心というやつだ。しかし、トイレの個室で男子と心が通じても、なんか素直に喜べないな……。

これは今回の事件に関して相談するため立ち上げた、高梨君と松本さん、そして僕の三人が参加しているグループメッセージである。

高梨君からのメッセージはこうだ。


なしたか『さっき、七里先輩に確認した。あの制服は先輩のもので確定』

メールの類になると、高梨君の奇妙な方言は鳴りを潜めてしまう。ちょっと寂しい。

文面を咀嚼《そしゃく》していると、メッセージを続けて受信する。僕はトイレの中で蒸し暑さを感じながら、彼と会話をすることにした。

なしたか『わりとすぐ、吉田先生が先輩を呼んで確認したらしい』
哀れな柴犬「間違いないの?」
訊《き》くと、メッセージの入力中を示すアイコンが暫《しばら》く続いた。長文を打っているようだ。
なしたか『七里先輩、ストーカー野郎に、制服に悪戯されたんじゃないか警戒していて』
なしたか『それで異変がないか、ものすごく細かく制服を調べたらしい』
なしたか『結果、異状なく、自分の制服だと判明』
りかこちゃん☆『名前とか書いてあったんですか?』

そう発言したのは松本さんである。
なしたか『ブラウスのタグに、筆記体で名前を書いていて、それが間違いなく自分の字』
なしたか「ベストには名前がないが、最近できた糸のほつれがあって、擦れ具合とか見ても、間違いなく自分の』
なしたか『また、胸ポケットの鍵は七里先輩の自転車の鍵』
なしたか『ブラウスに入れたまま着替えたらしいから』
なしたか「一緒に盗まれてた』
哀れな柴犬「なら犯人は七里先輩を狙ったのかもしれないね」
なしたか『なぁ、シバよ』
なしたか『その名前はなんなん？』
なしたか『なんか』
なしたか『気になるわ』
りかこちゃん☆『それ、わかります！』
哀れな柴犬「気にしないで……」

僕はメッセージを閉ざし、汗を拭《ぬぐ》ってからトイレの個室を出ることにした。
メッセージの表示名は、このアプリをインストールした際に、マツリカさんに勝手に設定されてしまったものだ。この手のものは得意じゃないので、直し方がわからない。

あとで高梨君に直してもらおう。

＊

放課後、さっそく高梨君に声を掛けられた。

「オレ、ちょいと情報収集してくる。先に写真部の部室に行っててくれん？」

彼は例の如く満足そうな笑顔だ。推理小説が好きな人間からすれば、今回の事件は喜ばしいものなのかもしれない。そろそろ、期末試験に備えた方がいいとは思うのだけれど。

「今日も集まるの？」

「当たり前やん。いよいよ情報が出そろってきたところで、作戦会議や。ただ、思いのほか、この事件はあっさり解決してしまうかもしれへん」

「え、そうなの？」

「まだ、小耳に挟んだだけなんやけど」高梨君が顔を近付けて言う。「女子テニス部の部室で、盗人を示す証拠が見つかったらしいねんよ。ほんとなら先生たちが動き出すかもな」

「証拠って？」

「まだわからん。これから噂の出所を探ってくるところや。制服を盗んだ人間が密室殺トルソー事件の犯人と同じなら、侵入方法は犯人の口から聞き出すことになるかもしれへん。まぁ、それはちょっと芸がないかんね。理想は犯人が特定されるまでに、柴山が密室の謎を解明することよ。七里先輩のこともあって、今回の事件、想像以上に注目されとるからな」

　ぐっと拳《こぶし》を握り、高梨君が言う。

「男を上げるチャンスってもんよ」

「男を上げるって」

「モテるで」

「えっ」

　なんだ？　もしかして、僕が密室の謎を解明することによって、根暗なぼっち男子生徒から、モテモテの知的イケメン男子生徒にランクアップできてしまうということなのか？

「まぁ、それとはべつに、これまでにも柴山は色々と謎を解決してきたやろ。オレもまりかも、期待しとるで」

「ま、まぁ、そういうことなら……」

「ほなら、またあとでな！」

　そう告げて、高梨君は足早に去って行く。

　高梨君や松本さんは、僕ならばこの奇妙な事件の謎を解けるかもしれないと、期待してくれている。それは嬉《うれ》しい反面、ぎゅっと肺を摑《つか》まれるような、息苦しさを伴うものだった。僕はなにも持っていない。そんな謎を解く力なんて、本当は持ち合わせていないのだ。だから彼らの期待には、きっと応《こた》えられないだろう。そんな自分が、情けなくて、苛立《いらだ》たしい。

　溜息《ためいき》と共に、携帯電話が振動したことに気づいた。松本さんからだ。グループメッセージではない。

『ちーちゃんに内緒で、保健室に来ること、できます?』

その文面に首を傾げつつ、了解の返事をする。

高梨君に内緒で、とはどういう意味だろう。

松本さんは、すぐに次のメッセージを送ってきた。

『ありがとうございます。大事なお話があります』

＊

保健室は、深閑としていた。

遠くで運動部が練習をする掛け声が、ときおり耳に入りこんでくる。先生の姿はなく、松本さんはスチールの机を前に腰掛けていた。机の端に彼女がよく使う赤い手帳が置かれている。

いつも穏やかで笑顔を絶やさない普段と違って、彼女は真剣な表情をしていた。

その奇妙な雰囲気に呑まれつつ、僕は彼女の向かいに腰掛ける。

「あの……。話って?」

松本さんは一つ頷くと、僕の双眸を覗き込むように、じっと視線を向けてきた。

「正直に答えてほしいことが、あるんです」

　僕の戸惑いはますます強くなるばかり。松本さんは俯《うつむ》いて続けた。

「現状では、学校関連のSNSなどで、女子を中心に情報が広まっているところです。けれど、男子や教職員たちに情報が伝わるのは、もう時間の問題かもしれません」

「ええと……。なんの話？」

「女子テニス部の部室から、制服を盗んだ犯人が落としたものだと思われる証拠品が見つかったんです。それが誰のものなのか、心当たりのある人間はいないか、女子の間でその証拠品の写真が出回っています。つまり、密《ひそ》かに犯人捜しが行われているんです」

　松本さんはスマートフォンの画面に一枚の写真を表示させ、僕に見えるよう、それを机へと滑らせた。そこに映っているものを見て、僕はぎょっとする。

「ゆうくん。率直に聞きます」真剣な眼差《まなざ》しは、どこか睨《にら》むようでもあった。「ゆうくんは、女子テニス部の部室へ入ったことがありますか？」

　映っていたのは、宇宙的で奇天烈《きてれつ》なフォルムのマスコットだった。

　見ようによってはイルカのようでもあるが、黄色いイルカがこの世に存在するかといえば、否だろう。そんな不思議な生物の、携帯電話用ストラップなのである。

「調べたら、とあるマイナーな水族館で、去年の短期間だけ売られていた限定ストラップだということがわかりました。わたしの知る限り、こんなヘンテコでセンスの欠片《かけら》もないストラップを携帯電話に付けている人は、この高校に一人しかいません」

「いや、これは……」

どう答えるべきか、呻《うめ》きながら、ポケットを探る。指先で携帯電話のフォルムを確認した。

付いていない。

付いていないのだ。

今更、気が付いた。全身から、冷や汗が噴き出る。

「わたしの記憶違いでなければ、ゆうくん、昨日はこのストラップを付けていませんでしたよね？　どこへやったんです？」

疑惑の眼に打たれて、自分の心臓が激しく脈打ち始めるのを感じる。

「女子テニス部の部員によると、このストラップを付けた携帯電話を片手に二年生の男子が、何度も部室を外から見上げていたことが目撃されています。彼女たちは、その二年生が今回の窃盗と悪戯の犯人だと考えているようです」

批難の色が交じった彼女の声を耳にしながら、僕は必死に頭を巡らせる。

ストラップがない。どこでなくしてしまったのか、考えるべくもないだろう。女子テニス部の部室から見つかったということは、即ち僕が深夜に部室に忍び込んだときに違いない。春日さんともつれて転倒してしまったとき、紐《ひも》が千切れてしまったということは大いにありえる。長く使っていて、紐がかなり弱っていたのは理解していたのだ。

「わたしは、ゆうくんが『顔の染み女』の怪談を追っていたことを知っています。だから、答えて下さい。ゆうくん、『顔の染み女』の怪談を確認するために、テニス部の部室に入ったこと、ありますか？」

　それは、疑惑の眼差しだった。

　松本さんは、僕が怪談を追い回していることを知っている。それならば、正直に話すべきだろうか？　僕はあくまで、怪談の調査のため部室に忍び込んだに過ぎず、七里先輩の制服を盗んでなどいないということを——。その場合は、春日さんのことを話すべきなのか？

　駄目だ。わからない。話したとして、松本さんはどう思うだろう。信じてくれるだろうか？　仮に怪談の調査のためだとしても、女子テニス部の部室へ不法侵入してしまったのだ。その罪を、彼女の倫理観はどう捉《とら》えるだろう？

「その、僕は……」

　だらだらと、汗ばかりが頬を伝い落ちていく。

「僕は、そんな……。盗んでなんか、ない」

「ゆうくん、聞いてください。七里先輩は人望のある人です。女子テニス部や彼女と親しい人たちを中心に、犯人捜しが行われています。このストラップと窓を見上げていた二年生男子の容貌《ようぼう》を手がかりにゆうくんが疑われるまで、もう時間の問題なんです。そうなれば当然、先輩の制服を盗んだだけでなく、美術準備室であの悪質な悪戯をした犯人だとも見なされてしまいます。先生たちに知られれば、最悪の場合、停学ということだってありえます」

「停学って……。ぼ、僕は、そんなこと……」

　まさか、嫌々やらされている怪談の調査が、こんな結果に繋がるなんて。

「でも、そんな……。それが僕のストラップだなんて証拠は、ないし……。僕じゃない、誰かのものかもしれないっていうか……」

「そこが問題の一つです。いずれ、犯人はゆうくんでしかありえないと考える人たちが、出てくるはずです」

「どういう、意味……？」

「現状では、密室殺トルソー事件の不可能性を知る人は多くありません。この事件のことを知る多くの人が、あの場所は推理小説で言うところの密室だったということを、未《いま》だ知らないんです。ですが、ちーちゃんは情報収集の過程でそれを吹聴《ふいちょう》して回っているようですし、すぐに周知されることだと思います。そうなると、きっと誰かが、たった一つだけ残された可能性に気づくはずです」

たった一つだけ残された可能性。

話が見えず、僕は不安を抱えながら、松本さんの表情を観察することしかできない。

松本さんは淡々とした様子で続けた。

「整理しましょう。第一美術準備室で行われた悪戯現場は、窓にはクレセント錠が、そして扉には鍵が掛かっていて、いわゆる密室と呼ばれる状況でした。トルソーに七里先輩の制服を着せ、現場に蝶の標本をばら撒くためには、当然ながら部屋に出入りする必要があります。扉を開くための鍵は職員室に保管されていますが、職員室への立ち入りが制限されている以上、鍵を黙って持ち出す方法はありません。一見すると、犯行は不可能なように思えます」

「そ、そうだよ。誰も出入りできないんだから、僕にだって――」

「いいえ――」

松本さんは、眼を伏せて、ゆっくりとかぶりを振る。

そうして、彼女は再び、僕を見つめた。

見据えるようにして、告げる。

「残念ながら、違うんです、ゆうくん。たった一人、ゆ、う、く、ん、だ、け、が、こ、の、密、室、を、出、入、り、で、き、る、ん、で、す」

「わたしは、ちーちゃんほどではありませんが、推理小説には馴染《なじ》みがあります。そこで、いくつか過去に読んだことのある、密室を扱った推理小説を思い返してみたんです。推理小説において、密室の解法というのはたいていの場合は一つしかないと思うんです。そしてその解法を使える人間というのも、一人に限られる場合が多い。つまるところ、密室の答えを導き出すことによって、犯人も同時に判明するということなんです」

内心の動揺を抑え込んだまま、松本さんの言葉を咀嚼する。彼女の言っていることは極論のように思えるが、推理小説をあまり読まない僕では、反論することもできない。

「今回の密室を、これまで読んだ推理小説と照らし合わせて、よくよく考えてみました。そうしたら、実行が可能な方法が一つだけあったんです。そしてそれをできる人間は、たった一人しかいない」

「そんな方法、あるはずが……」

僕は目まぐるしく頭を回転させて、密室の解法を推理する。

窓に錠、扉には鍵。職員室は立ち入ることができず、鍵は持ち出せない……。

「試験準備期間中は、職員室から鍵を持ち出すことはできません。ですが、試験準備期間より前ならば、鍵を持ち出すことは可能なんです。誰でもいいので先生に声を掛けて、キーストッカーを開けてもらい、そこから別の部屋の鍵を持ち出すふりをして、倉庫Bと書かれた鍵を手に取り、職員室を去る。こうすれば、先生の記憶にも、記録にも残りませんよね」

「それは、そうかもしれないけれど……」

しかし、試験準備期間中より前に鍵を手に入れても、意味なんて——。

「犯人は、そうして手に入れた鍵を使って準備室に入ります。そして、窓のクレセント錠を外しておく。それから扉に鍵を掛けて、職員室に鍵を戻す。あとは後日、七里先輩の制服を盗んだあと、同じ階の別の教室から、ベランダ伝いに準備室へ向かい、窓から室内に侵入する。そして犯行を終えたあとは、同じように窓から外に出る——」

「ちょっと待って。窓には鍵が——」

「それを確認したのは、誰でしたか？」

ようやく、松本さんが言いたいことを理解し、ぞくりとする。

「わたしが見ていた限り、窓を確認したのは、ゆうくんだけでした。ゆうくんは、窓には鍵が掛かっていると言っていましたが、わたしたちからは窓の前にあった戸棚が邪魔をして、錠が下りているかどうかは見えなかったんです。つまり、錠が下りていない窓を、錠が下りていると嘘をつき、錠を確認するフリをして錠を下ろしてしまうという、そんなトリックを使うことができたはずなんです」

「いや、でも……」

僕は、この眼で錠が下りていることを確認しているのだ。

それは、ありえない。

「そんな、だいいち、錠が下りてなかったなんて、証明できるはずが――」

いや、違う。逆なのだ。

クレセント錠が実際には下りていたことを証明する術《すべ》は、どこにもない。

しかし、クレセント錠が実際には下りていなかったことは、容易《たやす》く証明できる。

なぜなら、それしか答えがないからだ。

錠が下りていなかったのだとしたら、密室という矛盾を解決できる。

錠が下りていたのだとしたら、密室という矛盾に突き当たってしまう。

どちらが正しいかは、一目瞭然《りょうぜん》だ。

実際にこの眼で確かめた、僕自身を除いては――。

「わたしでも辿《たど》り着けた答えなんです。密室のことが多くの生徒に知れ渡れば、錠を確認したのがゆうくんだけということが知られて、いずれ誰かがこの答えに辿り着くはずなんです」

「だから、ゆうくん。正直に答えてください――」

「犯人は、あなたなんですか？」

＊

僕は犯人ではない。

ただそう答えることしかできなかった僕を、松本さんは信じてくれただろうか？

現場は密室だった。女子テニス部の部室には僕のストラップが落ちており、部室への侵入の真偽を問いただしても、汗を流して挙動不審になるだけ。僕だけが唯一現場を出入りすることができたのだ。信じて欲しいと言っても、無理があるかもしれない。

正直に、すべてを話してしまうべきだったろうか？　松本さんなら、怪談の調査なら仕方ないですね、黙っててあげます、と笑って赦してくれたかもしれない。わからない。けれど、いつも朗らかに笑っている彼女が見せた、あの疑惑の眼差しが僕の心を鋭利に刺し貫いてくる。

僕は校舎の裏手に佇《たたず》んで、途方に暮れた気分で、第一美術準備室の窓を見上げる。

カーテンは、開いたままだった。窓から、そこを塞《ふさ》ぐ戸棚の一部が覗いている。

僕は反論を考えていた。

鍵が開いており、僕が嘘をついていたとして、窓からの出入りは物理的に可能だろうか？

窓の半分ほどを塞ぐ戸棚が邪魔をしていて、出入りは困難なのではないだろうか？　けれど、こうして遠くから窓の様子と戸棚の大きさを見る限り、それは可能なようでも、不可能なようでもあった。手を掛けてよじ登れば戸棚を越えられないとは言い切れない。小柄な人間なら、戸棚が邪魔であっても窓を通ることは充分に可能なように思える。

松本さんは言っていた。いずれ、誰かがこの事実に気づくだろう、と。

そうなると、ストラップという物証がある以上、僕の立場は極めてまずいことになる。女子テニス部の部室を見上げているところも何度か目撃されてしまっているのだ。制服を盗むための下見をしていたのだと思われても不思議ではない。先生たちは、どう判断を下すだろう。仮に先生たちの追及を逃れることができたとしても、女子テニス部の人たちからはどう思われるだろう。

ＳＮＳなどを通じてこの情報が拡散したら、僕は……。

「先輩、どうしました」

声が掛かり、僕ははっと振り向く。

春日さんだった。片方の手で眼鏡のフレームを押さえながら、もう片方の手はスケッチブックを抱えている。彼女はどこか訝しむような眼で僕を見ていた。

「ああ、いや、その……」

どう答えたらいいか戸惑う僕を暫《しば》し睨みつけて、彼女はどこか納得したように頷いた。

「もしかして、話題になってる例のストラップ。やはり先輩のでしたか。見覚えがあると思ったんです」

彼女は小さく溜息を漏らし、告げた。

「誰かに聞かれると危ないです。一緒に来てください」

*

「先輩は、馬鹿なんですか？」

向かいの席に腰掛けた春日さんは、呆《あき》れたように僕を半眼で見つめていた。

香ばしい珈琲《コーヒー》の薫りが、どこからともなく漂っている。駅からほど近い場所にある、古めかしい雰囲気の喫茶店だった。

あまり珈琲というものを飲んだりしない僕は、運ばれてきた珈琲を見下ろし、はたしてきちんと飲み干せるだろうかと心配しながら、春日さんに事情を説明したところだった。

「わたしのこと、話せばいいじゃないですか。いいですか、わたしと先輩が女子テニス部に入ったのは、十九日の夜です。わたしは駅で先輩と待ち合わせたとき、先輩の携帯にまだストラップが付いていたことを憶《おぼ》えているんです。何者かが七里先輩の制服を盗んだのは、同日の女子テニス部が部活をしている最中です。犯人が制服を盗んだときにストラップを落としたのだとしたら、それ以降の時間である深夜の駅で、わたしが先輩のストラップを眼にするのは矛盾になります。つまり、わたしは先輩の無実を証明できるんです」

すらすらと、春日さんが言う。それは思いのほか、論理的な思考の道筋に見えた。

「け、けれど、僕と春日さんが、夜中に女子テニス部に忍び込んだのは事実だし、それを公言してしまうのは、ちょっと……」

「少なくとも、その人を納得させることはできるんじゃないですか。お友達なんでしょう？」

「それは、そうなんだけれど……」

「まぁ、確かに、それ以外の人たちに納得してもらうのは難しいかもしれませんね。密室に出入りできたのが先輩だけだっていう部分が、わりと効いています」

「うう、やっぱりそうか……」

「となると、こちらが取れる手立ては二つあります」

「え、なにか手があるの？」

「はい。一つには、先輩へ疑惑を向けさせるその推理を否定することとです。確かにその推理には、いずれ多くの人が辿り着くのかもしれません。けれど本当に先輩ならば密室を出入りできるんでしょうか？」

「あの推理を否定できるの？」

「その、松本先輩、ですか。彼女の推理には、いくつか穴があるようにも思えます」

「穴って？」

「少しは自分で考えて下さいよ」春日さんは面倒そうな表情で、じろりと僕を睨み付ける。

「まぁ、いいですけれど……。たとえば、密室を開けたのは、その松本先輩なんですよね？

その松本先輩の推理ですと、トリックを実行するためには柴山先輩が一緒に室内に入らなければなりません。なにせ室内に入って、誰よりも先に鍵を確認しないといけないんですから。けれど、柴山先輩にそれが確実にできる保証はあったんでしょうか？　話を聞いた限りでは、先輩を呼んだのは松本先輩本人です。彼女の推理は、彼女が柴山先輩をその場に呼ばずに密室を開放してしまう可能性を、まるで考慮していません」

「あ、なるほど……」

確かに、そもそも僕が『開かずの扉』を開くところに立ち会ったのは、松本さんと高梨君に呼ばれたからなのだ。それに、僕に窓の鍵を確認するように指示したのは高梨君だ。そうでなかった場合の可能性を、松本さんの推理は考慮に入れていない。

「まぁ、仮に先輩が犯人だとして、第一美術準備室が開かれるタイミングを隠れて待機していれば、うまく室内に入れる可能性もなくはないかもしれません。ただ、密室のトリックとしては成功率の低い悪手です。そもそも、今回はたまたま松本先輩が『開かずの扉』を開けていますが、まったくの別人が扉を開けていた可能性だってあると思います。その場合、ぼっちである先輩が自然に部屋に入り混むのは困難というものでしょう」

すらすらと、そう解説する春日さんの顔を、僕は呆気《あっけ》にとられた思いで見つめていた。

なにこの子、僕の救世主なの？

「春日さんって……、凄《すご》いね」

ぽつりと言葉を漏らすと、春日さんは驚いたようにちらりと僕を見遣《みや》った。

「べ、べつに凄くはないです。これくらい、少し考えれば誰にでもわかることです」

「いや、なんていうか、僕、ぜんぜん考えてなかったよ。なんか、松本さんに指摘されたときも、自分で自分が犯人なのかもって疑えちゃうくらい、説得力あるように聞こえて……」

「ただ、ぬか喜びさせて悪いんですが、まだそれだけでは弱いんですよね」

「えっ、そうなの？」

「松本先輩の推理は実現性の低いトリックである、というだけで、実行が不可能であると言い切れるかというと……」

彼女は申し訳なさそうな表情で言葉を濁した。

春日さんの言いたいことは理解できる。

ストラップという物理的な証拠が発見されている以上、論理的に実現性が低いと主張したところで、即ち僕の犯行が不可能だったとは主張できない。感情的に、僕のことを犯人だと決めつけてかかる人たちだって多いだろう。

「いや、でも、春日さんのおかげで、なんか大きく前進できた気分だよ。一人で悩んでいるときに比べたら、ずっと光明が射したっていうか。本当にありがとう」

彼女が示した論拠を足がかりに、方法を模索することができるかもしれない。

僕は感謝の気持ちで、ぶっきらぼうだが優しいこの後輩に頭を下げた。

「本当に……。先輩は、お人好《ひとよ》しですね」

それは、掠《かす》れたような声音だった。

顔を上げると、春日さんは驚いたように眼を瞬《しばたた》かせていた。

「先輩の前だと調子が狂います。隠し事をしているのが、馬鹿馬鹿しくなるというか……」

「え、隠し事って?」

彼女は眼鏡の奥の双眸を伏せて言う。

「今回の件、わたしが先輩を巻き込んだようなものです。わたしが夜の学校に侵入しようだなんて、先輩のことを唆したせいで……」

「いや、そもそも僕の目的だったわけだから、春日さんが気に病むことは」

「わたしに別の目的があって、先輩を誘ったのだとしても、ですか?」

「え……」

「わたしは、先輩にお願いしたいことがあったんです。わたしが協力することで『顔の染み女』の調査を早々に終わらせ、その上で先輩に恩を売る……。すべては先輩にとある『依頼』を引き受けてもらうためでした」

「ええと……、僕に頼みたいことがあって、協力してくれたってこと?」

「先輩が、怪談調査を趣味としている変人だということは噂で聞いていました。それと同時に、写真部を活動の中心として、いくつかの不可思議を解明してきたのだという話も――」

「いや、それは」

怪談調査云々《うんぬん》は正解だが、しかし僕は不可思議を解明する技術など持ち合わせていない。けれど、春日さんは淡々と言葉を続けていく。

「先輩に解明していただきたい謎があります。それは、もしかすると、今回の件とも繋がりがあるかもしれません」

「その謎っていうのは……」

彼女は挑むように僕を見つめて、言葉を継いだ。

「それは、『開かずの扉』で、二年前に起こったという奇怪な事件についてです──」

＊

「二年前の、文化祭準備期間中のことです。一人の女子生徒が、あの『開かずの扉』の中で、血を流して倒れているのが発見されました。彼女の腕には何者かに傷つけられた裂傷があり、その傍らには錆びたカッターナイフが落ちていたそうです。そして彼女の周りには、青い蝶の標本が散らばっていたと言います」

彼女の語る二年前の事件は、僕の見たあの景色と強く重なるものだった。

「それは一見すると、ただの傷害事件のようにも思えましたが、倒れていた女子生徒の証言は曖昧《あいまい》で、先生たちが調べていくと、現場は一種の密室状況であり、他の誰も出入りすることが不可能だったことがわかったそうなんです」

「それって、今回の事件とそっくりなんじゃ……」

「はい。ですが、これ以上の詳しいことは、部外者であるわたしには調べられませんでした」

春日さんは静かにかぶりを振った。

「被害者の証言が曖昧な上に、犯行が可能だった人間は誰もいない。結局、事件は彼女の狂言だったということで落ち着いたそうです。わたしは先輩に、この事件を調べてもらうつもりで、『顔の染み女』の調査に協力したというわけです」

「どうして、春日さんは、その事件を調べたいの？」

二年前の事件だ。

そのとき、彼女は中学生でこの高校とは関わりがないはずだった。

「準備室で倒れていた女子生徒は、当時の二年生で名前を秋山風花《あきやまふうか》さんと云います」

それから、春日さんは逡巡《しゅんじゅん》するように言葉を選んだ。

「彼女は……。わたしの……、大切な人、でした」

うまく言えないんです。春日さんは眼を伏せて、自嘲《じちょう》気味に笑う。

「近所に住んでいたお姉さん。言葉にすると、ただそれだけの関係です。けれど、わたしにとっては、ずっと親身になってくれた人で……。先輩は、お姉さんっていますか？」

僕は彼女の問いかけに答えることができず、打たれた鐘が反響するように震えた心臓を意識しながら、春日さんの話の続きを待っていた。

「風花ちゃん――、秋山風花さんは、わたしにとっては姉のような人でした。わたしの家は両親が仕事人間で、帰りが遅くなることが多くて。兄は大学の寮に住んでいましたから、わたしの面倒は、もっぱら風花さんが見てくれたんです」

そう語る彼女の眼差しは悲しげで、それはもう、決して取り戻せない過去を懐かしむような、そんな眼差しだった。

「事件のことを、風花さんはなにも話してくれませんでした。わたしが訊ねても、彼女はただなにかを抱えるような表情で、寂しげに微笑むだけでした。いったいなにがあったのか、わたしには決して話してくれませんでした」

「その……。秋山さんは、今は？」

春日さんは静かにかぶりを振った。

「あのときから、徐々に疎遠になりました。高校を卒業してすぐに越してしまって、今はもう連絡がとれません」

きゅっと唇を噛《か》みしめ、春日さんは俯いた。そうして、ぽつりと呟く。

「狂言だなんて……、そんなことをする人ではないんです」

それから、彼女は顔を上げた。まっすぐに僕の双眸を見つめ、微かに身を乗り出す。

「だから、わたしは知りたいんです。いったい、彼女の身になにがあったのか――。わたしは、語られなかった言葉を探しているんです」

僕は僅かに息を止めて、春日さんを見返す。

語られなかった言葉を探している。

同じ言葉を、僕はあの廃墟《はいきょ》で気だるげに寝そべる魔女から、耳にしていた。

きっと、僕も同じなのだろう。

今はもう遠くへ行ってしまった人が、なにを抱えていたのか――。

それは自分には決して告げられなかった言葉だ。本来ならば探るべき言葉ではないのかもしれない。胸に秘めて外に出せないからこそ、語られなかったのだ。その固く閉ざされた扉を無理にこじ開けるだなんて、本来ならば、するべきことではないのかもしれない。

けれど、僕は求めている。

どうして、なにも言ってくれなかったんだよって。

残された者たちは、そう叫ばずにはいられない。

そう。僕は本当に泣き喚《わめ》くだけで、なにもしなかった。闇雲に墓を掘り返し、過ぎた思い出が心に薫るたび、ただ涙を滲《にじ》ませることだけしかできなかった。

けれど、彼女は探しているのだと思った。

春日さんは、語られなかった言葉を探して、実際に行動しているのだ。

「既に二年前のことです。残っている生徒は今の三年生だけで、当時のことを調べるのは難しいかもしれません。わたしは入学して二ヶ月で、頼りにできる人も伝手もありません。ですから、先輩の協力が得られればと――、そう考えていました」

「そっか」

僕はそう呟き、珈琲のカップに眼を落とす。

「正直に言うと、先輩に近付いたのはそういった打算があったからです。先輩、ぼっちみたいですから、あざとく接して親切にしてあげたら、言うことを聞いてくれるかなって」

「そ、そうですか……」

「ですが、今回の事件が起こった上、先輩が犯人扱いされるなんて計算外でした。能天気にわたしのことを信じている先輩を見ていると、もう胸が痛くて……」

本気で本音をだらだらと垂れ流してしまう子らしい。

僕はどう反応したらいいかわからず、乾いた笑みを浮かべることしかできない。

「ただ、今回の『密室殺トルソー事件』は、わたしにとっては好機でもあります。ただの模倣犯という可能性もありますが、二年前の事件との繋がりは無視できません。今回の事件を調べていけば、二年前になにがあったのか、手がかりが得られるような気がするんです」

「確かに」僕は頷き、春日さんを見つめ返す。「そういうことなら、僕も喜んで協力するよ」

その返答は、春日さんにとって意外なものだったらしい。

「いいんですか？」

眼をぱちくりとさせて、春日さんが言う。

「わたし、先輩を利用しようとしたんですよ？　それでも協力するって、マゾなんですか？」

僕は口をつけていた珈琲を吹き出しそうになる。

「いや、その……。ほら、どのみち僕だって自分の無実を証明しないといけないわけだからさ、二年前の事件だって調べる必要があると思うし——。それに、共感……するっていうか」

「共感？」

「いや、こっちの話です」

珈琲は既にぬるかった。それに加えて、えらく苦い。

「あ、そういえば、無実を証明する手は、二つあるって言ってたよね」

「ああ……。そうですね。ええ、残る一つは正攻法ですよ」

春日さんは一度俯くと、両手の人差し指と中指を用いて、眼鏡のフレームを脇から持ち上げた。それから僕を見つめ返し、上目遣いで挑むように言う。

その口元には、どこかしら挑戦的な笑みが浮かんでおり——。

「わたしたちで、真犯人を突き止めてやるんです」

第三章　謎はすべて解けた

（柴山祐希の推理）

開け放たれた窓から、黄金色の陽が射し込んできている。

学校は既に閉門時間を過ぎているが、夏の訪れと共に夜は遠のいていた。壁に掛けられた古風な燭台《しょくだい》は未《いま》だ炎を宿していない。

倒れたマネキン。壁際に積み重ねられたガラクタ。豪奢《ごうしゃ》な寝台。その寝台は、まるで古城の姫君が眠るのに相応《ふさわ》しい古風なものだった。そこに寝そべり、落日を映す窓に顔を向けていた彼女は、はたして僕の話を聞いてくれているのかどうか、一言も口をはさむことはない。この風変わりな魔女は怪談の類《たぐい》より、奇妙で不可思議な謎こそを好む傾向がある。そして彼女には、その不可思議をたちどころに解明してしまう力があるのだった。

僕が語り終えると、彼女は僅《わず》かに上体を起こし、微《かす》かに顎先《あごさき》を持ち上げた。愉悦に輝かせた黒い双眸《そうぼう》で、僕の方をちらりと見下ろす。そして、吸血鬼ならば犬歯が覗《のぞ》いたであろうほどに、嗜虐的《しぎゃく》な笑みを浮かべて、こう言った。

「そう――。おまえ、なかなか愉《たの》しそうなことに巻き込まれていたのね」

「楽しくなんかないですよ！　ひとごとだと思って！」

顔を傾けると、長い黒髪がさらりと流れて、白いブラウスの肩から滑り落ちていく。

抱えるように寄せた長い脚は折り畳まれて、短いスカートから肉感的な腿《もも》の白さが覗いていた。その肌の滑らかさは、茜色《あかね》の陽を背に浴びて更に妖《あや》しく煌《きら》めいていた。

「あの」俯《うつむ》きながら、ちらちらと彼女を見上げて言葉を続ける。逆光であるのが惜しい。「なにかわかりませんか……。密室を出入りする方法、とか……」

「そうね。話を聞くだけでも、六通りほど思いつくけれど」

マツリカさんは、退屈そうにさらりと告げた。

密室の解き方が、六通り？　そんなに？

「えっ、本当ですか？」

「それよりも、おまえ――」

と、彼女は僕を見下ろして、どこか呆《あき》れたふうに柳眉《りゅうび》を寄せる。

「深夜の女子テニス部に不法侵入するだなんて……」

そう漏らすピンクの唇は、再び嗜虐的にかたちを変じていく。

「そんなに、わたしと水浴びがしたかったの？　いやらしい男ね」

「いやっ、そーではなくてですねっ！」思わず膝立《ひざだ》ちになり、ぱたぱたと両手を振る。「あのですね、僕はあくまで、マツリカさんの無理難題をなんとか成し遂げようと努力しただけで、その、つまり、そういうことじゃなくてっ」

僕はマツリカさんの水着姿が見たくて女子の花園に侵入したわけではないのだ。それを理解してほしい。決して、あの狭いバスタブの中で、マツリカさんの柔らかな肌に密着したいとか、そういう妄想を実現するために行動したわけではない。きっと、たぶん。僕は紳士なのである。

「ふぅん。では、褒美はなくてもいいのね」

「え、あ、そ、そーですよ！　要りませんですよ！」

「そう」マツリカさんは眼を伏せた。長い睫毛《まつげ》が茜色の陽を浴びて煌めいている。その美しさに、僕は思わず喉《のど》を鳴らして硬直していた。「残念ね。今日のために、せっかく水着を新調したのに」

「え」

「まぁ、わたしに興味がないというのなら、それはそれで構わないのだけれど……」

目を伏せながら、どこか寂しげに、彼女はそう呟《つぶや》く。

「ええと、あの、いや……」

僕は身を硬直させたまま、どう答えたらいいかわからずに、ただ口籠《くちご》もっていた。

今日のために、水着を新調した？

マツリカさんの、水着……。何色かな……。黒かな……。やはり、ビキニ、ですかね？

ごくり、という音が、無音の室内に鳴り響く。

それから、仄《ほの》かな吐息。

彼女の唇が、ほんの僅かに開いていた。

「この下に、着ているの」

しゅるり、と音がして、臙脂色《えんじいろ》のネクタイがほどかれる。

暑さのせいか、ブラウスの胸元は、既にボタンが外れていた。

「たまにはきちんと、おまえに報いてあげようと思って」

こちらを覗《うかが》うような眼差《まなざ》しが、射すくめるように僕の身体を貫く。

妖艶《ようえん》な表情と、指先の動き。ブラウスのボタンが、また一つ、外されていく。

「誰にでも、見せるというわけではないのよ」

僕は危うげな妖術にかけられたかのように、身じろぎ一つすることができない。

「おまえは、退屈な密室より、わたしのここを開いてみたいのではない？」

ボタンが外れる。滑らかな肌が暴かれる。病的なほどに白く、雪のように儚《はかな》げで美しい、甘い洋菓子の表層が覗いていく。彼女の呼気と共に、その白い丘の麓《ふもと》が柔らかく弾むかのようだった。

小さくて頼りない漆黒の布地が、白く甘い洋菓子を包んでいる。

彼女が身を屈《かが》め、ほんの僅かに腕を寄せると、そこは僕を誘うように質量を増した。だらだらと汗が流れて、呼吸が荒くなり、身体中が熱くなる。僕は息を止めて、じっと彼女のそこを凝視していた。小さな身じろぎ一つがもたらす変化を、決して見逃さないように観察していた。彼女の唇が、くすり、と笑う。

だめだった。無理だった。いつものように、からかわれているのは理解していた。だから喉を鳴らして見つめる自分の滑稽《こっけい》さと醜さを、これ以上彼女に見られたくはなかった。

「――無理ですってば！」

気づけば、僕は逃げ出していた。慌てて立ち上がり、何度も転びそうになりながら部屋を飛び出して、階段を駆け下りていく。彼女の姿は脳裏に焼き付いて離れない。清楚《せいそ》な白いブラウスから覗く黒い水着と、それに申し訳程度に覆われた柔らかな乳房。それが甘く揺れるひととき。くすりと笑うのは、嗜虐的なかたちの唇だった。からかわれている。反応を見て、嗤《わら》われている。

どうしてか、悲しかった。

僕はひたすらに自転車を漕《こ》いで帰る。

堪《こら》えることができて良かった。マツリカさんは、どうするつもりだったのだろう。

僕のこの手が彼女の華奢《きゃしゃ》な肩を掴《つか》んで、その身体を寝台へと押し付けていたら。

想像の中で、その冷たい眼差しは、静かに僕を侮蔑《ぶべつ》していた。

＊

「まずは七里先輩の交友関係を探って、彼女に恨みを持っている人間がいないかどうか探りましょう」

翌日のお昼休みは春日さんの提案により、手分けして情報収集を行うことになった。

僕はひとまず面識のある人に頼るべく、新聞部の部室を訪ねた。

「おっ……。誰かと思えば、豆柴《まめしば》君ではないか」

眼鏡の表面を光に反射させて、思いのほか歓迎してくれたのは草柳《くさやなぎ》部長だ。

本来、こうした校内の情報に詳しいのは、保健室登校を続けている松本さんである。しかしながら、よくよく考えてみると保健室に籠もっている人間が、どうして学校の情報に耳ざといのか不思議に思う者もいるだろう。その答えが、この新聞部の部長さんだった。

この草柳先輩は、松本さんから『保健室の主』と呼ばれているくらい、保健室に足しげく通っているサボり魔なのだという。それでいて成績はすこぶるよろしく、必要な単位もギリギリを保っているという変わった人だった。真に校内の噂に耳ざといのはこの人であり、僕も何度か、怪談の話を聞かせてもらったことがある。

「覚えていてくれたのは嬉《うれ》しいですが、名前、柴山ですから」

部室の中は狭苦しく、大量のプリント用紙や冊子がスチールの机の上で山積みになっている。顧問の先生は注意しないのだろうかと心配してしまうほどの散らかりようだった。他の部員の姿はないようである。

「ははっ、わかってるわかってる。そう照れるなよ」

何故か肩を叩《たた》かれて、椅子に座るように促されてしまった。

「それで、来たのはあれだろう。『開かずの扉』の事件のことだろう」

「どうして――」

「どうしてって、相変わらず豆柴君は鈍いね。僕らは新聞部だよ。第一美術準備室の鍵《かぎ》を開けたのが松本さんで、オカルト好きの君もそこへ同行していたというのは当然ながら摑んでる。いつか、発見当時のことを詳しく聞いてみたいと思っていたのさ」

　くるりとカーブしている前髪を指先で弄《もてあそ》びながら、草柳先輩は言った。

　それならば、話は早いというものだ。誰かの飲みかけだが飲むかねと勧められた、いつのものなのかもわからないペットボトルの紅茶を丁重にお断りし、僕は草柳先輩に取引を持ちかけた。あのときのことを詳細に話す代わりに、七里先輩の人となりや交友関係について教えてもらえないだろうか、と——。

「構わないよ」と、僕がすべて言い終わらないうちに、先輩はあっさりと頷《うなず》いた。「普通だったらオカルト話は扱わないんだ。僕は好きなんだが、部員のみんなから反対される。しかし、今回は事が事だ。なにせ七里観月といったら、成績優秀、容姿端麗、スポーツ万能でサウスポーのテニスプレーヤーと、少し昔の恋愛シミュレーションゲームのヒロインみたいな注目人物だからね。そんな彼女を狙った犯行となれば、新聞屋の魂が疼《うず》くというもの。なんでも聞き賜えよ」

　相変わらず、ぺらぺらとよく喋《しゃべ》る人だった。放っておくと一人で何時間でも話し続けていそうだ。僕にはまるでない技術なので、呆《あっ》気《け》にとられつつも感心してしまう。

「知りたいのは、彼女自身のことと、彼女を恨んでいそうな人について、です。いくら学校の人気者といっても、誰からも愛されるような人なんて、いないんじゃないかなって……」

「その通り」先輩は頷き、どこからともなく扇子を取り出すと、ぱたぱたと煽《あお》ぎ始めた。「僕は七里とは二年のときからクラスが一緒でね、それなりに交流もある。確かに彼女は外面はいいけれど、あれはね、僕に言わせれば酷《ひど》い悪女だよ」

「悪女――、ですか」

「なにせ、見てくれがよいからね。そのくせ、男が好きそうな女のキャラクターをよく理解していて、仮面を被《かぶ》るのがうまい。だから放っておいても男が寄ってくるんだ。そうなれば女は嫉《ねた》むし恨みも買う。噂は絶えないものさ」

「具体的には、どんな噂ですか」

「ぱっと思いつくだけで二つあるが――。これはつまり、あの事件の犯人捜しだろう？　僕が怪しいと睨《にら》んでいるのは、演劇部の三年生、田中翔《たなかかける》君だ」

　僕は手帳を取り出し、その名前をメモする。

「地味で根暗な、冴《さ》えない男でね。誰かさんによく似ているが――」そこで僕の顔をしげしげと眺めないでほしい。「しかし、君ほどの愛嬌《あいきょう》もない。内に籠もりがちな人間で、演劇部では裏方仕事ばかり。人前に立つこともできない陰気な奴だよ」

　見知らぬ他人のことではあるが、酷い言いぐさだ。

「さっきも言った通り、七里は八方美人というやつでね。基本的には誰に対しても優しい態度を取るんだ。田中君のような、女子生徒と関わりのない人生を送ってきた人間にとって、美人が見せる一瞬の優しさというのは致命的な毒だよ。フラグが立ったと勘違いしたんだろう。田中氏は、七里が自分のことを好きに違いないと、そう思い込んでしまった典型的なストーカー野郎に変じてしまったんだ」

「な、なるほど」女の子の優しさは、致命的な毒。その気持ちはわからないでもない。「ええと、なにか被害に遭ったとか、そういう話はあるんですか？」

「帰り道に待ち伏せされたとか、いつの間にかメールアドレスが知られてしまったとか、なにやらポエムを書き綴《つづ》った手紙が送られてきたとか。他人の不幸を笑ってはいけないが、そんな事案が本当に発生するものなのかと、少しばかり心が躍ってしまったね」

「なるほど……。あ、二つ、って言っていましたよね。他にもそういう話があるんですか？」

「ああ。一年ほど前の話になるんだが――、かつて同じテニス部に、工藤綾子《くどうあやこ》という部員がいたんだ。この工藤というのは、どうも七里とは折り合いが悪かったようでね、表面上は取り繕っていたようだが、二人はいつも互いを目の敵にしていたようだよ」

「女の戦い、的なやつですか……」

「そう。あるとき、工藤の不満が爆発してね。七里はテニス部の顧問である猪頭《いのがしら》先生にとても気に入られているんだ。猪頭健司《けんじ》、知っているか？」

「ええと、日本史の先生、ですよね」

「工藤は、自分がレギュラー落ちして、七里が猪頭に贔屓《ひいき》されているように感じたそうだ。女子テニス部内での対立は悪化して、いっとき部内の雰囲気は最悪なものとなったという。まったく巻き込まれた他の部員たちが気の毒でならないね」

「それで……。結局、どうなったんですか」

「工藤の敗北だ。七里は持ち前の八方美人ぶりを発揮して多くの部員を味方に引き入れた。立場の悪くなった工藤は部をやめてしまったよ」

なるほど、それならば、七里先輩への恨みは凄《すさ》まじいものがあるに違いない。動機としては充分だろう。僕は工藤綾子の名前を手帳に記す。

「他にはなにかありませんか」

「他には――」

ぱたぱたと自身を煽いでいた草柳先輩は、暫《しば》し天井に視線を向けていた。

それから、唐突に思いついたように、僕へと眼を向ける。

なぜか、扇子を向けて仰がれた。

「実は、今の話には続きがあってね」

僕は草柳先輩の送り出す風に眼を瞑《つむ》って顔を背けた。

「なんなんですか」

「正直、曖昧《あいまい》な噂なんだ。君と僕の、ここだけの話として聞いてほしい」

「はぁ」

「工藤綾子と七里観月の対立の際に、工藤の味方をした一年生がいたらしいんだ。名前まではわからないから、女子生徒Xとしよう。Xは、部内で立場が悪くなる工藤を最後まで支えたらしい。元よりそれほど仲が良かったわけではなく、孤立していく彼女を放っておけないと思うような、そんな優しい子だったのだろう。ただ、それはX自身の立場をも危うくする結果となった」

いつの間にか、扇子による送風はやんでいた。

少しばかり前屈みになり、草柳先輩はどこか真剣な顔つきで僕を見ている。

「工藤が部をやめたあとも、Xは女子テニス部の部員たちから蔑《ないがし》ろにされていたらしい。そして部内だけならまだしも、それはXのいるクラスにも飛び火する結果になった。Xのクラスには七里を慕う女子テニス部員がいて、そいつは教室で影響力のある存在だったんだろう。そこで行われた行為を単純にいじめという言葉で表現するべきなのかどうか、僕にはわからない。ただ、Xはそれから学校に来られなくなってしまったらしい」

草柳部長はそう語り終えて、じっと僕を見つめた。

女子生徒X。七里先輩に対する強い動機を持っているように思えるが、学校に来ていないというのなら、犯人候補としては、除外できるかもしれない。

僕は七里観月という女子生徒と、その周囲の人間関係、そこに隠れた様々なできごとに対して思いを巡らせた。七里観月。田中翔。工藤綾子。女子生徒X――。

毎日のように過ごす場所だというのに、この狭くて小さな社会には、僕の与《あずか》り知らぬ人間関係が数多く隠れ潜んでいるのだ。誰かが誰かを憎んでいて、誰かが誰かのことを好きでいて、そんな当たり前のエピソードが、僕の周囲にはきっとたくさん渦巻いているのだろう。ふと、春日さんの描いたスケッチを思い起こした。遠くから教室を観察するような、あの風景。そこから連想するのは、あの退廃した根城で孤独に望遠鏡を覗き込んでいる魔女の後ろ姿だった。

マツリカさんは、そんな物語の一つ一つを遠くから覗き込んでいる。けれど、その彼女自身には、いったいどんな物語が隠れ潜んでいるのだろう。

そして、僕の姉さんには、どんな物語があったのだろう——。

姉さん。

「先輩、もう一つ、お訊《たず》ねしたいことがあります」

憂鬱《ゆううつ》な思索を掻《か》き消すようにかぶりを振って、僕は草柳部長に訊ねた。

「二年前、あの『開かずの扉』であったという事件のことです」

＊

「僕は当時一年生だからね。今ほど新聞部の活動に熱を上げていたわけではない。けれども、やはりどこか謎めいていて、気になる事件ではあった。今から語ることは、僕があとになって調べたことで、正確なところはなに一つ保証できない。そんな曖昧な話で良いのなら、僕の知っていることを語ろうじゃないか——」

前口上を終えて、草柳先輩はペットボトルの緑茶で喉を潤した。

「事件が起こったのは、今から二年前、文化祭の準備期間中だった。準備もラストスパートで、放課後の校舎がゴテゴテとデコレーションされていく最中だったよ。君も知っていると思うが、この高校の文化祭は、垂れ幕やらアーチやらバルーンやら、とにかく校舎の外観が賑《にぎ》やかしくなるので有名だからね。さて、問題の第一美術室とその準備室は、二年生のとある教室が演劇を行うのに利用していたらしい。たぶん、準備室を控え室として利用するのに利便性が高かったのだろう」

僕は頷き、草柳先輩の話に黙って耳を傾けた。

「放課後のことだった。第一美術室のある特別棟の三階、その階段近くの廊下で展示の作業をしていた女子生徒がいた。彼女は自分の友人が階段を上がってくる姿に気がついた。なんとなく目で追いかけると、その友人が廊下を進んで美術準備室に入っていく姿を目撃する。彼女はその友人に用事があり、自分も友人を追って美術準備室に立ち入ったんだ。ところが、そこで目に飛び込んできたのが——、腕に傷を負って倒れている友人の姿だった」

怪談を語るかのように、草柳先輩は僕の緊張感を煽っていく。

「その倒れていた人というのが、秋山風花さん、ですか？」

「ほう。名前を知っているのか。その通り。彼女を発見した女子生徒は、慌てて秋山風花を抱え起こし、いったい誰にやられたのかを訊ねた。ところが、秋山風花は酷く動揺しているようで、どうにも要領を得ない。そこで、その女子生徒はふと怪訝《けげん》に思ったんだ。自分は三階に上がってくる秋山風花の姿から目を離すことなく、すぐに彼女を追いかけて準備室に入ったのだ。秋山風花を傷つけた何者かがいるのだとしたら、自分はその人物と廊下ですれ違うはずなのではないか、と——」

「それで密室、ですか」

「その通りだよ。現場は密室で、被害者である秋山風花の証言もとても曖昧なものだった。結局、事件は彼女の狂言だったとして処理された。その秋山風花の証言というのが――」

扇子を閉ざし、その先端を僕に突き付けて、草柳部長が告げる。

「『胡蝶さんに、やられたの……』」

その言葉に、息を吞《の》まずにはいられない。

「そう。あの部屋に伝わる胡蝶さんの怪談を連想させるものなんだ。なかなかどうして、興味深いだろう？」

「その、秋山風花さんを最初に発見した友人というのが誰なのか、わかりますか」

「ああ、だがその人物は当時二年生で、しかもそのあと進級前に転校してしまったから、もう話を聞き出すことはできない。しかし――」

と草柳部長は、愉快そうに唇の端を歪《ゆが》めた。

「彼女は廊下で展示の作業をしていたと言っただろう。実は、目撃者は一人だけじゃないんだ。もう一人、彼女と共に廊下で作業をしていた人間がいて、その子は当時の一年生、つまり今は三年生だ」

「名前を教えてくれませんか」

勢い込んで言う僕に、草柳部長はどこか意地悪な表情を浮かべた。

「秋山風花を発見した友人の名前は、松橋《まつはし》すみれ――。そしてその松橋すみれと共に作業をしていたのは、君も知っている写真部の三ノ輪部長その人だ」

＊

松橋すみれ――。

三ノ輪部長が当時の事件の間接的な目撃者だったという話には驚いたけれど、僕の前に再び松橋すみれの名前が出てきた事実の方が驚愕《きょうがく》だった。この名前とは、僕の知らないマツリカさんの過去を巡る謎と共にたびたび遭遇しているのだ。

放課後。体育館裏の件《くだん》の場所で、僕は春日さんと情報交換をした。

「それで、先輩は情報と引き替えに、自分が遭遇した密室現場の詳細を話した、と――。また敵になり得る人物を作ってしまったわけですね。先輩って墓穴掘るのが趣味なんですか？」

「えっ」

「その新聞部の部長も、いずれ密室を出入りできたのは柴山先輩しかいない、という事実に気づくかもしれません。松本先輩の推理と同じ道筋を辿《たど》って」

「あ――」

まったくもって、そんなことは想定していなかった。

「とはいえ、過ぎたことは仕方ありませんね。背に腹は替えられないとも言いますし、せっかく入手した情報ですから、有効活用させてもらいましょう」

そう言いながら、春日さんの眼差しは僕を睨むようでもあった。

「ええと……、その、二年前の事件に関しては、写真部の部長にあとで訊《き》いてみようと思うんだけれど……、春日さんは、なにかめぼしい話は聞けた？」

「残念ながら、先輩ほど多くはありません。ただ、一つだけ興味深い話を聞きました。七里先輩の親友に関して、です」

「おお、聞かせて聞かせて」

「はい。元々、七里先輩はその人気の高さもあって、交友関係の広い人ではあるのですが、その中でも常に行動を共にしているような大親友がいるんです。それが、同じテニス部の深沢雪枝《ふかざわゆきえ》という人です。一年生のときからずっと彼女の傍らにいるようで、ある先輩の評に拠《よ》れば、よく言えば補佐役、悪く言えば引き立て役、ということらしいです」

「なるほど……。でも、親友ってことは、今回の事件とは無関係そうだよね」

「わたしもそう思ったんですが、彼女について妙な噂も耳にしました」

「妙な噂？」

「一ヶ月ほど前、その深沢先輩が第一美術準備室から出てくるところを見た、と証言している生徒がいるんです。その目撃者というのが、先ほどの先輩の話にも出てきた、演劇部の田中という人でした」

「準備室から……。確かに、それはなにかありそうだね」

「深沢先輩はその事実を否定しているようです。まぁ、ストーカーが言いふらしていることですから。とはいえ、演劇部の部室はあの準備室と同じ階にあるようですから、嘘とも言い切れません。その話が本当だとしたら、深沢先輩はそこでなにをしていたのでしょう？」

確かに、あそこは普段は誰も出入りしていない部屋なのだ。そんなところをわざわざ訪れる理由は、いったいどんなものだろう。

＊

「次は、現場状況を再確認してみましょう」

春日さんにそう提案されて、僕らは準備室を訪れることにした。

とはいえ、第一美術準備室はあれから再び施錠されてしまっている。春日さんには、先に部屋の前へ行っていてほしいと言われたのだが、どうやって鍵を手に入れるつもりなのだろう。

深閑とした廊下は、やはり体育館の陰になっていて薄暗い。準備室の扉に辿り着き、引き戸へ手を掛けたものの、案の定、鍵が掛かっている。

扉は校舎によくある引き戸のタイプで、上にも下にも物が通れそうな隙間は見当たらない。たとえば、古典的な推理小説では密室を作るのに糸の類がよく使われるらしいが、そんなものが通る隙間もないように思える。

と、気がついたことがあった。隣の第一美術室の戸が、ほんの僅かに開いているのだ。

誰かが中にいるのだろうか？

近付いて、戸の隙間から中の様子を覗いてみる。

普段は使われていない場所だからか、椅子や机の類は僅かしかなく、室内の様子は物寂しい。しかし、中には一人の男子生徒がいた。イーゼルに立てかけたキャンバスに向かって、取り残された椅子の一つに腰掛けている。絵を描いているらしかった。考えてみればここは美術室なのだから、当然と言えるかもしれない。けれど美術部の活動場所は、確か第二美術室のはずだ。どうしてこんなところにいるのだろう。

そんな疑念の気配を察知したわけではないだろうに、その男子生徒がキャンバスから視線を外して、こちらを向いた。とたん、眼が合ってしまった。一瞬、僕も彼も固まってしまう。彼にしたって驚くだろう。なにせ、僅かに開いた扉の隙間から、影の薄い根暗男子が覗いているのである。幽霊かと思われても致し方ない。

「ええと、いや、その……」

とりあえず、彼を驚かせないように声を発した。

まばたきを繰り返した彼は、きょとんとする。それから、微かに笑った。

「びっくりした。幽霊かと思ったよ」

「いや、えっと、生きてます」

「そうみたいだ」彼は小さく吹き出す。人の良さそうな笑顔だった。「なにかご用かな」

「いや、特に用というわけでは」

どうしたものかと焦りながら、視線を巡らせる。と、新たに気づいた一つの景色に、思わず眼を凝らして、しげしげと眺めてしまった。

「どうしたの？」

「いや、そのう」

僕は戸を少しばかり開けて、室内に首を押し込んだ。それから、矯めつ眇《すが》めつ眺めて。

「あの、そこに扉が、ありますよね……？」

「ああ、あるね」

「どこに繋《つな》がってるんですか？」

「そりゃ、隣だよ。準備室だ」

「ええっ」

自分の喉から、素っ頓狂《とんきょう》な悲鳴が漏れた。

と――。

「先輩、どうしたんですか？」

「わっ、びっくりした」

背後から声を掛けてきたのは、遅れてやってきた春日さんだった。

「失礼ですね」彼女は不服そうに頬を膨らませて言う。「自分がいちばん幽霊みたいな存在感のくせに」

「ははは、春日さんは、相変わらず口が悪いな」

と、あっけらかんと笑ったのは、椅子から立ち上がった男子生徒の方だった。

「あれ……。知り合い?」

「ええ。彼は美術部の部長ですよ」

「どうも、野村です」

そう笑って、彼は片手をひらひらさせる。

　ネクタイの色を見ると、どうやら三年生らしい。人の良さそうな笑顔が印象的であり、線が細くて顔立ちは整っている。なんというか、幸の薄そうな天才肌の芸術家、といった言葉が似合う雰囲気をその容貌《ようぼう》から感じ取れる。

「ええと、柴山、です」

　とりあえず、僕はぺこりと頭を下げた。

「春日さんは？　今日は絵を描きにきた——って、わけじゃなさそうだ」

「はい。今日は隣の部屋を調べに来ました」

「隣の部屋？」

「って、そうだ！」僕は思い出して声を荒らげる。「そ、そこの扉なんですけど！」

　僕は室内に入り込んで、部屋の窓際にある、先ほどから気になっている扉へと近付いた。

「これ、準備室に続いているんですよね？　でも、僕が準備室に入ったときは、隣に続く扉なんて、なかったような……」

「ああ」野村先輩は納得したように頷く。「開けてみればわかるよ」

　彼は掌《てのひら》で扉の方を指し示した。扉は、鍵穴のあるノブがついたタイプ。僕はそのドアノブを回して、奥へと開け放つ。扉は施錠されていなかった。

戸は僅かに開いて——。

がたっ、という、なにか固いものにぶつかる感触と共に、止まってしまった。

「たぶん、戸棚かなにかで塞《ふさ》がってるんだよ。だから、そこから入ることはできないんだ」

確かに、なにか重たいものにぶつかっているようで、扉はそれ以上奥にはぴくりとも動かなかった。しかし、一センチにも満たないほどの僅かな隙間が開いている。

「入ることはできないけど……。これって、新発見じゃないかな」

「そういえば、そこのドアの存在を忘れていました」無念そうに春日さんがこぼす。「もしかすると、密室を解く鍵になるかもしれません」

「もしかして」頷き合う僕らを見遣《みや》り、野村先輩が言う。「例の悪戯《いたずら》のことを調べてるの？」

「はい」春日さんは頷き、ポケットから鍵を取り出した。倉庫Bというラベルの、準備室の鍵だ。「とある理由で、そこの冴えない二年生が疑われていまして、容疑を晴らすのに協力しています」

「へえ。なんだか面白そうだね」

「いやいや、ぜんぜん面白くないですから……」

「とにかく、問題の部屋に入ってみましょう」

僕の抗議を無視して、春日さんは美術室を出て行った。

どのように準備室の鍵を借りてきたのか、と訊ねたら。

「わたしは美術部の部員ですよ。必要な備品を探したいと言っただけです」

などと、あっけらかんと答えられてしまった。

「先生が言うには、あれから誰にも部屋の鍵は貸していないそうです。室内も、ほぼあのときのままだとか」

「ほぼ?」

「蝶の標本や、マネキンは片付けたと言っていましたけれど……。流石にそのままにはしておけないのでしょうね」

言いながら、春日さんは鍵をねじ込み、扉を開く。

黄昏時《たそがれどき》の室内は、淀《よど》んだ空気が影へと変じたかのように暗く、どこか禍々《まがまが》しい様相を現していた。強烈な黴《かび》臭さが鼻腔《びこう》を衝いてくる。室内に入ると、春日さんは鼻を摘《つ》まみながら、ぐるりと周囲を見回した。僕も室内に続き、電灯のスイッチを探して部屋を明るくする。

部屋の様子は、一昨日と少しばかり違っていた。倒れていたトルソーは、直立して戸棚の前へと移動しており、蝶《ちょう》が収められていた標本箱は戸棚の上に立てかけられている。当たり前のことだが、トルソーは既になにも身に付けていなかった。制服は持ち主である七里先輩の元へ返されたのだろう。もっとも、彼女が今後、それを身に付けるかどうかはわからない。

「それで、マネキンが倒れていたというのは、どこなんですか？」

「えーと、この辺りだよ。奥に頭を向けて。どちらかというと、扉に近い位置だね。正確に言うと、マネキンじゃなくてトルソーだけれど。そこにあるやつだよ」

「ああ、なるほど。これですか」

「これって、どこから持ってきたんだろう？」

「さぁ……。先生たちが元に戻していないのなら、元からここにあったのかもしれません。美術とは、あまり関係のないものが押し込められている感じがしますから」

春日さんがそう言って示したのは、戸棚の前に雑然と置かれた複数の段ボール箱だった。開いた蓋《ふた》の下には、なにに使うのかよくわからない備品の数々が押し込められている。

「それで『倉庫B』なのかな」

春日さんは小さく肩を竦《すく》めると、隣の美術室へ続く内扉を塞ぐ戸棚に近付いた。そのスチールの戸棚に手を掛けて、動かそうと試みる。しかし上には段ボールが積まれ、棚には書類らしきものがぎっしりと詰め込まれていた。見るからに重そうだ。案の定、ぴくりともしない。

「うーん、これを動かして、ここから出て行くのは難しそうです」

僕は戸棚の足元に眼を向けていた。埃《ほこり》の積もっている様子からも、犯人が戸棚を動かした可能性はなさそうだとわかる。

一応、戸棚の裏へ手を伸ばして、ノブを掴むことは可能だった。が、肩を捻《ひね》って隙間に腕をねじ込むような苦労が必要だ。なんとか開けるが、やはり一センチも満たない隙間を作るので精一杯となる。

人が通り抜けることには使えそうにない、が――。

「とりあえず、窓も調べてみませんか？」

「ああ、うん、そうだね」

春日さんと共に、奥の窓を塞ぐ戸棚へと近付く。

棚の高さはそれほどでもなく、僕の肩よりは高い程度だ。カーテンは開いたままだが、クレセント錠がどうなっているかは、棚に遮られて覗けない。僕はあのときと同じように戸棚に手を掛けて、身体をぐいと持ち上げた。戸棚の向こうを覗き込んで、クレセント錠の様子を確認する。錠は掛かっていた。

僕が下りると、春日さんも真似して、錠の様子を確かめようとする。しかし、彼女の身長と腕力では難しいのか、戸棚に掴まってぴょんぴょん跳ねるだけに止《とど》まり、向こうを覗き込むことまではできないようだった。

「くっ、このっ……」

短い黒髪とスカートの裾《すそ》が勢いよく跳ねる様子を、何度も眺めてしまう。

なんだか可愛い。

「なに見てるんですか」

じろりと睨まれてしまった。

「あ、いや、べつに……」

僕は視線を背けて、周囲を見回す。

それから、窓の上部に取り付けられたカーテンレールを、矯めつ眇めつ眺めた。

一つ、思いついたことがある。

と、室内に野村先輩が入ってきた。

「やぁ。なにかわかった？」

「いえ、ぜんぜんです。先輩はどうしたんです？」

春日さんに問われて、野村先輩は小さく肩を竦めた。

「なんだか筆が止まってしまってね。こっちの方が面白そうだから」

「面白い、というほどではありません。大した収穫はありませんし――」

「いや……」

僕は呟く。春日さんが僕を不審そうに見遣った。

「どうしたんです？」

「わかったんだ」

僕は静かに、頭の中でその論理を組み立てていった。

「わかったって、なにがですか？」

「決まってるだろう」

僕は不敵な笑みを浮かべて、春日さんに宣言した。

「犯人が用いた、密室トリックだよ！」

＊

「俺は推理小説とか、あまり読まないんだけれど」穏やかに笑って、野村先輩が言う。「いいね。犯行現場を舞台に、名探偵の推理披露という展開だろう。気分転換に来たのはいいタイミングだったのかも」

「あまり期待しない方がいいですよ」

春日さんは、半眼でぐさりと告げてくる。

僕は一つ、咳払《せきばら》いをした。いいだろう。なかなか冷たい反応ではあるが、今に見ているといい。この素晴らしい論理で、犯人が仕掛けた巧妙なトリックを暴いて見せよう。

「では、野村先輩もいるので、事件のことを簡単に整理してみます」

僕は野村先輩へと視線を向けて、言葉を続けた。

「僕らが部屋に入り込んだとき、室内には制服を着せられていたトルソーが倒れていました。トルソーが身に付けていた制服は、前日に七里先輩の元から盗まれたもので、これは彼女自身が、名前の書いたタグや糸のほつれ具合などから、自分のものに間違いないと確認しています」

僕はそこまで語り、二人の様子を覗う。春日さんは大人しく話を聞いてくれていた。野村先輩も、話に興味を持ってくれているらしい。

「さて、現場は一種の密室状態といえます。つまり、犯人が七里先輩から制服を盗んで、準備室で犯行に及ぶことは、次の理由から不可能のように思えるからです。なぜなら、準備室の扉は施錠されていて、その鍵は職員室で保管されており、無断で鍵を持ち出すことはできません。そして窓にはクレセント錠が掛かっていたのを、僕自身が確かめています。あんな悪戯をしようにも、誰も室内に出入りすることは不可能だったのです」

「なるほど……、それで密室というわけか」

顎先を撫《な》でながら、野村先輩が頷く。

「前置きはいいので、さっさとその密室を破る方法を話してください」

対して、春日さんは辛辣《しんらつ》である。じろりと睨まれてしまった。

「ええと……。解決の糸口はあれなんだ」

仕方ない。僕は戸棚で覆われている内扉を示す。

「でも、あの扉は、人が出入りできるようなものじゃないだろう？」

「はい」僕は野村先輩の言葉に頷く。「隙間は一センチ程度です。誰も通れません。ですが、一センチより細いものなら、なんだって通ります。これは古典的なトリックなんですよ。犯人は、糸を使ったんです」

僕は、ここぞとばかりに宣言してみせる。

推理小説の中であれば、集められた関係者たちが驚きの声を上げる場面に違いないだろう。

しかし、僕の予想に反して、野村先輩も春日さんも、きょとんとしている。

「それって」野村先輩が言う。「糸を使って、鍵を掛けたってことかい？　なんか、思っていたより単純なトリックなんだね」

「単純というか、頭の悪いトリックですよね」

「え、ええと……。シンプル・イズ・ベストという言葉もあるし……」

あれ、なんか思っていた反応と違うな……。

「と、とにかく、最後まで聞いてください。犯人は、一度、試験準備期間よりも前に、職員室から他の鍵を借りると見せかけて、『倉庫B』の鍵を持ち出します。準備期間よりも前ならば、鍵は記録に残らずに借りることが可能なんです。そして犯人は鍵を使って室内に侵入すると、そこの窓のクレセント錠を外しました。他の教室からベランダ伝いに窓から侵入する経路を確保し、扉を施錠したあと、職員室に鍵を返します」

ここまでは、松本さんの推理と同じだった。

「それから事件当日、犯人は七里先輩の制服を盗むと、ベランダ伝いに窓から準備室に入ります。この窓はご覧の通り戸棚で半ば塞がれていますが、細身の人間ならなんとか通れるほどのスペースがあります」

そう言いながら、窓の方を示す。

二人は大人しく話の続きを待ってくれるらしい。

「そこから中に入り、トルソーに服を着せ、蝶をばらまいて、カーテンを開ける。ここから、トリックの出番です。まずは長い糸を用意して、先端に輪ができるよう結びます。あとはクレセント錠に引っかける。クレセント錠の出っ張り――この部分の名前は知らないんだけれど、とりあえず出っ張りと呼びます。鍵が掛かっていないとき、出っ張りは下を向いているので、そこに糸の輪を引っかけて、窓上のカーテンレールに通す。ほら、あそこです。わかります？」

「なるほど、確かに、糸は通りそうだ」

「いったん上に糸を引いて、また下ろす。そうしないと錠を持ち上げられないので……。そして戸棚に隠れている内扉を開け、その隙間から糸の端を隣の美術室へ先端が出る程度に通します。押し込む要領でやればできるはずです」

「まぁ、確かに、できそうだね」

「あとは窓から外に出て、美術室へ侵入し、糸を引っ張れば……。クレセント錠が下りて、現場は完全な密室になる。そのまま糸を回収してしまえば、証拠は一切残らないのです」

確かに、これは単純なトリックかもしれない。

しかし、完璧《かんぺき》な理論だ。

これ以外に、この密室を形成する論理は存在しないのである。

「ところでさ」

どこか申し訳なさそうな表情で、おずおずと手を挙げたのは、野村先輩だった。

「その場合、犯人は隣の美術室に入る必要があるよね。糸を引っ張って、鍵を掛けるために」

「はい、そうなります」

「なら、犯人はどうやって美術室に入ったんだろう？」

「えっ」

その言葉の意味がわからず、僕は眼を瞬《しばたた》かせる。

「そこは、普段は施錠されているんだ。授業で使われることもないからね。鍵を開けるためには、準備室の鍵を借りるときと同様に、職員室から鍵を借りてくる必要がある──」

「ええと……」

「準備期間中に鍵を借りる以上、誰がどの部屋の鍵を借りたのか、先生の手で記録に残ってしまう。となると、美術室の鍵を借りた生徒が犯人ということになるよね」

「ええと、まぁ、確かに、そうなりますね……」

「となると、犯人は俺ってことになる」

「えっ」

「七里の制服が盗まれた日、第一美術室の鍵を借りたのは俺なんだ。というか、基本的に俺は毎日のように放課後は鍵を借りて、隣で作業をしている。あの日はついつい集中してしまってね、閉門時間が過ぎたことにも気づかないでさ、ずっと作業をしていたんだ。終《しま》いには、鍵を返しに来ない俺を怪訝に思った先生が来て、こっぴどく怒られてしまったくらいだよ。つまり、あの日、美術室の鍵は閉門時間過ぎまで俺が持っていたんだ。他の誰にも鍵を使えない以上、犯人は俺ってことになる……、よね？」

「ええと……。そうなる、かもしれないですけど……」

僕は考えを巡らせる。

「た、たとえば、先輩がトイレへ行く瞬間を狙った、とか。それなら他の人間にも犯行は」

「トイレに行くのを、ずっと見張ってるって言うのかい？　廊下とかで？」

「ええと」

それは怪しい。怪しすぎる。

「つまり、君の理屈だと、やっぱり犯人は俺、ということになるんだけれど——」

どうしよう。

思いもよらず、人の良さそうな先輩を目の前で犯人扱いしてしまった。

と、そこで大きく溜息《ためいき》を漏らしたのは、春日さんだった。

「部長が犯人かどうか、そんなことはどうだっていいですよ。どうして気づかないんです？」

彼女はなぜか、半眼で僕を睨み付けていた。

「気づかないって、なにが？」

「もしかして、先輩って馬鹿なんですか？」

「え」

「そうでなければ、その眼は節穴かと問い詰めたくなります。なるほど、棚を乗り越えることさえできれば、小柄な人なら窓を通れるかもしれません。その可能性は充分あるでしょう。先輩の推理は、この密室を解明しているように思えます。しかし、よく見てください」

春日さんは戸棚を示して言う。

僕はわけがわからず、困惑の思いでそこへ近付いた。

「ええと、なに？」

「窓ではなく、戸棚の上です」

言われて、気づく。

ぐさりと突き立てられた刃《やいば》に、僕の論理は呆気なくも崩壊した。

「埃が、山のように積もっています」

そうなのだった。

何度も眼にしているはずなのに、まるで気づかなかった。節穴と罵《ののし》られても仕方ないかもしれない。長らく掃除されていない様子の戸棚の上には、埃がこんもりと積もっている。鍵を確認するため、僕が棚に手を掛けた指先の跡も、手前の端にしっかりと残っていた。

「窓は小さく、しかも戸棚で半ば塞がれています。そんな狭いスペースを人間が通れば、身体が擦《こす》れて、埃に跡が残るはずじゃないですか？」

「いや、でも、その……。たとえば、上になにか新聞紙を敷くとか……」

「それでも、通ろうとした身体が擦れれば、なんらかの跡は残るはずです。埃は綺麗《きれい》に積もっていて、なにかが擦れたり、通ったりした形跡は微塵《みじん》も見られません」

なんてこった……。こんな重要な点を、見逃していたとは……。

「確かに、そうだね」戸棚の上を覗いて、野村先輩が言う。「息が吹き掛かるだけでも、跡が残りそうなくらいだ。掃除したくなる」

　と、春日さんは再び僕に眼を向けて、哀れむように肩を竦めた。

「見窄《みすぼ》らしい犬みたいな眼をして落ち込まないでください。これは先輩にとって光明ですよ」

「え、光明って、なにが？」

「先輩って、自分が犯人扱いされる一歩手前なんだってこと、わかっています？」

「え、あ、いや、もちろんわかっているよ？」

　しかし、春日さんは疑いの目で僕を見ている。

　あ、いや、そうか――。

「そうか、これって……」

「そうです。逆にこれは、先輩がここを通っていないという証明になるんです――」

第四章　解けないならばそれしかない　（三ノ輪部長の推理）

「本当に、本当にすみませんでした――」

頭を下げられたのは、これで何度目だろうか。

松本さんの額は、今にもスチールの机に擦《こす》れてしまいそうなほどだった。

「いや、本当に、ぜんぜん、誤解が解けたのならそれでいいわけだし、むしろ僕がテニス部の部室に忍び込んだのは本当なわけで、自業自得というか……」

春日さんの提案で松本さんを準備室に呼び出し、埃《ほこり》が積もっている様子を確認してもらった。松本さんはそれを一目見て、僕が窓を通り抜けるのは不可能であると納得してくれた。

女子テニス部の部室に落ちていたストラップに関しては、素直に話してしまうことにした。あくまで怪談の調査のため忍び込んだのだということは、春日さんが証言してくれた。本当に救世主のような後輩である。

「しかし、後輩女子を連れて深夜の学校でデートて。柴山もやるやんけ」

ニヤニヤと笑みを浮かべて言ったのは、高梨君である。

「吐き気を催すようなことを言わないでください。この人は、なにかあったときのための介助犬のようなものです」

相変わらず辛辣《しんらつ》な口調と共に春日さんが睨《にら》み返す。

僕らは現在、写真部の部室に集まってスチールの机を囲んでいる。春日さんは居心地悪そうな表情をしていたが、傍若無人な言葉遣いはそのままのようだ。

「本当に、すみません」松本さんはもう一度頭を下げた。「その、初めは、そこまでゆうくんのことを疑っていたわけではないんです。けれど、わたし……。なんというか、自分で思いついた推理に得意になってしまっていたんだと思います。ゆうくんが、なにか隠していることはわかっていました。だから、余計に怪しく思えてしまって……」

「いや、本当に、僕がやっちゃいけないことをしたのは変わりないわけだし、松本さんに正直に打ち明けるべきだったんだよ」

「まぁ、ええやんけ」高梨君が笑って言う。「オレはべつに、先生にチクる気はないで。まりかもそうなんやろ？」

「はい」松本さんは、ようやく顔を上げた。「信じてあげられなくて、すみませんでした」

彼女は、今にも泣き出してしまいそうな、心底申し訳ない表情をしていた。

松本さんはきっと、あのとき僕のことを大切に思ってくれたからこそ、自分に真実を話して欲しいと言ったのだ。彼女は正義感が強く、思い遣《や》りのある子なのだと思う。そして人間が悪意を以《もっ》て行う悪戯《いたずら》の類《たぐい》に対して、どこかしら潔癖なところがあった。それは、もしかしたら彼女が教室ではなく保健室に通い続けていたことと関係があるのかもしれない。

「ともあれ、柴山の無実はこれで証明できるわけや。一安心ってところやね」

「いえ、そう楽観視はできないと思います」

冷静な声でそう告げたのは、春日さんである。

「確かに埃の件がある以上、先輩の犯行は理屈の上では不可能です。けれど、ストラップを落としてしまったのは致命的でした。物証がある以上、あのストラップの持ち主が判明してしまったら、犯人扱いされてしまうことは確実です。普通の人は、密室がどうとか、犯行が不可能だとか、そんなこと気にしませんから」

「なるほどなぁ。確かに、麻衣子ちゃんの言うことはもっともかもしれへん」

「麻衣子ちゃん……」

春日さんは不服そうに高梨君を睨んだが、彼はお構いなしに言葉を続ける。

「ほんならオレらができるんは、真犯人を明らかにすることやね。犯人を問い詰めて自白させることができたら、誰も柴山を疑ったりせぇへん」

「わたしも協力させてください」固く握り締めた拳《こぶし》を机に乗せて、松本さんが言う。「ゆうくんのお手伝いもしたいですし、あんな悪戯をした人間は赦《ゆる》せませんから」

熱の籠《こ》もった二人の視線が、僕に注がれる。

僕は、どんなふうに言葉を返したらいいかわからず、眼をぱちくりとさせていた。

熱いものが込み上げてくる。

「ええと……。いいの？」

これは、自分の過ちが招いた結果に過ぎない。

それなのに、二人は僕のために協力したいと言ってくれているのだから。

「当たり前やん」高梨君は笑った。「友達やもんね」

「はい」松本さんが頷《うなず》く。「友情パワーです」

「あ、ありがとう……」

僕は眼を閉じた。

頼もしい、人たちだった。

僕は写真部の人間でもなければ、みんなのためになにかをしてあげられるような人間でもない。それなのに、みんな、どうしてこんなふうに力になってくれるのだろう。

僕は、彼らの顔を見ることができなくて、お願いします、と呟《つぶや》きながら頭を下げる。

けれど、どうしてか、呟いたはずの言葉は掠《かす》れて、うまく唇から出てくれなかった。

＊

「なるほど……。二年前の事件ねぇ」

カメラを抱えた三ノ輪部長が部室に戻ってきたので、僕はここぞとばかりにその件のことを持ち出した。既に春日さんの同意を得て、高梨君と松本さんにも、彼女が理由あって二年前の事件を追いかけているという旨は伝えてある。三ノ輪部長は定位置である長机の端の椅子に腰を下ろすと、ポニーの先端を指先で摘《つ》まみながら、「あんまり、大した話はできないと思うんだけれどね」とぼやき、二年前のことを語り始めた。

松橋先輩と、展示用の飾り付けをしていたときだったんだよね。

その年は、特別棟の三階、階段のすぐ隣の教室が写真部の展示をする部屋だったの。確かあのときは、本当は違う作業をする予定だったんだけど、やっぱり入り口が大事だよねって、もっと派手に飾り付けようってことになってさ。

その作業の途中だよ。五時くらいだったかな、真っ赤な夕陽が廊下に射していて、窓の方がすごく眩《まぶ》しかった。で、しばらく作業していたら、誰かが階段を上ってくるのに気づいたわけ。まぁ、そのときは、誰が通り掛かろうが、大して気にしていなかったんだけれど。ただ、黙々と作業をしていた松橋先輩が手を止めて、ぽつりと言ったんだ。

「あの子、なにしに来たんだろう」

それで、先輩の視線を追いかけたら、秋山さんの背中が見えた。彼女はそのまま廊下を進んで、準備室の前で立ち止まったの。あの薄暗い場所の前で幽霊みたいに佇《たたず》んで、それから意を決したみたいに、部屋の中に入っていったところだった。

「知り合いですか」

「ちょっとね」

訊《たず》ねると、松橋先輩は不思議そうに首を傾げてたんだ。

「みーちゃん、ここお願い。ちょっと行ってくる」

友達に会いに行くのかな、と思って、了承したよ。

ただ、なんとなく松橋先輩の背中を眼で追いかけてた。

先輩はそのまま廊下を進んで、準備室に入っていった。で、あたしはまた作業を続けようとしたんだけれど、「みーちゃん、ちょっと来て！　大変なの！」って、大きい声で呼ばれた。すごく慌てたような声だったからびっくりして、教室で作業してた他の子たちも出てきて、それでみんなで様子を見に行ったら、更にびっくりした。

だって、部屋の中で、女の子が腕から血を流して倒れていたんだもの——。


「そのあとは、どうされたんですか？」

松本さんの質問に、三ノ輪部長は眉根《まゆね》を寄せた。

「えぇと……。先生を呼んでくるから、ここに残っていて、って言われて。どうしたんですかって聞いても、松橋先輩もよくわかっていないみたいだった。ただ、ちょっとおかしいなって思い始めたんだよね。秋山先輩が入ってすぐ松橋先輩が追いかけて、それであんなことになったんだもん。二人が喧嘩《けんか》したのかなって、そのときは思った。だって、他の誰かがやったのなら、そいつが廊下に出てくるときに、あたしが気づくでしょ？　でも、それもおかしいんだよね。松橋先輩があたしを呼んだのは、彼女が準備室に入ってすぐだったから。そんな短時間に口論になるわけなんてないし、ましてやカッターで切りつけるなんてさ」

「カッター？　凶器はカッターだったんですか？」

松本さんが訊《き》く。

「凶器って、大袈裟《おおげさ》だなぁ。まぁ、そうだよ。床に落ちてたんだ」

僕はあのとき見た、準備室の奇怪な光景を思い起こしていた。

散らばる蝶《ちょう》の死骸《しがい》と、倒れたトルソー。そしてその傍らには――。

「そのお話、正確なんですよね」訝《いぶか》しんで、春日さんが訊ねる。「その、二年前のお話にしては、詳細に聞こえましたので」

「そうだね、久しぶりにこの話をしたけど、けっこう、覚えているもんだね」三ノ輪部長は肩を竦《すく》めた。「まぁ、あのとき、色々な人に訊かれて何度も同じ話をしたからね。身に染みついちゃったのかなぁ」

「あの」松本さんが身を乗り出して訊ねた。「噂だと、秋山さんは『胡蝶さん』にやられたって、そう証言したらしいですけれど……」

「うん。最初は混乱していたのか、わけのわからないことを言ってたの。女の子にやられたって。カッターで切りつけられて、振り向いたら、消えちゃったんだって。それから、松橋先輩や先生たちが調べだして、色々と状況がおかしいってことになって……。それで、結局はうやむやになったみたい。あたしが知ってるのは、それくらいだよ」

僕は春日さんと顔を見合わせる。彼女は青ざめた表情で、唇を嚙《か》みしめていた。

密室内で、忽然《こつぜん》と消え去ったという女の子。

まさかあの部屋には、怪談で語られている通り、この世の場所ではない異界へ繋《つな》がる扉があるとでもいうのだろうか——。

＊

翌日のことだった。
既に期末試験まで十日もない。真面目に授業を受けていると、ポケットの中で携帯電話が何度か振動していることに気が付いた。

りかこちゃん☆『大変です』
りかこちゃん☆『あるSNSの、この学校に関するスレッドなのですが』
りかこちゃん☆『昨日の夜から、大変なことになってるみたいです』
りかこちゃん☆『スクショとリンク送ります』
マイ『先輩、普通の人は授業中の時間です』
りかこちゃん☆『ごめんなさい（>_<）』
りかこちゃん☆『あとわたし先輩じゃないです（｀・ω・´）』
わりとどうでもいいやり取りはさておき、松本さんが送ってきた写真に眼を通す。それはあるウェブサイトの掲示板の流れを切り取ったスクリーンショットのようだった。
いわゆる学校裏サイトの類なのだろう。僕らの高校の生徒たちが匿名で書き込めるらしく、現在はある話題で盛り上がっている。その話題というのが――。

『例の事件の物的証拠はこちら』『こんなの付けてる奴、そうそういねーだろ』『知ってるわ。三年の野村だろ』『テニス部が見た犯人って二年生じゃなかった?』『うわどんびきー』『あの人かっこいいじゃん、嘘でしょ?』『でも確かにこれ持ってた』『あいつ事件の隣の部屋にいつもいる』『先生に通報しといた方がいい』『むしろ警察だろ』

僕は困惑の思いで、高梨君の席を見遣った。彼も携帯電話を覗《のぞ》いていたようだった。ちらりとこちらを見遣り、眼をしばたたかせている。僕はメッセージを入力した。

哀れな柴犬『野村先輩も、僕と同じストラップつけていたってこと?』
りかこちゃん☆『マイちゃん、どうなんです?』
マイ『いえ、よくわかりません。そこまで親しいわけではないので』
マイ『言われてみれば、そうだった気もするんですが』
マイ『それより、柴山先輩のスクリーンネームが気になるんですが、なんなんですかそれ、似合いすぎです』

事態は予想外の方向へ傾きつつあるようだった。

恐らく、野村先輩も僕と同じストラップをつけていたのだろう。レアな限定モノで身に付ける人のセンスが疑われるデザインとはいえ、他に誰も持っていないと言い切ることはできない。不幸な偶然ではあるが、僕のせいで野村先輩が疑われてしまっているのだ。もし、僕と同様に糸のトリックに気づいた人間がいれば、野村先輩への疑いはますます強くなるだろう。

罪悪感が、凄《すさ》まじい。

なんというか、僕って人に迷惑かけすぎでしょ……。

放課後、僕は野村先輩を訪ねるため、第一美術室へ向かうことにした。

美術室の扉をノックすると野村先輩の返事が聞こえた。扉を開けると彼はキャンバスの前で腕を組み、難しい顔をしているところだった。

「ああ……。君か。ええと……」

「その、柴山です」

「そうそう。柴山君。今日も推理をしに来たの？」

「ええと……」

僕は意味もなく周囲へと視線を向けた。

うまい話の切り出し方がわからない。

と、部屋の片隅に、奇妙なものがあることに気がついた。

昨日訪れたときにはなかったものだ。

一枚の絵である。と表現すれば、誤解を招くかもしれない。

描かれているのは、城壁のような模様だった。本当に石を積み重ねたかのような、非常に緻《ち》密《みっ》で精巧な凹凸感を表現した大きなパネルが、壁に立てかけられている。

「ああ、それかい。演劇部のために描いたやつでね」

「もしかして、ベニヤ板ですか、これ」

「そうそう。我ながら、なかなかうまくできてるだろう」

なるほど。演劇に使う書き割りというやつか。僕はそれに近付いて、矯めつ眇《すが》めつ眺めた。近付いてみると絵だとわかるが、遠目から見ると本物のような立体感を醸し出している。

「もっと簡単なものでいいって頼まれたんだけれど、俺はどうにも凝り性で」

「昨日はここになかったんですけど……」

「役目を終えたからって、返しに来たんだよ。正直、返されても処分に困るんだけどね」野村先輩は苦笑し、小さく肩を竦めた。「それで、今日はどうしたの？」

話題を戻されてしまった。

「あの……、実は事件の犯人、のことなんですが、変な噂がありまして」

「ああ」彼は得心したように頷いた。「俺が犯人じゃないかって話だろ？」

「ええと、まぁ、そう、です」

「もしかして、忠告しに来てくれたの？」

「その、もし、ご存知でなかったらと……」

「そうか。ありがとう」野村先輩は微笑んだ。「俺も、今朝、友達に教えてもらってさ」

「そうでしたか。その……。ストラップ、つけていたんですか？」

「信じてくれないかもしれないけれど、あれは俺のじゃない。俺はテニス部の部室に入ったりなんてしていないよ。まして、ここのすぐ隣であんな事件なんて起こさないさ」

そう言って内扉の方を見遣る野村先輩は、そこを忌避するような眼差《まなざ》しをしていた。

「まぁ、同じストラップをつけていたっていうのは本当でね。そこがつらいところだよ」

「そのストラップはどこにあるんですか？　今も持ってるなら、部室で見つかったのが先輩のではないっていう証拠になりませんか」

「それが、なくしてしまってね」彼は困惑した表情だった。「もう一ヶ月くらい前なんだけれど、千切れてどこかへ行ってしまってさ。でも、こんな話、誰も信じてくれないだろう」

「いえ……、その、僕は信じます」

「どうして？」

野村先輩は意外そうだった。

「いや、その……」あれは僕のだからです。と正直に告白したい気持ちに駆られる。「犯人なら、すぐ隣で密室なんて作らないと思います。いかにも疑ってくれって言わんばかりですから」

「けれど、それを狙ったのかもしれないよ」

「まぁ、そうかもしれませんけれど……。どの道、密室に出入りしたトリックがわからないので、なんとも言えません」

「そうか……。真犯人がわかれば、俺への疑いも晴れるのかな」

「それは、そうだと思います」

「なら、柴山君に期待したいところだね」野村先輩は微《かす》かに笑って、頭を掻《か》いた。「今朝からクラスのみんながよそよそしくてさ、ずっと続くんだとしたら、ちょっと参るよ」

「そのぅ、善処はします」

「俺も考えてはみるけれど、君や春日さんほど、そういうのが得意じゃないからさ」彼は再びキャンバスに眼を向けた。「流石に犯人扱いされてると、どうにも落ち着かなくて、絵も進まない。今は大丈夫だけれど、先生たちに疑われるようなことがあったら厄介だしね」

「厄介、というと」

「いや、その」野村先輩は言葉を濁しながら言う。「大学の推薦を、もらえる可能性があったんだけれど……。事の成り行き次第じゃ、それが駄目になることだって、あるわけだろう」

「ああ、それは……。確かに」

そうか。

野村先輩は三年生なのだ。進学の問題も絡んでくる。もし女子テニス部の部室に不法侵入したと学校側から決めつけられてしまったら、あらゆる面で進学が不利となるに違いない。

僕のせいだ。

「その……。絶対に、犯人を見つけますので」

せめて、試験期間に入るまでに事を片付けなくては。

僕はそう告げて、身を翻す。

これ以上ここに留《とど》まっていたら、告白してしまいそうだった。それがどんな結果に繋がるかはわからないけれど、押し寄せる罪悪感に身を引き裂かれそうになる。けれど、廊下を歩んでいる最中であっても、僕は自分の選択に疑問を抱かずにはいられなかった。

僕は保身のために、野村先輩を犠牲にしようとしているのではないだろうか、と——。

＊

「あ、ゆうくん、いいところに来ましたね」写真部の部室に戻ると、松本さん、高梨君、春日さん、そして三ノ輪部長の四人が集合していた。「ちょうど、昨日聞かせてもらった情報をノートに纏《まと》めて、あれこれみんなで推理していたところなんです」

松本さんは、スチールの机に広げたノートを示した。

いつもの赤い手帳ではなく、今回の事件のために新調したノートだという。第一美術準備室の見取り図を含めて、これまでの推理や疑わしい人物たちのリストが、事細かく書き込まれているようだった。

「えーと、どれどれ……」

僕は椅子に腰掛けながら、そのノートに眼を通す。

○六月十九日
十七時　準備室のカーテンが閉ざされているのを、わたし（松本）が目撃する。
二十四時前　ゆうくんと麻衣子ちゃんが、女子テニス部の部室に侵入する。
　（このとき、ゆうくんがストラップを落としてしまう）
二十四時過ぎ　ゆうくんと麻衣子ちゃんが、準備室の謎の光を目撃する。

○六月二十日
九時半　準備室のカーテンが開いていることに三年生（野村直樹先輩）が気づく。
九時半　準備室の扉の前で、野村先輩が落ちている蝶の標本を見つける。
　（このとき、扉はまだ施錠されていた）
十二時半　準備室の扉が開かれる。

「どうでもいいですけど、麻衣子ちゃんって……」

記されている名前を見遣り、春日さんが不服そうに呟いている。

「そういえば」僕は春日さんに訊ねた。「この、カーテンが開いていることに気づいた野村直樹先輩って、美術部の部長の野村先輩ってことだよね？」

この記述には一度目を通しているはずだが、うっかりしていた。

僕の問いかけに春日さんが頷く。

「他に同姓同名の人間がいなければ、そうなります。とはいえ、彼が扉の前の蝶を見つけたというのは、わたしも初耳です」

なんてことだ。ここへ来る前に、その辺りの話を詳しく聞き出すべきだった。

「そっか……。そういえば野村先輩って、どうして第一美術室にいるの？　美術部が部活する場所って、第二美術室だって聞いてるけれど」

「野村先輩、神経質なんですよ。美術部ってお喋《しゃべ》りな人が結構多いんです。けれど、野村先輩は静かなところで作業をしたがる人なので、集中したいときはあそこを使うようです」

「ということは、野村先輩は放課後いつも第一美術室にいるんですか？」

松本さんの質問に、春日さんは頷く。

「ここのところ、たいていはそうですね」

「なんか、そいつ怪しいで。柴山の糸を使った推理やと、その野村先輩が犯人になるんやろ？　そんでもって、犯行現場の隣で過ごしている人間が、カーテンが開いていることに気づいたり、扉の前の蝶を見つけたりしたわけか？　偶然にしてはできすぎとちゃうか？」

「ううーん」僕は唸《うな》る。「そう言われると怪しくも思えるけれど……」

心情的に疑いたくはないが、確かに疑わしい条件は揃っている。

と、僕らの疑念を耳にして、春日さんが小さく肩を竦めた。

「第一美術室にいる人間が怪しい、というのなら、わたしもそうです。わたしも騒がしいところは苦手なので、部活の時間はときおりあそこを使っていますから」

「あの、それより、わたしが気になるのはですね」松本さんが挙手しながら言った。「この、深夜にゆうくんと麻衣子ちゃんが目撃した、謎の光のことなんです」

「そうそう。それ、めっちゃ怪しいやん」

「たぶんですが、犯人は正にそのとき、『開かずの扉』に忍び込んだのではないでしょうか？ゆうくん、どう思います？」

「確かに、あの光は犯人が室内に入って、電灯か懐中電灯を点《つ》けたときのものだと思う」

「せや。絶対そうやで」

「けど、そうだとしたら、犯人は夜の校舎に忍び込んでたってことになるよね。そんなこと、できるかなぁ」

「暗くなるまで、どこかの教室に隠れていたのかもしれへん」

「あのとき、職員室には明かりが点いていました」春日さんが言う。「先生たちが何人か残っていたんです。仮に犯人が校舎に隠れ潜んでいたのだとしても、職員室から鍵《かぎ》を持ち出して準備室に侵入するのは、不可能です」

「不可能とは言い切れないんじゃないかな」僕は思い付いたことを言う。「トイレに行くとかで、職員室から先生がいなくなったタイミングを狙ったとか」

「そんな都合良く全員いなくなるでしょうか。少なくとも、まだ三人は残っていたように見えました。それにその方法を採るなら、焦らなくても、先生たちが全員帰宅したあとを狙った方が安全じゃないですか？」

「う、確かに……」

春日さんの反論に口籠もっていると、はいと松本さんがまた挙手をした。

「あの、先生たちが帰るのを待つ必要がなかった——。つまり、その時間、犯人が部屋に入ったのだとすると、それは鍵に頼らずとも室内に入れる方法があったから、なのではないでしょうか？」

「それは一理あるかもしれへんね。絶対、鍵を使わずに密室を作る方法があるんや！」

「けど、どうしてわざわざ深夜を待つのかな？　鍵を使わなくても入れるなら、放課後とかで充分じゃない？」

「それは、野村先輩がいたからかもしれませんよ。準備室はすぐ隣です。物音がしたり、人の出入りがあれば気づく可能性が充分あります。犯人はそれを警戒したんじゃないでしょうか」

「なるほど……。確かに、そうかも」

「野村先輩が不在の間を狙えばいいかもしれませんが、そのチャンスがいつやってくるかはわかりません。実際、ここのところ、放課後はずっと美術室を使っていたようですから」

しかし、深夜なら物音で気づかれる可能性はほとんどない。

第一美術準備室があるのは特別棟であり、先生たちが足を運ぶことのない辺鄙《へんぴ》な教室だ。うまく校舎に侵入、あるいは隠れ潜むことができれば、実行は不可能ではないだろう。

「せやかて、なんで深夜零時過ぎなん？」高梨君が口を挟んだ。「野村先輩が確実におらんときを狙うだけなら、夜の八時でも九時でもええんとちゃう？」

「あの、もしかしたら、ですが」春日さんがおずおずと挙手する。「先輩――、あの夜にわたしと待ち合わせたとき、わたしが少しばかり遅れて来たことを覚えていますか？」

「少しばかり？」

「細かいことを気にする男性は嫌われます」春日さんは僕をじろりと睨んだ。「あのときわたしが遅れたのは、珍しく両親が早くに帰宅していたためなんです。眠ったふりをして家を抜け出すのに、時間をとられてしまいました。同じことが犯人にも言えるのではないでしょうか？夜の八時や九時といった時間では、家族に気づかれる恐れがあったんです。家を抜け出し、なるべく早く学校に侵入できる時間帯が、深夜零時だったのかもしれません」

「ほなら、そうだとすると犯人は自転車で通学してる人間かもしれへん。零時過ぎだと、行きはともかく帰りの電車がなくなってしまうやろ？　先生たちがまだおったんのなら、防犯システムを気にせずに侵入できるやろうし、犯人はまさしく深夜零時のそのときに、密室トリックを作り上げたんよ！」

「でも、ちーちゃんの言うその方法ってなんなんでしょうか？」

勢い込んでいる高梨君に対して、松本さんは冷静な様子で首を傾げる。

そう。問題はそこなのだ。

「結局、そこに行き着くよね。密室を作る方法」

密室。

鍵を使わずに出入りできる方法なんて、本当にあるのだろうか？

僕らは揃って首を傾げ、しばらくその場で沈黙していた。

と——。

「ねえ」

停滞した場に一石を投じたのは、机の片隅でアルバム整理をしている三ノ輪部長だった。彼女は眉間《みけん》に皺《しわ》を寄せた表情で、悶々《もんもん》と悩んでいる僕らを見ている。

「あのさ、密室密室って盛り上がってるところ悪いんだけれど、それって本当に密室なの？」

きょとんとした表情で、松本さんがまばたきと共に答える。

「あ、はい、そのはずですけれど……」

「話を聞いてる限りだと、あたし、そうとは思えないんだけれど」

「ど、どういうことです？」僕は勢い込んで訊ねた。「トリックがわかったんですか？」

「いや、トリックとか、そういうのじゃないと思うんだよね」彼女は気まずそうに、ポニーの髪の先端を弄《もてあそ》びながら答えた。「君たち、難しく考えすぎだよ。現実は推理小説じゃないんだから」

「ええと、いったいどういう……」

わけがわからず、僕らが困惑していると——。

「先生が犯人じゃだめなの？」

あっけらかんと、不思議そうな表情で三ノ輪部長が告げた。

先生が、犯人？

「ええと……」おずおずと続ける松本さん。「それは、どういう」

「だから、先生が犯人なら全部解決するんじゃないの？　先生なら、いつだって職員室の鍵を持ち出せるわけでしょう。誰にも怪しまれずに準備室に入って、また鍵を戻すことだって余裕でしょ？　それじゃだめなの？」

「ええと……」

松本さんは、大きな瞳《ひとみ》をぱちくりとさせていた。

高梨君は、仰天したように白目を剝《む》いている。

春日さんは、眼をしばたたかせていたが、やがてぽつりと言った。

「その発想はありませんでしたね……」

僕は天地がひっくり返る思いで、天井を見上げる。

なんてこった。

僕らは難しく考えすぎていたのだろうか？

確かに、三ノ輪部長の言う通り、教職員ならば職員室で管理されている鍵を、他の先生に怪しまれないように持ち出すことは不可能ではないだろう。そうだとしたら、これは密室でもなんでもないということになる。

「推理小説のオチとしては、最悪のパターンです」

春日さんがぽつりと言う。

「え、だめなの？」部長さんがきょとんとする。「現実なんてそんなもんじゃない？」

「いえ、まぁ、確かにそうですが……」

「いやいや」高梨君が腰を浮かせて言う。「せやかて、先生がそんなことするか？」

「するんじゃないの。世の中汚い大人でいっぱいじゃん」

部長さんは、ざっくばらんに言った。

「けれど、犯人が教職員の誰かだとして、どうしてあんな悪戯を？」僕は慌てて言う。「動機はなんなんです？」

「動機がありそうなのなら、いるじゃん。犯人は猪頭だよ。テニス部の顧問の」

猪頭先生。それは、草柳部長の話にも出てきた名前だった。

「え、どういうことですか」僕は慌てて質問した。「確か、猪頭先生は七里先輩のこと、目をかけてるんですよね。それで、他の部員と揉《も》め事があったって聞きましたけど……」

「うん。確かに、七里は猪頭のお気に入り。けれどさ、ちょっとべたべたし過ぎてるって噂もあるんだよね。おっさんが、一人の女子生徒に必要以上に優しくするのって、傍《はた》から見ていてどう思う？　なんか邪《よこしま》で気持ち悪くない？」

「ま、まぁ、そうかもしれへんけど……」

「もしかしたら、二人は付き合っているんじゃないかって噂もあるくらいだよ」

「えっ、マジですかいな」

「まぁ、噂っていうか、あたしの感想だけど」

「なんやそれ……」

「あの、交際の真偽はともあれですね」僕は話を引き戻す。「そうだとしても、親しい仲なら、悪戯なんてする必要ないですよね？」

「こんな話があるの。あの事件が起こった何日か前に、猪頭と七里が珍しく言い争いをしていた、って噂――。こうは考えられない？　それって、別れ話のもつれか、あるいは交際を迫って断られたか、そんな類の内容だったんじゃないかって」

「それが、動機、ですか」

「猪頭なら、部室に入って制服を盗み出すことも簡単でしょう？　機会も動機もあって、鍵を持ち出すこともできる。これ以上なく、完璧《かんぺき》に犯人なんじゃないの？　他に密室を解く方法がないのなら、それしかないじゃん」

「ええと……。それじゃ、二年前の事件との繋がりは？」

「そんなの知らないよ。あれじゃないの、模倣犯ってやつ。脅しならピッタリでしょ」

「となると……」僕は思索しながら言う。「あのとき、猪頭先生が深夜まで学校に残っていたかどうか、他の先生たちに確認することができたら、はっきりするってことかな」

「そうですね」春日さんが頷く。「光を目撃したあの時間に犯行に及んだとすると、そのときまで職員室に残っていた先生が覚えているかもしれません。深夜零時ごろに猪頭先生が席を外したか、あるいはその時間に帰宅したか、聞いてみるのも手です」

「けど、先生たちがそんな素直に話してくれるかなぁ」

先生たちにアリバイを訊ねるのならば、僕らが悪戯事件の犯人を調べていることを伝える必要があるだろう。そのとき、先生たちはどんな顔をするだろうか。いいから試験勉強をしなさい、と言われるのがオチというものだ。

「そこは、オレに任せとき」

しかし、そう頼もしく告げたのは高梨君である。

「うまい聞き出し方でもあるの？」

「吉田先生とはそれなりに親しいんよ。それに、いざとなったら、柴山が疑われそうになっとるから、真犯人を見つけて潔白を証明したいって言えばええやん。あの先生、そういう話にわりともろかったりするで」

「え、それはちょっと」

「もちろん、夜の後輩デートや、ストラップのことは言わんよ。ただ、オレらが『開かずの扉』を開けたとき、吉田先生も一緒だったやろ。そんならいずれ先生もまりかと同じ推理に辿《たど》り着くかもしれん。だったらこっちから先に話してしもうて、協力をお願いした方がええ」

確かに、高梨君の言うことは理に適《かな》っているような気がする。

もし、真犯人が猪頭先生なのだとしたら、僕らだけで調べるのは分が悪い。一人でも先生を味方に引き入れておいた方がいいはずだ。

「わかった。お願い、していいかな」

「もちろんよ。任せておき」

なんとも頼もしい返事だ。にっと笑って、高梨君は得意げに親指を突き立てた。

＊

翌週月曜日のお昼休みである。

教室の席で暑さに項垂《うなだ》れていると、傍らに人が立っていることに気がついた。ぎょっとして見上げると見知らぬ女子だったので、更にぎょっとしてしまう。黒い髪を肩の辺りまで伸ばした、ごく一般的な女子高生らしい容貌《ようぼう》の女の子だった。ネクタイをしていないので、学年まではわからない。しかし、このクラスの女子ではないはずだ。目が合うと、彼女はにこにこと微笑んで、首を傾げた。

「ええと……。柴山祐希くん、ですか？」

「え、あ、はい。そうですけど、どちら様、ですか」

「わたしは、深沢雪枝です」

なにやら聞き覚えのある名前だったが、僕の頭は暑さのせいか、それとも見知らぬ女の子から笑顔を向けられたせいか、空回りをし続けるだけだった。どこかで見たような顔だとは思うのだけれど、わからない。彼女は穏やかな笑顔で言葉を続けた。

「ごめんね。申し訳ないんですけれど、一緒に来てもらえます？」

「大事なお話があるんです」

顔を近付けて、にこりと笑いかけられてしまう。

それはなんだか見ている人を癒《いや》すような、不思議と魅力のある可愛らしい笑顔だった。おまけにいい匂いがする。女の子にそうお願いされては、断るわけにもいかない。僕は挙動不審気味に頷き、椅子から立ち上がった。くすっと笑う彼女のあとをついていくと、やはり仄《ほの》かにいい匂いが鼻を擽《くすぐ》ってくる。僕はさながら、甘い蜜《みつ》の匂いに誘われる蝶の如く、ふらふらと彼女の後ろを追いかけていった。

いったい、なんなのだろう。

あれ、外に行くんですか……。

そっちは、え、体育館の裏ですよね……。

その、あんまり人気のない場所だと思うんだけれど……。

も、もしかして……。

体育館の裏手。まるで人気のない物寂しい日陰で、彼女は立ち止まった。くるりと振り返り、優しげな笑顔を向けられる。

「ええと、お話、というのは……」

「あ、話があるのは、わたしじゃなくて、観月ちゃんなんです」

「え？」

意味がわからず啞然《あぜん》としていると、建物の陰から、一人の女子生徒が姿を現した。すらりと背が高く、ブラウスの袖《そで》から伸びる腕も、スカートから覗く脚も、まるでモデルのように長かった。整った顔立ちはどこか大人びた雰囲気を漂わせており、快活で優しげな年上のお姉さんといった言葉がよく似合う。どこかで見た顔である。

その人が近付いてきて、見定めるように僕をじろじろと眺めた。

「ふぅん。君が、柴山祐希くんなんだ」

背が高く、覗き込んでくる顔は近かった。僕は息を吞《の》んで固まることしかできない。

「わたしの制服を盗んだ、変態さんだ」

ぎょっとして、後ずさる。

今更ながら、思い出した。

この人は、七里観月先輩だ。同時に、深沢雪枝という名前も思い出す。七里先輩の親友だと、春日さんが教えてくれた人物であり、僕は以前、あの駐輪場でこの二人を見かけているのだった。

「いや、あの」僕は焦って言葉を探す。「違います。僕じゃないです」

「でも、このストラップ。君のなんでしょ？」

そう言って彼女がポケットから取り出したのは、あの黄色い宇宙生物である。

「ち、違います」

「あれ……。うーん、違うのなら、どうして目を背けたりするの？」

「いや、それは」

「君のクラスの子たちが教えてくれたよ。君がこれとまったく同じストラップをつけていて、けれど、不思議なことにあの事件以来、つけるのをやめてしまったみたいだって」

七里先輩の表情は優しげに微笑んでいるが、しかしその瞳は笑っていない。どこかしら威圧するような眼差しだった。

「そ、それが僕のものだという証拠は、あるんですか」

「ふぅん、そう来るんだ。じゃあ、携帯電話を見せてくれるかな」腰に手をおいて、高圧的に彼女は告げる。「君のじゃないんだったら、携帯についているはずだよね。ストラップ」

「それは……」

「ふぅん、やっぱり、見せられない？」

「僕は……。あんなこと、してない、です」

「へぇ。この期に及んで、まだそう言い張るんだ」

顎《あご》を持ち上げて、彼女の双眸《そうぼう》がじろりと僕を睨みつける。

「雪枝。この子だよね。わたしたちのこと、何度も覗いていたの」

深沢さんは、少し離れたところで、のほほんとした穏やかな笑顔のまま立っていた。

「そうだね。部室を覗いているところ、何度か目が合っちゃいました」

どうやら、ときおり窓から僕を睨んでいたのは、深沢雪枝さんだったらしい。僕を呼びに来たときからずっと笑顔を浮かべているので、まるで気づかなかった。

「どうなの。変態さん？　ううん。ただの変態ってわけじゃないのはわかってるよ。あんな脅迫までして、いったいなんの真似なわけ？」

「脅迫なんて、僕は……」

「ごまかさないでよ！」

鋭く叫ばれて、僕は身を竦めた。

「全部あんたがやったってのはわかってるの！　いったいなにが目的なのよ！　二年前のアレと、どう関係してるわけ！」

二年前のアレ――。

その言葉に、僕は違和感を覚えていた。

七里先輩は、あの二年前の事件を知っている。三年生なのだから、知っていたとしてもおかしくないだろう。けれど今の言葉の響きは、単純な『知っている』とは違うような――。

「僕はなにも知らないんです。今回の事件はただ調べているだけで……」

「はっ、全部、あんたが仕組んだんでしょうが！　いったいあたしになんの恨みがあるの？　秋山にでも頼まれたってわけ？」

「観月ちゃん――」

慌てて制止するようなその声に、僕も七里先輩も目を向けた。

佇んでいる深沢さんが、静かにかぶりを振っている。

「まぁいいわ」

微かに鼻を鳴らして、七里先輩が言った。

「あんたが犯人だって、全部公表するから。SNSにも、もちろん学校にもね」

「え──」

「ストラップも、雪枝の目撃証言もある。なんなら、わたしがずっとあんたにストーカーされてたって証言してもいいの」

「そ、そんなの、言いがかりでしか──」

「柴山祐希くん」上体を曲げ、威圧するように顔を寄せながら彼女は笑った。「クラスのみんなから、聞いてるわよ。部活をしているわけでもなく、放課後は色々なところを怪しげにフラフラ。取り柄といえばお勉強くらい？　親しい友達もいなくて、お昼休みはひとりぼっち。可哀想な子ね。そんな君と、わたしの言うこと、みんなはどっちを信用してくれると思う？」

勝利を確信した眼差しに射貫かれ、僕は唇を噛みしめることしかできない。

だめだ。この状況は、明らかに七里先輩に分がある。

「最低でも、停学になるかな。もしかすると、退学かも？　ねぇ、いっそ自白したら？　自分がやったんですぅって。そうしたら、学校もちょっとは罪を軽くしてくれるんじゃない？」

「僕は──」

「ねぇ、あんたのせいで野村君が迷惑してるの。わかってる？　彼の推薦、万が一にでも、あんたのせいでなくなったらどう責任とるわけ？　あんたみたいな屑《くず》が、人様に迷惑かけていいと思ってんの？　もし、あんたのせいで野村君の将来が駄目になったら──！」

ここで、野村先輩の名前が出てくることは意外だった。

確かに、すべては僕のせいだ。現状、SNSなどでは野村先輩が疑われているのだ。もし学校側までもが噂を真に受けて、野村先輩を疑い始めたら。それによって彼の将来が狂ってしまうのだとしたら。

僕のような、役立たずのせいで。

誰も助けることができない、僕なんかのせいで。

だから、きっと姉さんは——。

役立たず。役立たず。役立たず……。

僕はいつの間にか俯《うつむ》き、自身の足元を見つめていた。

もし、僕が自白することで、すべてがまるく収まるのだとしたら。

それが、少しでも、誰かの役に立つことなのなら。

それなら。

「僕、が……」

僕がやったのだと、そう告白してしまえば——。

「待って——！」

震える唇の動きを遮ったのは、叱咤《しった》するように上がる鋭い一声だった。僕も七里先輩も、驚いて声の方へ振り返る。体育館の角から姿を現したのは、春日さんだった。

「あんた、誰よ」

七里先輩が彼女を睨み付ける。が、春日さんはそれには動じず、僕の傍らに近付いてきた。

春日さんは七里先輩を睨み返したあと、僕のことも睨んでみせた。

「先輩は、もしかしてバカなんですか？」

「え――」

「今、自分が罪を被《かぶ》ろうとしたでしょう？　赤の他人である野村先輩のために、ですか？　はっきり言って、バカすぎます。お人好《ひとよ》しというより、後先考えないただのバカです」

「そ、そんなバカバカ言わなくても……」

「ちょっと、あんたなんなの――」

「とにかく！」びしっと、春日さんは人差し指を七里先輩に突き付けて言った。「自白なんてしません。この人は無実です」

「はっ……。だったら、先生にチクるだけなんだけど。わかってんの？　自分で罪を告白する猶予を与えてあげたんだよ？　これはあたしの優しさなの。それを無下にするってわけ？」

「犯人は別にいます」春日さんは気圧《けお》されることなく言った。「わたしたちがそれを突き止めるまで、待ってください」

「はぁ？」

七里先輩は素っ頓狂《とんきょう》な声を出し、よほど滑稽《こっけい》に思ったのか、くすくすと笑い始めた。

「犯人が別にいる？　そんなの、信じられるわけないでしょ」

「このお人好しバカを追い込んでも、真犯人が野放しになりますよ。真犯人が七里先輩を狙ったのには、なにか理由があるんじゃないですか？　それを放っておいていいんです？」

嘲笑《ちょうしょう》の笑みを浮かべていた七里先輩は、春日さんの言葉にはたと表情を凍らせた。

「こいつが犯人に決まってる……。いいわ。だったら、これから先生に話してくるから」

そう言って、彼女は身を翻した。

僕は傍らの春日さんを見遣る。

彼女も同じく唇を噛みしめて、去ろうとしている七里先輩の背中を睨みつけていた。

なんらかの葛藤《かっとう》が、そこにあったのだろう。

深沢雪枝と共に体育館の陰へと消えていこうとする七里先輩の背中に、彼女は叫んでいた。

「待ってください！　取引です！」

ぴたりと、七里先輩の背中が止まる。

彼女は億劫《おっくう》そうな顔で振り向いた。

「なに？　取引？」

「はい。わたしたちの主張はこうです。真犯人は別にいて、その人はあなたのことを狙い続けている。ここで柴山先輩を犯人として吊《つる》し上げたとしても、真犯人は野放しのまま、いつかまたあなたに危害を加えることになるかもしれません」

「そんなの信じられない」

「可能性の問題として、ゼロではありません。そこで、取引です。試験が終わる日まで、待ってください」

「は？」

「期末試験に備えたいのは、先輩も同じじゃないですか？　むしろ受験を控えた三年の方が、疎《おろそ》かにできませんよね。ですので、七里先輩は試験に集中なさってください。その間にわたしたちが真犯人を突き止めます。もし、それができなかった……、場合、は――」

強気の口調だった春日さんは、そこまで言い終えて口籠もる。その様子を見て、僕は気づいた。なるほど、なにも考えていなかったのだろう。それでは取引にはならない。

僕は小さく、息を漏らす。

「その場合は――、僕が罪を被ります」

「先輩」

どこか批難する眼差しの春日さんに、僕は頷く。

「いいんだ」

それから、七里先輩を見つめて言った。

「そうすれば事件は一件落着で、野村先輩への疑いも晴れます。それでいかがですか」

「罪を被るって――、あくまで、自分がやってないって言い張る気なの」

「はい。僕はやっていません。ですが、僕がやったのだと嘘の自白をすれば、少なくとも野村先輩へはもう迷惑がかかることはありません」

じりり、と音がするのではないか。

そう錯覚するほどに、七里先輩は唇を噛みしめていた。

暑さのせいではなく、僕は猛烈に汗を垂れ流していた。額も、首筋もびしょ濡《ぬ》れになり、緊張に息をすることすら忘れそうになって、ただ七里先輩の視線を見つめ返していた。

「わかった――」

挑むような視線のまま、七里先輩が言う。

彼女は鼻を鳴らすと、ブラウスのポケットからじゃらじゃらと多種多様なマスコットのついたスマートフォンを取り出した。分厚い手帳型のケースに覆われた、いかにも女子的なアイテムだった。それから、その画面を睨んでなにかを確認する。

「試験明け、金曜日の放課後まで待ってあげる。ただし、期日が来ても真犯人が証明できなかったら、本当に先生に伝えるから。あんたがあたしのストーカーなんだってね！」

そう冷たく告げて、七里先輩は深沢先輩と共に去って行った。

僕らは体育館の裏手で、その姿を黙って見送る。

やがて――。緊張の糸がぷつりと切れたように、僕らは深く溜息《ためいき》を漏らし項垂れた。

「先輩、なんて無謀なことを……。いえ、取引を持ちかけたのは、わたしですけれど……」

「あれが、たぶん最善手だと思う。他に取引にできる材料なんてないよ」

「そうかもしれませんが……。しかし、相手がよく乗ってくれましたね。それだけが心配で、ヒヤヒヤものでした」

「たぶんだけど、本当に僕が犯人なのか、自信がなかったんだと思う。もしかすると、それって二年前の事件と関係あるんじゃないかな。そんな気がするんだ」

「どういうことですか？」

「七里先輩は、二年前の事件となにか関わってるんだよ。そんな口ぶりだった」

あのとき、七里先輩は二年前の事件に関してなにかを言いかけ、そして深沢先輩は慌てて彼女を制止したのだ。二人は、あの事件と深く関わっているのではないだろうか？

そして、ここから先は、勝手な印象ではあるのだが。

七里先輩は、野村先輩に対して好意を抱いているのかもしれない。

なんというか、そう感じたのだ。自分の制服に悪戯されたことより、野村先輩に嫌疑がかかり、彼の推薦が立ち消えになってしまうことの方をよほど心配しているかのような、そんな印象だった。そしてなにより——。

「それに、気づいた？　七里先輩のスマホについていたストラップ」

「ストラップ？　なんか、いっぱいついていましたけど……」

「あの中の一つに、例のマスコットの色違いのやつがあったんだ。もしかすると、七里先輩って、野村先輩と親しい間柄なんじゃないかな」

「デートで水族館に行って一緒に買った……、とかですか？」

「まぁ、わからないけれど、可能性としてはありえるかなって」

「よく気づきましたね。色々なマスコットがついていたのに」

それは僕の観察力が良かった、というよりは、ただの偶然だ。

「けれど、やはり分の悪い賭《か》けです。これでなにがなんでも、真犯人を見つけなくちゃならなくなりました。そうでなかったら、先輩、まずいですよ」

七里先輩が指定した日付まで、まだ十一日間ある。だが、問題の期末試験の開始は、丁度一週間後の月曜だった。試験期間は自由に時間が使えるわけではなく、僕だって試験勉強に時間を割く必要がある。土日は情報収集に使えないし、試験に備えて放課後はすぐに帰宅してしまう生徒もこれから増えるだろう。

となれば、自由に動けるのは、試験開始までの平日四日間だけ――。

実際のところ、タイムリミットは四日後と考えた方がいい。

それまでに情報を揃えて、土日を推理と勉強に費やして挑むしかない。

「このことなんだけどさ……。みんなには、黙っててくれない？」

「は？　なんでですか？」

春日さんは、例の如く呆《あき》れたような表情を見せた。

「いや、心配かけたくないっていうか……。ほら、みんなにはちゃんと、試験勉強してもらいたいし」

「試験が大事なのは、先輩も変わらないのでは」

「まぁ、そうなんだけれど。勉強はわりと得意だから」

教え方にはたいへん問題があるが、優秀な家庭教師が面倒を見てくれていたおかげで、最近は一人でも勉強が捗《はかど》るのだ。

「それ、嫌味ですか？」

「あ、春日さん苦手？　教えようか？」

「余裕ですね。呆れてなにも言えません」

「言ってるじゃん……」

「まぁ、わかりました。先輩がそう言うのなら、黙っています。本当に、バカですね。究極バカです」

「そ、そんなバカバカ言わなくても……」

＊

高梨君から連絡があり、僕らは先週と同じように写真部の部室に集合していた。

「結論から言うと、猪頭先生が犯人という線はなさそうやった」

無念そうに高梨君が説明する。

彼が吉田先生から聞き出した情報はこうだった。

まず、試験準備期間中において、職員室にある鍵というのは思いのほか厳重に管理されているらしい。鍵は開閉式のキーストッカーに収められているのだが、そのキーストッカー自体にも鍵が掛けられるようになっている。そして試験準備期間中は、閉門時間が過ぎるとキーストッカー自体が施錠されて、その鍵を吉田先生が管理することになっているという。この鍵は吉田先生が帰宅するまでは彼が持ち歩き、帰宅する際にまだ残っている先生がいるなら、その先生に引き渡される。そして、引き渡す人間がいない場合は、吉田先生の机の中に収めておくのだという。つまり、教職員であろうと閉門時間が過ぎてしまえば、吉田先生に黙って第一美術準備室の鍵を持ち出すことは不可能なのだ。

僕と春日さんが謎の光を目撃した深夜、吉田先生は職員室で作業しており、それは同様に残業していた先生たちからも証言が得られていた。閉門時間が過ぎてからキーストッカーの中の鍵が必要になることはあまりないらしく、鍵を持ち出そうとした先生がいればすぐに気がつくはずだという。

つまり、あの夜、キーストッカーの鍵を使った人間はいなかったと、吉田先生は証言したのだ。

「そしてここからが面白い話になるんやけれど、柴山が謎の光を見た夜、最後に帰ったのは吉田先生だったんよ。ほんで先生はキーストッカーの鍵を、うっかりポケットの中に入れたまま帰ってしまったらしいねん」

「それってつまり」松本さんが言う。「たとえ犯人が校舎に隠れ潜んで、先生たちが全員帰るのを待ったとしても、キーストッカーから準備室の鍵を持ち出すのは不可能ということですよね」

「そうやね。隠れ潜んでいたのが生徒やったら、吉田先生が最後に出て行った時点で職員室自体が施錠されてまう。仮にその鍵をなんとかできたとしても、キーストッカー自体に鍵が掛かっていて、それは吉田先生のポケットの中や。隠れ潜んでいたのが教職員の場合は、職員室の鍵は解錠できるやろうけれど、キーストッカーは無理ってもんや」

「キーストッカーの鍵って、合い鍵とかはないの？」

「校長先生がもっとるらしいが、校長室にも鍵が掛かっておる上に、金庫の中らしいで。ちなみに問題の夜、校長先生は出張した先から直帰したらしくて、犯行は不可能や」

「それなら、こうとも言えますよね」黙っていた春日さんが言った。「吉田先生なら、犯行は可能だった」

そのことが示す事実に、ここにいるみんなが気がついたのだろう。僕らは黙り込んだ。

猪頭先生はおろか、教職員でも生徒でも、誰であろうと職員室のキーストッカーから鍵を持ち出すことは不可能だった。

その鍵を管理している吉田先生、ただ一人を除いては――。

「確かに吉田先生なら、こっそり鍵を持ち出すことはできるんやけど……。けどな、それ、自分が犯人だって言っているようなもんちゃうか？」

そうなのだ。

犯行が可能なのは、吉田先生ただ一人――。

推理する必要もなく、調べれば簡単にわかることだ。

しかも吉田先生本人の証言が、自分以外に犯行は不可能だと告げてしまっている。

本当に吉田先生が犯人なら、そんなことを言う必要はない。

キーストッカーの鍵を机の上に置いたままにしておいたとか、自分への疑いを逸《そ》らす方法はいくらでもある。あるいはそもそも、現場を密室状況にしておく必要もまるでないのだ。

「犯人扱いされたいドエムでもなければ、彼が犯人という可能性は低そうです」

春日さんは溜息まじりに肩を竦める。

「ううーん、だめだったか」カメラの掃除をしながら話を聞いていた三ノ輪部長が、悔しそうに声を上げる。「いけると思ったんだけど」

「となると、振り出しに戻るってことやなぁ」

「やっぱり、鍵を使うのとは別の方法があるんでしょうか……」

微かに抱いていた希望が、呆気《あっけ》なく霧散していくのを感じる。

僕は知らずうちに長机の下で拳を握り締めていた。

七里先輩に期限を設けられたとき、少しでも期待していなかったといえば嘘になるだろう。三ノ輪部長の推理は正しく、猪頭先生や他の教職員ならば犯行は可能であるのだと、この道筋に希望を見出《みいだ》していた。けれど、その希望は無惨にも砕け散った。それればかりか、犯行の不可能性はますます高まるばかりだ。

「先輩……」

僕に眼を向けて、不安そうに声を漏らしたのは春日さんだった。僕は彼女に力なく笑って応《こた》える。写真部のみんながいなければ、大丈夫だよ、と声を出していただろう。

みんなを心配させるわけにはいかない。

けれど、僕にこの謎を解くことが、できるのだろうか——？

残り四日間……。

嘲笑《あざわら》うような、七里先輩の表情を思い出す。あんたみたいな屑が、人様に迷惑かけていいと思ってんの？　彼女の吊《つ》り上がった唇と射るような眼差しは、僕のこの胸に深く爪痕《つめあと》を残していた。反論することは、できなかった。自分には居場所もなく、取り柄もない――。だからこそ、大切な人の力になることもできない。

憂いに沈んだ姉さんの横顔は、何度思い返しても、僕になにも語ろうとしないのだから。

第五章　流しそうめん大作戦

(高梨千智の推理)

消え去ることのない焦燥と不安を抱きながら、薄闇に沈んだ階段を上る。抱えるそれは、自分が考えているよりも遥かに重たいものらしい。気持ちばかりが急《せ》いて上階を目指そうとするが、脚はもつれるようで、息もすぐに上がってしまう。疲労と睡魔のせいもあるだろう。ここのところ、明らかに睡眠不足だった。

黄昏《たそがれ》に沈む室内を覗《のぞ》くと、彼女は不在だった。

僕は空っぽの寝台を眺めて、どうしたものかと立ち尽くす。

真っ白なシーツには、彼女が寝そべっていた形跡を克明に刻んだように皺《しわ》が残っている。僕はそれを見つめながら、前回に会ったときの彼女の様子を思い出していた。そのときの淫靡《いんび》な姿は未《いま》だ鮮明に思い浮かべることができる。立ち尽くしたまま、自然と自分の頰が熱くなるのを感じた。

僕は、寝台の端に腰を下ろしていた。それから怖々とシーツの皺に手を伸ばす。彼女の残した体温が感じられるというわけではないのだけれど、シーツのその手触りを思いながら、柔らかな肌の感触を夢想した。

ときどき、不思議になる。女の子は、人を好きになるとき、どんな気持ちを抱くのだろうって。それはとても純粋で、清らかな感情なのだろうか。それとも、たとえ男であっても、普通なら透明な気持ちで女性を見ることができるのだろうか。僕が、特別に卑しい存在なだけなのだろうか。よく、わからない。答えの出ない問いに考えを巡らせていると、僕はいつの間にか、身体を寝台の端に横たえていた。見つかったら、怒られてしまう。けれど、身体は起きてくれない。すべらかで心地良い感触が、頰に触れている。彼女の匂い。髪の匂い。衣服の匂い。肌の匂い……。甘くて、心地良く、くらくらとする薫りが、僕の瞼《まぶた》を閉ざそうとする。湧き上がる邪《よこしま》な興奮を搔《か》き消すほど、猛烈な睡魔に意識は靄《もや》がかかったようだった。ほんの、少しなら、眠っても……。

夢を見ていた。

交通量の多い道路の端に、真っ白なワンピースを着た姉さんが立っている。轟々《ごうごう》と音を立てて地面を揺らしながら、何台ものトラックがスピードを落とすことなく行き交っていた。流れる風に、姉さんの長い髪とワンピースの裾《すそ》がはためいている。僕はその景色に向かって走りながら叫んでいた。

お願いだ。やめてほしい。僕が力になる。だから、話を聞かせて。きっと役に立つから。

姉さんが横顔を向ける。風に揺れる黒髪で、表情は覗《うかが》えない。それでも、その唇が語る言葉を、僕は聞き取った。

「いやよ。だって、ユキはなにもしてくれないじゃない」

そんなことはない。話してくれれば、きっとできることがあるよ。

「嘘よ。だってユキは、わたしが死んだあとも、泣いているだけで、なんにもしてくれない」

風が揺れる。僕は走る。その景色に近付くために。けれども、姉さんの姿は遠くなるばかり。

彼女が振り向く。僕はその顔を見て、ただただ唖然《あぜん》としていた。

「どうせユキにはなにもできないよ。役立たず」

姉さんの顔は、マツリカさんだった。

その直後、衝突した大型トラックの影に飲まれて、彼女の姿はかき消えた。

絶望に呻《うめ》きながら、眼を覚ます。

身体は、荒々しい呼吸を繰り返していた。

仄暗《ほのぐら》い室内を、薄ぼんやりとした光が照らしている。蠟燭《ろうそく》の炎だろうか。柔らかくて温かな光だった。それに照らされて、真っ白な顔が、至近距離で僕を見つめている。

漆黒の硝子《ガラス》玉のような、美しい眼が一対、目と鼻の先で僕を見ていた。

まだ、夢の続きなのかもしれない。

僕は魔女の寝台に寝そべっている。頰に枕の感触がする。甘いストロベリーの薫りと、それにまじって、脳をくらくらと蕩《とろ》けさすような匂いが、鼻先に漂っている。すぐ目の前に、彼女の身体があった。ずっと昔、まだとても幼かったころに、添い寝をしてくれた姉さんのことを思い出した。マツリカさんが、僕の傍らで、寝そべっている。

無感情な瞳《ひとみ》が、じっと僕を覗き込んでいた。

「あ……」怖々と、唇を動かす。「あの……」

夢かと思ったが、そうではないらしい。それを実感させるように、僕はぐっしょりと寝汗をかいていた。

「魘《うな》されていたようだけれど」

同じ枕に頬を乗せたまま、マツリカさんは気だるげにそう言った。

「いえ、その……。大丈夫、で……。あの、すみません」

僕は慌てて起きあがり、逃げ出そうとした。少なくとも身体はそのように反応した。けれど、ぐっと首に重たい刺激が走り、動けなくなる。マツリカさんが、僕のネクタイを掴《つか》んでいた。僕は起こそうとした身体を再びシーツに倒す。

「おまえ。勝手にわたしの寝台を使ったのね」

ネクタイを掴んだまま顔を近付けて、彼女がそう囁《ささや》く。

目と鼻の先に、彼女の顔がある。腕を伸ばせば抱きしめられるほど近くに、彼女の柔らかな体軀《たいく》が寝そべっていた。きっと脚を曲げれば、あの白い腿《もも》にふれることも、くしゃりと歪《ゆが》んだプリーツの中に指先を忍ばせることだって、できるのだろう。

自然と、喉《のど》が鳴った。

「す、すみません……」

「まぁ、いいわ」彼女は眼を細めて言った。「よくない夢を見ていたようだし、それに魘されるおまえの愉快な顔を観察できたから、帳消しにしてあげる」

愉快な顔、という表現が、少しばかり心を毛羽立たせた。

よくない夢だったのは間違いない。いやな夢だった。でも、その悪夢を前にした僕の顔が、
彼女にとって愉快な表情だというのなら、それはあんまりというものではないだろうか。

「あの……」僕は唇を舐《な》めながら言う「その……、放してもらえると」

「あら。わたしが添い寝をしてあげているのに、嬉《うれ》しくはないの？」

甘い囁き声だった。身体が、熱くなる。

「どうせ、夜毎こういうことを妄想しているのでしょう？」

視界に入るのは、彼女の白い喉元だった。ネクタイのないブラウスの胸元は、あのときのように大きく開け放たれて、その白い丘がシーツの上で僅《わず》かにかたちを変えているのがわかる。微《かす》かに覗くレース模様の一部分が、僕の視線を誘惑していた。彼女を見ると、それは明らかに愉《たの》しんでいる貌《かお》だった。嗜虐《しぎゃく》的に歪んだ唇から、真っ白な歯が覗える。

唇は、艶《つや》やかなピンク。

貪《むさぼ》り付きたい。

卑しい気持ちが膨れあがった。

彼女を押し倒し、その唇を奪う。荒々しく鼻息を漏らしながら舌をねじ込んで、そのつるりとした歯の質感と、なめらかで温かな口中を貪った。身体を押し付けて固定し、夢見た景色に手をねじ込んでまさぐる。鼻先で肌をなぶり、五指を埋めて、甘い匂いをいっぱいに吸い込んで、彼女のすべてを支配していく。悲鳴も、くぐもった声も、すべて逃さない。

もちろん――、それは僕の愚かな妄想だ。でも、そんな情欲を必死で抑えなくてはならない僕の気持ちを、彼女は考えたことがあるのだろうか？　僕は沸々と、胸の内に怒りが沸き上がるのを自覚していた。

「その……、ネクタイを、放してください」僕は眼を背けて言う。「その……。僕が、なにか変なことをするとか、考えないんですか」

「だって、困った貌のおまえを見ると、ぞくぞくするのだもの」

くすり、と笑いながら、彼女が答える。

爛々《らんらん》と燃える双眸《そうぼう》が、僕を覗いていた。

「それに、どうせおまえなどには、なにもできないわ」

僕にはなにもできない――。

どうせユキにはなにもできないよ。役立たず。

「ふざけんなよ……」

身を起こす。

肩を掴んで、五指をねじ込ませた。

荒々しく身体を押し付けながら、僕は叫んでいた。

僕にはなにもできない？　ふざけるなよ。そんなことないって、教えてやろうか。証明してやろうか。僕の困っている顔を見るのがいい？　魘されて。姉さんが死ぬところを。大好きなあなたがトラックに押し潰《つぶ》される夢を見て、僕が恐怖に苛《さいな》まれるときの顔を見るのがそんなに愉しいのか。僕があと何回、姉さんが死んだところを見れば、あなたは満足するっていうんだ？

「僕はっ、なんにもできないわけじゃないっ！」

唾《つば》を飛ばして、訴える。

「証明してやろうかっ、僕はっ、僕はっ……！」

どうしてだろう。いつの間にか、涙が零《こぼ》れていた。

視界が歪んで、瞬《まばた》きを繰り返すと、また景色が鮮明になる。

彼女は、僕を見ていた。滴った涙が、マツリカさんの頬に、ひとしずく、落ちている。

彼女の肩を押し付け、五指を食い込ませ、その身体の上に馬乗りになっている。だというのに、彼女の貌にあるのは、なんの感情もない表情だった。冷ややかな眼差《まなざ》しが、僕を見上げている。散々唾を飛ばして、怒鳴って、唸《うな》って、彼女の身体に触れているのに、廃墟《はいきょ》の魔女は微《み》塵《じん》も顔を歪めることなく、ただ冷徹に僕を見ていた。

「僕は……」

その冷たさに、熱が奪われていく。怒りも情欲もかき消えて、ただ自分がした行為の罪悪だけが残っていた。

「す……、すみません。こんな、ひどい、こと」

慌てて手を離して、逃れるように寝台の上を這《は》う。僕は転げ落ち、床に身体を打ち付けた。

血の味が口の中に広がる。

なんて酷《ひど》いことをしたのだろう。唇を震わせながら、顔を上げる。寝台の上を見ると、マツリカさんは上体を起こしていた。片手で髪を梳《す》きながら、僕の方へと冷ややかな眼を落とす。

「耳元で喚《わめ》かないで。うるさいわ」

「あの、僕は……、その……」

自分のしてしまった事実を前に、僕は顎《あご》を震わせていた。

気だるげに首を傾けた彼女は、自身の頬に指先を触れさせた。

中指の先で頬に落ちたしずくを一滴、拭《ぬぐ》い取る。彼女は不思議そうな眼差しで、指先についたそれを眺めていた。それから、くちゅり、と淫靡な音を立てて、指の先を舐め上げる。

「しょっぱいわね」

彼女は顔を顰《しか》めて言う。

それは、僕の落とした涙だった。

その仕草を前にして、ぞくりと、僕は再び仄暗い欲望を感じていた。

「す、すみません」

また、僕は逃げ帰った。自分の浅ましさと愚かさを呪いながら、階段を駆け下りた。

自分は、最低な人間だ。

夢の中で、姉さんが告げた言葉に偽りはない。

マツリカさんの言葉にも、嘘はない。

僕は最低で、役立たずで、なんにもできない愚か者だ。

＊

「実は、色々と情報を集めてきたんです。特に二年前の事件に関しては、草柳部長から細かい情報を教えてもらえました。ゆうくんによろしく、と仰《おっしゃ》っていましたよ。……ゆうくん、どうしました？　えーと、もしもし？　起きてます？」

何度も自分の名前を呼ばれて、はっとする。顔を上げると、長机を囲んだみんなが怪訝《けげん》そうに僕を見ていた。「どうしたんです？」そう松本さんに問われても、頭がうまく働かない。僕はどうして、こんなところにいるのだろう。そんな考えが、漠然と過《よ》ぎった。

「ゆうくん？」

「え……、あ、うん。ごめん、寝不足で」慌てて笑顔を取り繕う。「なにか新しいことがわかったの？」

「はい」松本さんは、ちょっと不思議そうに頷《うなず》いてから、話を再開した。「今日は、ひとまず視点を切り替えて、二年前の事件について考えてみませんか。麻衣子ちゃんにとっても、大事なことだと思いますから」

その言葉に、春日さんは居住まいを正して、松本さんを見返した。

二年前の事件。確かに、その真相を突き止めることは、春日さんと約束したことだった。気を取り直さなくてはならない。松本さんは開いたページを長机の中央に置いた。見取り図のようなものの他に、細かい文字で情報がびっしりと書き込まれているのがわかる。

「まず、過去の密室事件に関して、得られた情報を基に状況を整理してみました」

そう言って、松本さんはノートに描いた図を示すよう、長机の中央を指す。

ノートに描かれているのは、こんな図である（◆冒頭の図参照）。

「恐らくこの事件は、推理小説的に言うと衆人環視下の密室事件になると思います。まず、階段すぐ近くの廊下で、写真部の松橋先輩と三ノ輪部長が展示の作業をしていました。彼女たちは二十分ほど、その場にいたようです。そして十七時ごろ、被害者である秋山先輩が階段を上ってくることに、松橋先輩たちが気づきます。秋山先輩が廊下を通って準備室に入ったあと、松橋先輩はすぐに彼女を追いかけて、室内で彼女が倒れているのを発見したわけです。つまり、犯人が準備室に入り、そして去るためには、どうしても廊下の松橋先輩と三ノ輪部長の目についてしまうはずなんです。それなのに、二人は誰の姿も見ていません」

「階段側やのうて、非常口の方はどうやった？　そっちから逃げられるんとちゃうか？」

「問題はそこです。いいですか、三ノ輪部長は一度も秋山先輩から眼を離さず、ずっと非常口のある廊下の先を見ていたと言っているんです。そうですよね」

三ノ輪部長は、質問されて肩を竦《すく》めた。

「たぶんね。推理小説じゃないんだから、二年前のことなんて正確に覚えていないけれどさ、確かそうだったよ。それで不思議なことになったわけだから」

「つまり、非常口が開いていても、犯人が脱出することは不可能というわけです。三ノ輪部長に見られてしまいます」

「ほなら、準備室のあの窓はどうだったんよ?」

「草柳さんの話では、二年前のとき、窓を塞《ふさ》ぐ戸棚の上には様々な備品が押し込められた段ボールが積んであったそうです。また、その戸棚にも演劇で使うための書き割りが立てかけられていました。窓から出るためには、それらをどかす必要があります。しかし、ベランダに出てから、窓越しにそれらを元の位置に戻すのは不可能だったらしいんです」

「そうそう。ベニヤ板のことは覚えてるよ。なにに使うんだろって見ていたからさ」

思い出したことがあったのか、三ノ輪部長はうんうんと頷いて言葉を続けた。

「内扉はどうやったんです?」

「そこも、あのときから戸棚で塞がっていたよ」

「ちゅーことは、脱出する方法は思いつかんけれど、侵入するだけなら簡単やね。ブチョーさんたちが階段で作業を始めるよりもずっと前に準備室へ行って、秋山さんが来るのを待ち構えていたらええねん」

「ところがですね。鍵《かぎ》の問題があるんですよ」

松本さんがふるふるとかぶりを振って、高梨君の推理を否定した。

「鍵の問題? どういうこっちゃ?」

「事件当日、準備室の鍵を借りたのは秋山先輩で、鍵は彼女がお昼からずっと持っていたそうなんです。文化祭で第一美術室を使うのが、秋山先輩のクラスだったんですね。ところが、秋山先輩はお昼休みに準備室から必要な備品を持ち出したあと、扉を施錠したと証言しているんです。彼女は事件発生時、鍵を使って施錠されていた準備室に入り、そこで何者かに襲われたわけです」

秋山風花は、自分の手で施錠したはずの部屋で、何者かに襲われた……。部屋は彼女が入るまで施錠されていたのだから、高梨君の言う、予め犯人が室内で待ち伏せる方法も不可能になってしまう。

自身の推理が覆されて、高梨君は驚きに目を瞬《しばたた》かせていた。

「それじゃさ、そもそも、秋山さんはどうして放課後に準備室へ行ったの？」

「それはわからないそうです。その日、彼女のクラスは美術室や準備室で作業をする予定はなくて、自分たちの教室で稽古《けいこ》をしていたそうなんですが」

「本人はなんて言うとったんです？」

高梨君は三ノ輪部長に訊《き》いた。

「さぁ」部長さんは再び肩を竦める。「自分でもよくわからないって……。結局、彼女、曖昧《あいまい》なことしか言わなかったんだよね。だから、狂言なんだろうって雰囲気になってさ、文化祭も目前だったから、そういう細かいところは誰も考えてなかったんだよ、あの松橋先輩以外はね。あの人、あれこれ考えるのが好きな人だったから。そういう推理とかが得意らしくて、自分のクラスでも探偵さんって呼ばれてたみたいだよ」

その言葉に、みんなは少し驚いたようにきょとんとした。とはいえ、僕からすれば妙に納得してしまう話だ。なにせ松橋すみれという人は、あの廃墟の魔女曰《いわ》く、二人目の侍女なのだから。僕と同様、彼女も不思議な謎を嗅ぎつけては、それを魔女に献上していたのだとしても不思議はない。つまり真なる探偵は——。

そこで不意に疑問に思ったことがある。僕と同じように、松橋さんが遭遇した謎を日頃から廃墟の魔女に話して聞かせていたのだとしたら、マツリカさんはこの事件のことを知っているはずなのだ。それなら、廃墟の魔女は、この事件を解決しなかったのだろうか？

いや——、あるいは、解決できなかった？

まさか、マツリカさんに限って、そんなことが——。

「オレが思うに、二つ可能性があると思うんよ」高梨君がピースサインのように指を突き出して言った。「一つは、秋山先輩が本当に何者かに傷つけられたんやけど、犯人を庇《かば》うなりなんなりして相手のことを黙っておるパターン。もう一つは、なんらかの理由や目的があって、そんな狂言をしてしもうたパターンよ。この場合やけど、すぐに松橋先輩が準備室を訪れたんは、秋山先輩にとっては計算外だったのかもしれへん」

「本来は風花さんに密室を作る意図はなかったのに、松橋先輩によって思いのほか早く発見されてしまい、しかも目撃証言まであったため、密室という不可能性が生まれてしまった——、ということですか」

「その可能性は高いかもしれへんで。たとえばや、本当は誰か別の人間に罪を被《かぶ》せる予定やったのに、密室ということになってしもうて、それで仕方なく『胡蝶さん』の仕業にしたっちゅー可能性もあるんちゃう？」

「確かに、筋は通っていますが……」春日さんが俯《うつむ》く。「けれど、わたしには、風花さんが狂言で誰かに罪を被せようだなんて、そんなことを考える人だとは思えないんです……」

「まぁ、確かにオレらは、秋山先輩のことなんも知らんからなぁ……」

「あの、推理の途中、すみません」

松本さんが、ノートの新たなページを捲《めく》りながら口を開く。

「実は、まだ草柳さんから預かってきた情報があるんです。なんでも当時の新聞部の部長さんがこの件を調べていたらしく、事件発生時に特別棟にいた生徒の何人かを割り出して、関連性のありそうな証言をノートに記録していたようなんです。そのノートが見つかったとのことで、写させてもらいました」

○3B青山陽子《あおやまようこ》（渡り廊下で作業中）
四時半から五時の間くらい、慌てた様子で特別棟から出てきた一年生を目撃する。

誰かはわからない。背の高い可愛い子、と証言。

作業に集中していたため、全員の出入りを確認していたわけではない。

○2C吉村啓太《よしむらけいた》（部室での作業を終えて教室へ戻る途中）
四時半前後、廊下で演劇部の後輩、1Aの田中翔を見かける。

廊下にいて、やや挙動不審気味だったらしい。

目が合うと、思い出したように部室の方へ去って行った。

なにかやましいことをしていた様子。

○1A小峰千結《こみねちゆ》（屋上での作業中）
四時二十分から五時までの間、一瞬だけ女子が言い争うような声を耳にする。

○1D上村奈津《うえむらなつ》（特別棟へ移動中の渡り廊下）
五時過ぎ、1Aの深沢雪枝とすれ違う。

体調の悪そうな顔をしていたと証言。


「田中翔に深沢雪枝、ですか……」

食い入るようにノートを覗き込んでいた春日さんが、顔を上げる。

「深沢雪枝っちゅーと、七里先輩といつも行動しとる人やろ？」

「もしかすると」僕はノートの最初の箇所を示して言った。「この慌てた様子で出てきた一年生って、七里観月さんっていう可能性はないかな」

「ありえなくはない話やろうけれど、それだけで決めつけるのはどうよ」

「うん、『背が高くて可愛い子』ってだけじゃ、決めつけられないだろうけれど……。七里先輩は、なんだか二年前の事件と関係がありそうな雰囲気なんだ」

「雰囲気て。どういうことなん？」

「いや、ちょっと話をして、口ぶりからそう感じたってだけなんだけれど……」

「なんや、シバ。七里先輩と話したんかいな？」

「いや、まぁ、うん」僕は言葉を濁した。「情報収集の一環で……」

「ストラップの件、気づかれんよう、気をつけなあかんで」

既に気づかれてしまっているのだが、僕は高梨君の言葉に笑って頷く。

そういえば、それと関連して、みんなに共有するべき情報があることを思い出した。

僕は七里先輩のスマートフォンに、件《くだん》のマスコットと色違いのものがぶら下がっていたことと、彼女が野村先輩と親しい間柄なのではないかという推測を話した。

「教室は同じらしいですから、ありえる話ではありますね」松本さんはそう頷いて、情報をメモしている。「じゃらじゃらストラップの中に件のマスコットの色違いアリ、と」

「なぁ、目撃証言の話に戻るんやけれど、これ、どれも時間が曖昧で微妙なところやないか」

「現実は推理小説のようにはいきませんから」松本さんが笑って答える。「いちいち時計を確認している人は少ないでしょうし、文化祭の作業に夢中になっていたのなら、時間感覚が曖昧になっていてもおかしくはありません。この点は草柳さんも残念がっていましたよ」

「確か、松橋先輩が秋山先輩を見つけたのは、五時ごろだったよね」

「はい。はっきりしているのは、その時間だけですね」

それぞれの目撃証言はどれも興味深いが、各自の覚えている時刻が曖昧なため、前後関係が不明瞭《ふめいりょう》だった。

「時刻がはっきりしとるんはこれやね。五時過ぎに、深沢先輩とすれ違ったっちゅー話」

高梨君の言葉に、黙々と考え込んでいたらしい春日さんが口を開いた。

「準備室に入ってきた風花さんを切りつけて、なんらかの方法で誰にも見られることなく密室から脱出できたと仮定すると……。この証言の中に限れば、犯人のように思える人物は深沢先輩になりますね」

「でも、春日さんの言う通り、あくまでこの証言の中に限ればなんだよね」僕は長机に身を乗り出したまま、ノートの各証言をじっくりと眺めた。「文化祭の準備中なら、ここに書かれてないだけで、特別棟に出入りしていた人間はもっといるはずだよね」

「まぁ、二年も前のことやから、まだ学校に残っておるんは当時の一年生だけやろうし、麻衣子ちゃんには悪いんやけれど、これは相当分が悪いと思うで」

「先輩たちの仰ることは、もっともだと思います」

春日さんは無念そうに俯いた。

「わたしとしては……、当時の風花さんの身になにが起こったのか、それが少しでもわかればいいと思っていました。過去の事件と、今回の事件との繋《つな》がりは曖昧なものです。ですから、柴山先輩の立場が危ない現状で、無理に過去の事件を調べて頂くのは……、その、ただの回り道にしかならない気がして……、ですので、これ以上は……」

春日さんの言葉が途切れると同時に、蒸し暑い室内の空気が僅かに重苦しくなった。繋がりが不明瞭な中、過去の事件を調べている場合ではないだろう――、と春日さんはそう言いたいのだろう。確かに、僕に使える時間はあと三日間しか残されていない……。

高梨君と、松本さんの視線が、僕に注がれる。

僕は静かに頷いた。

「大丈夫だよ」

その言葉は、春日さんの想定していないものだったのかもしれない。

彼女は顔を上げて、眼鏡の奥の双眸を大きくした。

「僕は、今回の事件と過去の事件は、どこかで繋がっている可能性が高いと思う。だから、過去の事件を探ることは、回り道なんかにならないんじゃないかな」

「けれど、先輩」

「それに、協力するって約束したからね」

「そーやで。水くさいこと言わんでええんよ」肩に重みを感じて、僕はよろめいた。隣の高梨君が、僕の肩に腕を回して、春日さんに笑いかけている。「オレらに任せたらええんよ。当時の一年生はまだ学校に残ってるさかい、聞き込みしたら、またなにか新しいことがわかるかもしれんしな」

「そうですよ」ぐっと拳《こぶし》を握って、松本さんが目を輝かせた。「それにゆうくんなら、いずれこんな密室は解いてしまうはずです」

身を寄せてくる高梨君の重みに、松本さんの信頼が加わり、僕は折れそうだった。

けれど、ここで挫《くじ》けるわけにはいかない。

語られなかった言葉を探す――。

僕にはできなかったことを、春日さんは成し遂げようとしているのだから。

僕は微かに笑って、もう一度皆に頷いてみせる。

「皆さん……」

行き詰まってはいたが、場の空気は明るくなった。

まだまだ、考えるべきことはあるはずだ。

＊

狭苦しい部室の中は、四人が揃うと暑苦しい。

三ノ輪部長は試験勉強に備えるといって先に帰ったが、僕らは再び現在と過去の事件に関して議論を交わすことになった。

また、松本さんの提案により、僕らが直面している『密室殺トルソー事件』の密室を『現代密室』、一年前の事件の密室を『過去密室』と呼んで区別することになった。確かに、ただの

『密室』だと、どちらを示しているのかはわかりづらい。

「あの、ちーちゃんに質問があります」ノートにペンを走らせていた松本さんは、ふと顔を上げて言った。「推理小説では、密室トリックってどんなものがあるんでしょう」

「突然どないしたん？」

「その、うまく言えないのですが、わたしには犯人が、ゼロから密室トリックを作り出したとは思えないんです。まったくの無から生み出せるような新しいトリックは、たぶん推理作家でも考えるのが大変なんじゃないですか？　それなら、犯人は推理小説かなにかから、密室トリックを参考にしたんじゃないかなって。だとしたら、推理小説における密室トリックを整理することで、わたしたちも答えを導き出せるんじゃないかな、と――」

「確かに、それは一理あるで」高梨君は腕を組んで、うーむと唸った。「そもそも、推理小説における密室を大きく二つに分類すると、『故意の密室』と『偶然の密室』があると思うんやけれど、それはわかるか？」

僕はみんなの表情を覗う。意外なことに、松本さんも春日さんも理解しているように思えた。なんだ。わからないのは僕だけなのか。もしかして、一般常識なの？

「ええと、説明してくれると嬉しいかな……」

「『故意の密室』っちゅうんは、犯人が計画的に作った密室のことを指すんよ。自殺に見せかけたり、アリバイを作ったりと、現場が密室であることが犯人にとっての大きなメリットになるから、苦労して密室を作るわけやね。反対に『偶然の密室』は、その名前の通り、犯人が意図せず、様々な偶発から、偶発的に発生してしまった密室のことを指す。たとえば、『過去密室』の場合やと、松橋先輩とブチョーさんが廊下で作業しとったんは、犯人にとって予測できないことのはずやろ。そうなると、意図的に密室を作ったとは考えにくいと思うねん」

「おお、なるほど……」

感心する僕をよそに、松本さんが訊《たず》ねた。

「様々な偶然、というのは、具体的にどんなものがあります？」

「そうやね、たとえば、目撃者の誰かが嘘をついているとか、死体の死亡推定時刻を見誤るとか、そういう類《たぐい》があると思うんやけれど」

「過去密室の場合、目撃者は二人いますよね」春日さんが言う。「二人そろって嘘をつく、というのは少し考えにくいことだと思います」

「確かに、そうやな」

「だいたい、死亡推定時刻もなにも、風花さんは死んでないです」

「ま、まぁ、そうやけど……」

「ええと、それじゃ、現代密室の方はどう？」

「こっちは、『故意の密室』やろうね。事前に七里先輩の制服を盗んだり、深夜の学校に忍び込んだり、計画性が高い犯行や。密室にした意味はようわからんけれどな」

「意図的に密室を作る場合は、どんなトリックを使ったりするの？」

「これも大きく分けると二つある。物理的なトリックと、心理的なトリックの二つやね。物理的なトリックっちゅうんは、あれこれと仕掛けを工夫して、実際に鍵を掛けたりするようなトリックよ。柴山が推理した糸を使ったトリックはこれに当たる。あとは館《やかた》が動いたりな」

「え、館が動くってなに？」

「推理小説において、館ってのは動くもんなん」

高梨君はうんうんと頷く。僕の脳内では、古めかしい洋館が完全変形を行って人型メカとなり二足歩行する様子が映像となって繰り広げられていた。推理小説ってわけがわからない。

「もう一つの心理的なトリックの方は、実際には鍵が掛かってたり、出入りが不可能だったわけではないのに、心理的な盲点でそう思い込んで密室になってまうって方法よ。まりかが推理した、鍵を確認するふりをして鍵を掛ける、っちゅうもんは、これに当たる」

「ええと……、それじゃ、今回の『現代密室』はどっちだと思う？」

「難しい問題やね。推理小説だと、古いもんは物理的な方法で鍵を掛けたりしとるのが多いけれど……。最近はそういうトリックは出尽くしてしもうて、心理的なトリックをよく読むような気がするわ。まぁ、犯人が推理小説からトリックを拝借したんなら、どっちも考えられることになるんやけど、オレが思うに物理的トリックの可能性は低いかもしれへんね」

「それはどうして？」

「まず物理トリックいうもんは、そのほとんどが糸の類を使って内側から鍵を掛けたりする方法になるんやけれど、そもそも準備室の扉には内鍵が存在しないんよ。内側から鍵を掛ける方法がないんやから、糸を使おうがなにをしようが、外から鍵を使わずに施錠することは不可能になる。せやかて、準備室の窓の方は、埃《ほこり》のことがあって人間が通れるとは思えへん。どんなに工夫をして外から窓の鍵を掛けることができても、人が通り抜けることができなければ意味がないやろ。つまり、物理トリックではなく、心理的な……、盲点を突いた可能性が——」

高梨君は、そこではたと言葉を途切れさせた。

「先輩？」怪訝そうに春日さんが声を掛けるが、高梨君は眼を見開いたまま答えない。「なにか悪いものでも食べたんですか？」

「……思いついたかもしれへん」

しょぼしょぼと眼を瞬かせ、高梨君はそう呟《つぶや》いた。

「思いついたって、密室トリックですか！」

高梨君の方へと、松本さんがぐっと身を乗り出す。

高梨君は小さく頷くと、椅子に深く身を沈めた。

「なるほど、そういうことやったんか……」

「ええと、どうしたの？　なにか思いついたのなら教えてくれると……」

「いや、まだわからん……。考えを整理せなあかん」

彼は僕の問いかけを制止するように掌《てのひら》を突き出した。

「明日話す。いったん考えを纏《まと》めようと思うわ」

「ええ、明日って……」

「まぁ、大人しく待ちたまえよワトスン君。お、なんかオレ、めっちゃ名探偵っぽいこと言っとるな！」

「焦《じ》らしておいてろくでもない推理だったら怒りますよ」

半眼で睨《にら》みつける春日さんに苦笑を返し、高梨君は立ち上がった。

「まぁまぁ、期待しておいてな。こりゃあ、今回ばかりは、柴山の出番はあらへんで」

いったい、高梨君はなにを思いついたというのだろう？

既に時刻は遅くなっていた。試験勉強を疎《おろそ》かにするわけにはいかないし、そろそろ帰った方が先生たちに睨まれなくてすむかもしれない。

「これが本格ミステリなら――」春日さんがぼそりと言う。「高梨先輩、明日には殺されていそうです」

僕らは一抹の不安と期待を抱えながら、明日に披露される高梨君の推理を待って、ひとまず解散することにした。

＊

しとしとと、雨が降っている。

翌日のお昼休みは、草柳部長に会うべく保健室へと足を向けた。かの部長は孤独を好むのか、たいていの場合、お昼は部室にいるか保健室にいるかのどちらかからしい。

保健室に入ると、スチールの長机を囲んで、草柳部長と松本さんがお昼を食べているところだった。本来の主《あるじ》である保健室の先生の姿はなく、草柳部長はコンビニで買ったらしいとろろそばを、ずるると音を立てて啜《すす》っている。対して松本さんはお弁当箱を広げていた。

「来たね、豆柴《まめしば》君。まぁそこに座りたまえ」

「そばを啜りながら喋《しゃべ》らないでください」

色々と飛び散っている。僕は向かいのパイプ椅子に腰掛けた。

「お昼は買ってないのかい？」

「ええ、まぁ。ここで食べるつもりはなかったので。あとで購買でパンを買おうかなと」

「そうか、今なら松本さんのお手製弁当を味見できるぞ。厚焼き卵がうまいんだ」

「え、それ、松本さんの手作りなの？」

「はい。ふふっ、ゆうくん、あーん、してあげましょうか？」

彼女は微笑んで、お箸《はし》で摘《つ》まんだ厚焼き卵をこちらへと運んでくる。

「え、いや、その、えと」

「要らないんですか？」

「女の子の手作り弁当を断るなんて、健全な男子高校生とは思えない反応だな」

「あ、そっか、ゆうくんって好きな子がいるんですもんね！　うわぁ、誠実ですね！」

「なに、それは片思いか？　その話、僕にも詳しく聞かせてくれ。記事にしよう」

「そんな記事を誰が読みたがるんですかッ！」

唾を飛ばす勢いで抗議すると、草柳部長は顔を顰めて身を引いた。松本さんは可笑《おか》しそうにくすくすと笑いながら、摘まんでいた厚焼き卵をぱくりと自分の口に放り込んだ。

料理のできる女の子って、なんだか可愛い。松本さんの意外な一面を見たようで、なんというか、美味《おい》しそうにお弁当を頬張っている彼女の姿が、いつもと違って目に映る。

ちょっと食べたかったかもしれない。

「それで」気を取り直すため、僕は居住まいを正した。「メールで、なにかお話をしてくれるって言っていましたけれど」

「ああ、そうそう。そうだった」食事を終えた草柳部長は、どこからともなく扇子を取り出し、それを広げてみせた。「実は、今回の事件、僕なりに違った角度で調査をしてみたんだよ」

「違った角度、ですか？」

「松本さんに聞かせてもらったけれど、君たちは『密室殺トルソー事件』の、不可能性に注目しているんだろう？　ところが、僕はパズルの類は苦手なんだよ。密室のトリックなんて、考えたところで自分が解けるとは思っていない。そこで君たちとは少し違う視点で、別の犯行現場について考えを巡らせることにした」

「別の犯行現場？　別のって言っても、犯行現場は準備室だけじゃ――」

「忘れていないか？　犯行現場はもう一つある。女子テニス部部室――。犯人が七里観月の制服を盗んだ現場だよ」

「あ――」

「僕はその現場に注目して、七里観月本人から、色々と話を聞き出したんだ。僕が気になったのはね、犯人がなにを盗んで、なにを盗まなかったかなんだよ。そこを探れば、もしかすると犯人像が見えてくるんじゃないかと思った」

「どういうことです？」

「僕はこの事件の犯人は、七里観月に対して、一種の歪んだ感情を抱いている人間なんじゃないかと考えていたんだ。わかりやすく言うと、ストーカーの類だ。ところが、犯行現場の様子を聞くに、どうもそいつは違うんじゃないかと思うようになった」

「あの、その話、詳しく聞かせて下さい」

慌ててそう言ったのは松本さんである。食事はまだ途中だったが、長机に載せていたスクールバッグを開いて、例のノートを取り出した。

「まず、犯人が盗んだのは、七里のニットベスト、ブラウス、ネクタイ、スカートだったね。それで僕は、七里観月にそれらをロッカーの中にどのように保管していたのかを聞いたんだ。また、ロッカーの中にそれ以外になにをしまっていたのかをね。結果として、ちょっと奇妙なことがわかった」

「奇妙なこと？」

「そう。まず七里は、ブラウスとスカートをハンガーに掛け、ロッカーに収めていたという。そしてロッカーの中には、スクールバッグを押し込んでいた。このスクールバッグの上に、スマートフォンとネクタイ、財布と制汗スプレーを置いていたという」

「つまり、身に付けていたものは鞄《かばん》に入れないで、その上に置いたということですか？　制汗スプレーは使ったばかりだったから、それもしまわなかった？」

「少し違う。制汗スプレーは買ったばかりだったんだ。彼女は着替える少し前に、授業が早く終わったからといって、自転車ですぐ近くのコンビニまで買い物に行っているんだ。そこで制汗スプレーと粉末タイプのスポーツドリンクを購入している。スポーツドリンクは女子テニス部の備品で、なくなってしまっていたから、そのついでに買いに行ったというんだ」

松本さんは頷いて、それらの品目をノートに綴《つづ》っていく。ブラウス、スカート。スクールバッグ。スマートフォン、ネクタイ、財布、制汗スプレー……。

「今のところ、特に不思議な点はないように思えますけれど……」

「いや、大ありだよ豆柴君。松本さんが記入した品目をよく見たまえ。犯人が盗んだものの一つは、スクールバッグの中に入っていたんだ」

「えっ？」

松本さんが声を上げた。

「あっ、ベストですね」

「その通り。七里は自転車で外出したときにベストを着ておらず、スクールバッグの中にしまっていたんだ。つまり、犯人はわざわざバッグの中を開いて、その中からベストを取り出したことになる。バッグの上にはスマートフォンと財布があった。中を開けば更に色々と七里の私物が入っている。僕が言いたいのはね、つまり、犯人がストーカーの類なのだとしたら、戦利品になり得るような七里の私物を、どうして無視したのだろうということなんだ」

考えてみてくれよ、と草柳部長は僕の眼を見つめて言った。

「豆柴君。君は健全な男子生徒だから、片思いをしている女性、あるいはスタイルの良い女性に対して、様々な妄想を繰り広げてしまうことだと思う」

「え、いやいやいや」

松本さんの前でなにを言い出すんだこの人は。

「え、そうなんですか？」

「いや、えと、あのですね……、いったいなにが言いたいんですか」

「君が七里観月に恋をしているとする。いや、恋をしていなくとも、七里に対しては女性的な魅力を充分に感じるだろう？」

「ええと、いや、まぁ、そうかもしれないですけれど……」

「好きで好きでたまらない。しかし、その恋は実ることはなく、やがて邪な感情ばかりが募って膨らんでいくようになる……」

草柳部長は、なにやら熱く語り始めてしまった。

しかし、言うことはわからないでもない。僕が脳裏に思い描いているのは、七里先輩のことではなく、あの廃墟で気だるげに寝そべる吸血鬼のように美しい人の姿だった。

恋は実ることがない。振り向かれることはなく、ただ邪で歪《いびつ》な感情だけが膨れあがる……。

あのとき自分が起こした過ちを想起し、気づけば胸中は暗澹《あんたん》とした思いに沈んでいた。

「さて、君はその人のバッグを開ける。おや、中から面白いものが出てきた。なんと、可愛らしい薄手のキャミソールだ。大好きな人の素肌に、直に触れているものだぞ。どうする？」

「え、いや、どうするって……、そ、そう言われましても……」

僕はたじろいだ。マツリカさんが身に付けていたそれが脱ぎ捨てられている光景を想像してしまったからだ。興味津々といった様子で僕を見つめている松本さんの純真な眼差しが痛い。

「バッグにキャミを入れていたんですか？」

松本さんの疑問に、草柳部長が頷いた。

「ああ。替えのインナーらしい。七里は透け防止にブラウスの下にキャミを身に付けているんだ。夏場の部活は汗をかくから、帰宅するときに着るための替えを用意していたという。ところが、犯人はそれを盗まなかった。そればかりか、スマホや財布にも手をつけていないんだ。他にも変態が喜びそうなものがバッグに入っていたぞ。リップクリームやら、スカートベルトやら」

「スカートベルトって、変態が喜ぶものなんでしょうか……」

不思議そうに松本さんが声を漏らす。

しかし、僕は別のことに疑問を感じていた。

「あの、スカートベルトってなに？」

「え、ゆうくん知らないんですか？　ゴムベルトのことですよ」

「ゴムベルト？」

「ふっ。豆柴君が女子の秘密の領域に立ち入るのには、まだ早いのかもしれないな……」

「え、なんですか、それ……。女の子の秘密アイテムなんですか？」

「まぁ、そうとも言えるかもしれません」松本さんはおかしそうに笑う。「スカートを短くするために使うんですよ」

「スカートを短く？」

「ええと」松本さんは立ち上がると、自身のスカートを見下ろした。「わたしのスカート丈って、長いですよね」

「まぁ、そうだね」

「もちろん、スカートを短くした方が可愛く見えるのはわかっています。丈を短くするためには、切って詰めてしまうのが簡単な方法なんですが、校則で禁じられているので、見つかると先生に怒られてしまうんですよね」

「ははぁ」

「なので、手軽に丈を短くするためには、こんなふうに……」松本さんは、スカートを僅かに引っ張り上げて、腰の高い位置で留める。「スカートを内側に折り込んでしまうのがベストな方法です。芯《しん》って言うんですけど、ここを折るんですね」

くるりと、松本さんはスカートの上部一センチくらいを内側に折り込んだ。

「もっと短く見せたい場合は、このまま二回、三回と折るんですが、この方法には欠点が」

「欠点？」

「無理に折り込んでいるものですから、こんなふうにプリーツが乱れてしまって、シルエットが綺麗《きれい》になりません。今はまだ大丈夫な方ですけれど、動いているうちにかなりズレてきちゃうんです。わかります？」

　矯めつ眇《すが》めつ、松本さんのスカートのプリーツを見遣《みや》る。これまでシルエットが綺麗かどうかなどという視点でスカートを見つめたことはなかった。言われてみれば、内側に折り込んだ影響で、プリーツの一部分がくしゃりと拉《ひしゃ》げたようになっている。

「これではせっかく丈を短くしても可愛く見えないですし、プリーツが乱れているとスカートを短くしているってことが先生にバレやすくなっちゃいます。そこでゴムベルトを使うわけです。わたしは持っていないので実演はできませんが、スカートの上にベルトをすることでプリーツを押さえ込んで、シルエットが乱れるのを防ぐことができるんですよ。あ、このままだとベルトが見えちゃうので、普通はカーディガンやベストで隠すんですけど」

「おお、なるほど……」

　これが女の子の神秘というものか。

　スカートの丈を短くして、可愛らしく見せる。そこにこのような工夫が隠されているとは、これまで思いもしなかった。マツリカさんのスカートを一年以上観察し続けていたというのに、まったく僕の眼は節穴なのか。

　それにしても、こんなふうにスカートを短くした松本さんというのは、なんだか新鮮だった。普段は覗くことのできない柔らかな腿のラインは健康的で、また新たな彼女の一面を発見してしまったような気がする。

「ゆうくん、視線がいやらしいです」

「いやっ、えとっ、見てないですからっ！」

松本さんは、折り込んだ箇所をいそいそと元に戻した。なんというか、え、スカート脱いじゃうんですか？　と錯覚してしまう仕草でどきりとしてしまう。

「まぁ、とはいっても、ベルトってみんなが使ってるわけじゃないですけれどね。ちょっと面倒ですし。七里先輩みたいにお洒落《しゃれ》に気を遣う人なら、持っていておかしくないかもしれませんけれど」

「そもそも、二年のとき、七里はスカート丈をこっそり詰めていたんだよ」草柳部長が肩を竦めて言う。「あいつ、元から脚が長いしな、あまりにも似合いすぎていて、誰も気づかなかったんだが、三年になって担任になった諸岡《もろおか》にバレて、わざわざ買い直させられたんだ」

「ああ、あの先生、厳しいですもんねぇ」

と、はたと気づいた。

「というか、話、すごく脱線してますよね」

「そうだな。ええと、女子の神秘に関する話だったか？」

「いえ、そうではなく……」

どこまで真面目に話をしているのか、怪しくなってきた。

とはいえ、草柳先輩の言っていることは一理ある。犯人は、スマートフォンや財布、リップクリームにキャミソールなどといった七里先輩の私物のいっさいを無視している。ストーカーやら変態の類が犯人なのだとしたら、なんらかの戦利品を持ち帰っているはずだ。既に制服を一式盗んでいるのだから、躊躇《ためら》う必要なんてないはず……。

いやいや、それとも普通の男子は、好きな人のリップクリームやキャミソールなんて、べつにどうでもいいと考えてしまうのだろうか？　ちょっとほしいかな、バレなかったらもらっちゃおうかな、なんてことを少しでも考えてしまう僕がおかしいだけなのだろうか。

あれ、どうしよう、なんだか自信がなくなってきたぞ……。

＊

「さて、諸君。我々は前回の会議で、推理小説における密室の分類について簡単にふれたことと思う。あのあと、本来ならカーの『三つの棺《ひつぎ》』などを挙げて、更に細かく分析していくこともできたんやろうけれど、なんということやろうか、解説の途中でオレの脳裏にとんでもないアイデアが過ぎったんよ。その結果として、オレは遂に一つの真実に辿《たど》り着いたと、そう確信しておる」

写真部の壁際に置かれている、普段はあまり使われることのないホワイトボード。その前をゆっくりと往復しながら、さながら講釈を垂れる教師の如き様子で、高梨君は語った。

「前回、そんな話をしたのは、『犯人は推理小説の密室を参考にしたのではないか』というまりかの発言がきっかけやったと思う。オレは柴山に密室トリックの解説をしながらも、今回の

『密室殺トルソー事件』を推理小説に重ね合わせるとしたら、どんな手法が相応《ふさわ》しいかと考えてたんよ。ところが今回の密室を、推理小説で使われるトリックと符合させようとすると、なかなかどうして一筋縄ではいかん。オレがぱっと思いつく古典的なトリックを並べてみると、『早業殺人』『機械的機構による殺人』『内出血密室』『遠隔殺人』などがあるんやけれど、これらはどれもある理由から今回のケースに当て嵌《は》めることができんものなんや」

「あのう」

話の腰を折るようで申し訳ないが、僕は挙手をした。

「なんやね、柴山君」

「早業殺人って、なに？　そのあとのもほとんど聞き取れなかったんだけれど……」

「早業殺人っていうんは、その名の通り、目にも留まらぬスピードで人を殺す方法や」

なるほど、わからん。

こほん、と小さな咳払《せきばら》いが聞こえる。見れば春日さんが僕らを半眼で見ていた。

「早業殺人というのは、密室内で倒れている被害者に誰よりも早く駆け寄り、素早く殺す手法です。密室が開けられたとき、実は倒れている被害者はまだ生きていて、演技をしているか昏《こん》倒《とう》しているだけなのですが、犯人は発見者に交じり、密室が開けられたあとで殺人を犯すわけです。この場合、鍵は内側から被害者自身が掛けていたりします」

「つまり、脈を取りながら、大変だ！　死んでいる！　と言いつつ、その直後に殺したりするわけや」

「おお、なるほど……」

そんな手法があるのか。推理作家ってすごい。

「しかしあれやね、麻衣子ちゃん、君、なかなかいけるたちやね」

「先輩ほどではありませんが」春日さんは居心地悪そうに少しの間視線を背けてから、話題を戻した。「先輩の言いたいある理由とはつまり、今回の『密室殺トルソー事件』は、殺人事件ではないという点なんじゃないですか？」

「さよう。流石は麻衣子ちゃんや。さっき挙げた手法は、ほとんど、密室内の被害者自身を軸にしたトリックなんよ。今回の密室は、べつに誰も殺されていないわけやから、中にいる被害者をどうこうして密室を作ることができないねん。今回の事件の特異性はそこにある。そもそも、人が死んでいない密室は推理小説においてはあんまり書かれておらんのよ」

「え、そうなの？」

「まぁ、本格マニアやったら、人が死んでいない密室は密室じゃないと言うかもしれん」

「どうして？　人が死んでいなくても、誰も入れなかったら密室じゃないの？」

「そうなんやけど、まぁ、あくまでそういううるさいマニアがいるってだけやね」

「へぇ……。なんだかミステリ読む人ってめんどくさいんだね」

「まぁ、そういうわけとは、ちゃうと思うけれどな……」

「そういう、人が死なない密室を書いた小説で有名なものはないんですか？　あるなら、なにか参考になりそうだと思うんですが」

松本さんの質問に、高梨君は眉根《まゆね》を寄せて、うーんと唸った。

「さぁ、わからんなぁ。オレも所詮《しょせん》はにわかやから。少なくとも長編の作品でそういうのはあまりないんとちゃうか？　最近はライトミステリとか増えてきておるから、短編とかならあるかもしれへん」

「え、なにライトミステリって。明るいミステリ？」

「いや、まぁ、そうとも言えるかもしれへんな……」

「先輩、話が脱線してます」

春日さんの言葉に、高梨君は咳払いを一つした。

「ともかく――、オレはこの、人が死んでいない特異性に着目することにした。人が死んでいないのなら、人が死んでいないからこそ利用できるトリックの類があるんではないかと思ったんよ。すなわち、オレらは人間が出入りする方法ばかりに囚《とら》われて、迷宮の奥深くに入り込んでしまったんではないだろうか？」

高梨君はそこで言葉を句切り、僕らの表情を一つ一つ確認していく。そうして彼は満足げに頷くと、こう宣言した。

「ぶっちゃけ、今回の事件、犯人が中に入らなくとも、できるんじゃないかね？」

犯人が、準備室の中に入っていない？

「オレも柴山と同様に、何度か調査のために準備室や美術室を訪れてたんやけれど、注目したんは、美術室でふと目にしたとある道具やった。犯人はこれを使ったんやないかと考えられる。

そして面白いんは、このアイテムを使ったとすると、おのずと犯人まで絞り込めるということなんよ」

「ちーちゃんは、密室を作った方法を見つけただけでなく、犯人の目星までつけているということですか？」

「さよう」

高梨君は胸を張って頷いた。

「だ、誰なんです？　どんな方法で？」

僕も松本さんと同じく、焦れったい気持ちだった。

「まぁまぁ焦りなさるな皆の衆。これからきちんと解説しようではないか。まず、犯人はまりかプランを使って、事前に準備室の鍵を開けたんよ」

「え、なにまりかプランって。松本さんの作戦？」

「あ、すまん。オレの中でそう名付けておったん。まず、さっき犯人は室内に出入りしておらんと言ったけれど、実際には下準備のために準備室に侵入する必要がある。つまり、試験準備期間よりも前に鍵を借りて、準備室に侵入したんやね。これなら記録にも残らんし、他の鍵を借りるフリをして『倉庫B』の鍵を持ち出せば、誰にも気づかれることはあらへん。これは、柴山犯行説のときにまりかが推理した案と同じじゃから、まりかプランと名付けたわけよ」

「はぁ」

「さて、準備室に入った犯人は、そこで下準備のためにもろもろと仕掛けを施した。もっとも重要な仕掛けは、窓のクレセント錠に長い糸を引っかけて、内扉から外に通す作業や。これは柴山プランと名付けた」

「ですけど、ちーちゃん、埃の件から、窓は誰も出入りをした形跡がなかったんですよ」

「そこがこのトリックのキモなんよ。確かに埃がぎょーさん積もっていた以上、人間は窓を使って出入りでけへん。ほんなら、出入りしたのが人間でなかった場合はどうや？」

「あ――」春日さんが、小さく声を上げる。

「これも一種の古典的なトリックやねん。推理小説の中にはこんなんがある。窓は開いているが、あまりにも小さくて誰も出入りでけへん。それなのに、密室内では被害者が死んでおるんや。無惨にも、バラバラに切り刻まれてな」

「ええと、どういうこと？」

「犯人は窓から出入りしたんやない。窓から被害者の身体を押し込んだんや」

「いわゆる逆密室――、ですか」

春日さんの言葉に、高梨君は満足そうに頷く。

犯人は窓から出入りしたわけではない。トルソーを窓から室内に押し込んだのだ。

「そっか。予め窓の鍵を開けてトルソーを室外に持ち出しておけば、あとで盗んだ制服を着せたトルソーを窓から押し込むだけで、わざわざ室内に入らなくてもいいんだ！」

「しかし、それでも埃に痕跡《こんせき》が残るのではないでしょうか」春日さんが鋭く分析する。「それに、柴山先輩の話だと、トルソーが倒れていたのは窓から離れた場所だったのでは？」

確かに、窓からトルソーを投げ入れただけでは、戸棚の埃に擦《こす》れてしまう可能性が大きい。加えて、僕らが密室を開けたとき、トルソーは扉に近い位置に倒れていたのだ。窓から投げ込んだとして、あの場所にうまく落とすのは無理があるというものだろう。

「確かに、麻衣子ちゃんの指摘はもっともというものや。せやけど、オレは事前にこう言った。犯人はある道具を使ったはずなんやと。それを使うことで、それらの問題点を綺麗に解決できるだけでなく、犯人の正体まで判明してしまうんよ。オレはこの推理を、真夏の流しそうめん大作戦と名付けたいと思う」

「あの、ふざけてるなら帰りますが」

春日さんが腰を浮かせる。

「あ、いや、タンマ。冗談よ。最後まで聞いてな！」

高梨君は春日さんが仕方なさそうに座るのを見守り、こほんと咳払いをした。

「せやかて諸君、この作戦名でピンと来るはずやろ？」

「え、わからないけれど」

僕らは首を傾げて高梨君を見遣る。高梨君はちょっと残念そうな表情を見せた。

「なんや、柴山もわからんのかいな。流しそうめんでピンと来ないなら、滑り台でどうや。えぇか、犯人は窓に薄くて長い板のようなものを差し込んだんよ。それを戸棚の上に室内へと続く滑り台のように設置する。そうすることで、戸棚の上の埃に擦れることもなく、扉に近い位置へトルソーを流し込むことができるということなんよ！」

「おお……」

なるほど、そういうことか。

高梨君ってば、めちゃくちゃ冴《さ》えてるじゃん！

「でも、それって、それなりに長さのある板が必要ですよね」松本さんが言う。「そんな都合のいい道具が学校に——」

「ところが、それがあるねん。そしてそれは今も美術室に置かれておる。それこそがこのトリックの要《かなめ》となり、犯人を特定することも可能な魔法の道具なんよ」

「もしかして」心当たりがあり、僕は声を上げていた。

「そう。演劇部のために野村部長が描いた書き割り。背景が描かれたベニヤ板や！」

確かに、分割もできそうなあの板なら、幅も長さも丁度いいように思える。

「更にこの書き割りは、事件発生当時は演劇部の部室に置かれておったという。すなわち、この犯行が可能な人間は、演劇部の関係者に他ならない。つまり犯人は、七里先輩に歪んだ好意を寄せているという、演劇部の田中翔である可能性が非常に高いということなんや！」

なんてこった、凄《すご》すぎるよ、高梨君。密室の謎を打ち破っただけではなく、犯人まで絞り込んでしまうなんて……。

「さて、犯行のあらましを纏めようと思う。田中氏はまりかプランによって鍵を入手すると、準備室に侵入し、窓の鍵を開け、柴山プランで糸を内扉から美術室へ通した。美術室の鍵は、これも『倉庫B』の鍵を入手するついでに持ち出してしまえばええ。一ヶ月も前だったら、野村先輩は毎日第一美術室に通っていたわけではないみたいやから、放課後であっても準備は可能のはずや。この際、予めトルソーは持ち出して、演劇部の部室にでも隠しておけばええやろう。準備を終えたあとは準備室を施錠して鍵を職員室に返す。さてさて一ヶ月後、田中氏は女子テニス部の部室に侵入する。七里先輩のストーカーなら、部室の鍵の隠し場所を知っていてもおかしくはない。そこで七里先輩の制服を盗んだ田中氏は、いったん帰宅して夜間を待つ。恐らくは両親の目があって深夜近くでなければ家を抜け出せなかったんやろう。田中氏は深夜零時少し前に学校へと侵入。幸いなことに先生たちが残っている時間帯だったので、防犯センサーの類は働かない。どこかの教室の窓を予め開けておけば、そこから入り込めるって寸法やね。さて、田中氏はまず演劇部の部室へ入る。トルソーと書き割りを持ち出すためやね。演劇部の部室の鍵は、掛けないでおけばええ。実はあの日、部室を最後に去って鍵を返したのが田中氏であることを、オレは独自調査によって突き止めておる。彼はベランダ伝いに準備室の窓へと、制服を着せたトルソーと書き割りを運んでいく。これも、演劇部の部室と第一美術準備室が同じ階にあるさかい、可能なことなんよ。あとは鍵の掛かっていない窓を開けて、書き割りを差し込み、トルソーを室内へと流し込む――。全てを終えたら、カーテンを開けたまま窓を閉ざし、書き割りを部室へと戻す。この作業はご想像通りの大仕事や。ベランダでそんなことを昼間や放課後にやったら、かなり目立ってまうし物音もする。美術室で作業をしている野村先輩には、確実に気づかれてまうんや。だからこそ、犯行は深夜にする必要があった。このときの作業を、犯人はうっかり柴山たちに見られてしまったということやねん」

「窓の鍵はどうするんです？」松本さんが訊いた。「内扉から美術室へ糸を通していても、深夜の美術室に入れなければ、それを引っ張って窓の鍵を掛けることはできないですよね」

「美術室に入らなくとも、糸を引く方法が一つあるんよ」

「いったい、どうやって……」

「換気扇や。事前に侵入したときに、内扉から出した糸を、美術室の換気扇に通して、ベランダに出しておくねんよ。そうすることで、わざわざ美術室に入ることなく、ベランダから糸を引っ張って施錠することが可能なんよ！」

「おお……」

素晴らしい。すごい、すごすぎるよ高梨君。名探偵すぎる！

「一ヶ月前に仕掛けたとして……。一ヶ月もの間、換気扇と内扉の間を糸が通っていたということですか？　普通、気づきません？」

「細くて丈夫な糸を使えばええんよ。誰も換気扇やら内扉なんかじろじろ見たりせぇへんやろ？　実際、野村先輩にも確認したんよ。換気扇を動かしたり、内扉を開けたりしましたかってな。実際、そんなことはしておらんし、あったとしても気づかなかったかもしれんと言っておった」

「ですが」春日さんが不審そうに目を向けて言う。「窓越しに書き割りを差し込んで、トルソーを滑り込ませるだなんて……。言葉で言うのは簡単ですが、そううまくいくものでしょうか？」

「理論上は完璧《かんぺき》なんよ。せやかて、それでも疑うというのなら……」

高梨君は得意げに告げた。

「我々でこれから実験してみようやないか！」

＊

これまで色々と推理が出てきたわけだが、実際にそれが可能であるか実験をしてみるというのは初めてだ。僕らは第一美術室へ集まっていた。美術室では試験勉強もなんのそのといった様子で野村先輩が作業していたが、そのことについてとやかくいう資格は僕らにない。準備室の鍵は再び春日さんに借りてきてもらった。いいかげん勉強をしろと吉田先生に怒られたという。

「それ、幅は大丈夫ですか？」

春日さんは訝《いぶか》しんだ眼差しで、高梨君の作業を見ている。

高梨君はベランダに出て、抱えた書き割りの板を窓にねじ込もうとしているところだった。準備室の窓は内側から野村先輩が開けてくれている。僕もベランダからその作業を見守っているのだけれど、流石にこの場所に全員が集合すると狭苦しい。

分割した板は僕の身長と同じくらいの長さで、幅は窓にギリギリ入りそうな程度だ。高梨君はそれを抱えて、なんとか先端を窓に入れようとしている。板を縦にして抱え上げなければ、先端を窓に入れることができないので、彼がそのまま後ろにひっくり返ってしまわないか、見ている側としてはひやひやものだ。

「て、手伝おうか？」

恐る恐る訊ねると、高梨君は息苦しそうに答えた。板が邪魔で表情は見えない。

「あかん……。犯人は一人でしたはずなんよ。これは実験やさかい。なるべく同じ状況で再現せな意味がない……」

「あ、ちーちゃん、入りましたよ。そのまま、ゆっくり押し込んで下さい。ゆっくり」

室内にいる松本さんの声に従い、高梨君は書き割りを室内へと押し込んでいった。今、板は先端が窓に収まっているが、大部分はこちらに露出している。その端はベランダの縁に引っかかってはいるが、力を緩めたらそのまま中庭へと落ちてしまうかもしれない。わりと危険だ。

「これ、先生には絶対にバレたくないね……」

「お、いけるで。ここまで来たら楽勝ってもんやね」

半分以上室内に押し込んだところでシーソーのように戸棚の角を支点とし、ベニヤ板の先端が準備室の床に接地したようだった。あとは、そのままねじ込んでいけばいいはずだ。

「けど、戸棚の埃は大丈夫？」

「角にしか当たっとらんはず……。一応、新聞紙は敷いたけれどな」

「ですが、これって回収するの辛《つら》くありません？」

春日さんが冷静に突っ込んだ。

確かに、僕もそう思っていたところだった。

うまく室内に入れたはいいものの、どうやって引っ張り上げる気なのだろう。

もしかして、この作戦って、けっこう無理があるんじゃないの……。

「先輩、やはり無謀に思えるのですが、まだ続ける気ですか？」

「あ、当たり前やろ。ここまで来て引き下がれるかいな！」

とりあえず、板の設置は完了した。

あとはトルソーを滑り台の要領で、部屋の中に移動させるだけである。

高梨君は、いったん美術室に置いておいたトルソーを抱えて、ベランダに戻ってきた。

それを手に窓を見遣ったまま、暫《しば》し硬直してしまう。

「これ、どっちから入れたらいいんやろ」

「頭から……。いや、トルソーだから頭って言わないのかな。首？」

「せやけど、オレらが見たとき、首は部屋の奥の方向いておったやん」

「それじゃ、足から……。いや、トルソーだから足って言わないのかな。ええと、なんて言うんだ。腰？　とにかく、わりとポールが長いから気をつけてよ」

「思ったんですが、その台座の部分、トルソーの腰より幅大きくないですか？　ちゃんと窓に入るんです？　入ったとしても、書き割りの端に突っかかるような……」

春日さんの指摘の通り、そのままスムーズにトルソーが入ってくれるとは思えない。台座の方から窓に入れるとしても、先ほどの書き割りをそうしたように、いったんかなり高い位置まで抱え上げなくてはならないだろう。やはり、この作戦はだいぶ無理があるような……。

トルソーを抱える高梨君を見遣ると、彼は既に汗だくの状態だった。

「な、なんとかならんことも、ないんちゃうかな……」

その言葉からは、既に自信が失われていた。

第六章　疑心暗鬼が駆け巡る

（村木翔子の推理）

草木の薫りを運ぶ風が、賑《にぎ》やかな中庭を駆け抜けていく。

僕は購買で買ったパンを齧《かじ》りながら、膝《ひざ》の上に広げた手帳を見返していた。残された時間は、今日を入れて二日間。土日をそこに加えるとしても、もう四日後には試験開始なのだ。高梨君の推理は実験で実現不可能であることが証明されてしまった。こうなったら、なにがなんでも自分で真相を突き止めるしかない。

熱い陽射しが、じりじりと頬を焦がしていく。どうにも先ほどから、目が痒《かゆ》い。このベンチは日陰なのだが、それでも汗は滴り落ちていく。それが目に入ってしまったのだろう。

しかし、密室なんて、どうやって解けばいいというのだろう。

皆の前では平静を取り繕っているつもりではあったが、焦燥感は燻《くすぶ》っていた。

このまま僕が犯人として嘘の自白をしたら、どうなるのだろう。今まで、僕はこの学校に存在しないのと同じだった。眩《まぶ》しい景色から目を背けて、誰と関わることもなく生きてきた。けれど、僕が犯人ということになれば、誰も僕に対して無関心ではいられなくなるだろう。嫌悪と侮蔑《ぶべつ》に満ちた視線に、絶えず晒《さら》されることになる。それに自分は耐えられるのだろうか？

「柴山君」

また汗が染みたのか、それとも涙が滲《にじ》んだのか、目を擦《こす》っていると声を掛けられた。

そこにいたのは、村木翔子さんだった。購買で買ってきたらしいサンドイッチを片手に提げ、感情の読み取りづらい、物憂げな表情で僕を見ている。

彼女は小さく首を傾げた。長い黒髪が汗で頬に張り付いていた。

「どうしたの」

「ええと……、いや、ちょっと目が痒くて」

泣いていたわけではない。だって、実際に目が痒かったのだから。

「そう。隣、平気？」

「え、あ、もちろん」

すぐ傍らに、村木さんが腰を下ろす。ふわりと、優しいシャボンの匂いが漂った。

「待って、目薬持ってるの。炎症によく効くし、使い切りだから」

そう言って、彼女はスカートのポケットから、市販の点眼薬を取り出した。

「顔上げて。注《さ》してあげる」

「えっ、いいの？」

村木さんは真剣な表情のまま、僅《わず》かに腰を上げ、顔を寄せてくる。

僕はたじろいで顔を赤くした。

「ほら、上を向く」

「えと、あ、はい……」

ちらりと彼女の方を見遣《みや》ると、屈《かが》んで強調されたブラウスの胸元が僕のすぐ傍らにあった。

この蒸し暑さのせいか、ネクタイはしておらず、胸元のボタンが外れて、白い肌が覗《のぞ》いている。僕は思わず息を呑《の》んで目を閉ざした。

「目、閉じたらだめでしょう」

おかしかったのか、彼女のくすっと笑う声が耳に届く。

「あ、いや、ごめん」

挙動不審気味になりながら、僕は真上へと目を向けた。青空を覆う樹木の梢《こずえ》が、風に僅かに揺れていた。甘くて優しい匂いが、鼻を擽《くすぐ》ってくる。

色々と、近かった。

彼女の指先と点眼薬が近付いてくる。僕の顔が動かないようにするためか、村木さんの指先が僕の顎《あご》に触れた。冷たい指だった。それだけで、僕はもう全身が硬直してしまう。狙いを定めるような真剣な顔付きで、彼女が身を寄せてくる。彼女の匂いだけではなく、その息遣いと心臓の鼓動すら耳に届きそうなほど、僕は彼女の存在を間近に感じ取っていた。

液体が、落ちてくる。

「はい。おしまい」

「あ、ありがとう」

僕は目をしばたたかせた。

だいぶすっきりしたような気がするが、あまりそれどころではなかった。

「どうぞ」

差し出されたのは一枚のティッシュだった。僕はそれをありがたく受け取り、目元にそっと押し当てる。と、ポケットティッシュと目薬の容器をスカートのポケットにしまう彼女の様子を見て、僕はある重大な事実に気がついてしまった。あのポケットに目薬が収められていたということは、僕の瞳《ひとみ》に落ちた液体は、村木さんの太腿《ふともも》に常に触れ、温められていたということに他ならないのだ……。

な、なんだろう。ちょっとドキドキしてきた。これはつまり、僕はもう、彼女の太腿に間接的に触れてしまったと同義なのではないだろうか？

「どうしたの？」

「え、あ、いやいやっ。そのう、色々とポケットに入ってるんだなって！」

「そうね。色々と入ってるわ。他にも携帯電話とか、ハンカチとか、リップクリームとか。男の子はポケットが二つあっていいよね」

「え？ 女の子って、ポケットが一つしかないの？」

「そう。左側しかないから、ちょっと不便」

彼女は自分のスカートに視線を下ろし、ポケットがあるらしい箇所を片手で撫《な》でた。プリーツの襞《ひだ》に埋もれていて、どこにポケットがあるのかは、ぱっと見ではわからない。

「夏だと、あと使えるのはブラウスの胸ポケットだけれど、小さくて携帯電話が辛うじて入るくらいだから、あまり使い道がないの。携帯を入れると胸がきつくて他のものが入らなくなるし、とにかく夏は不便」

なんてことだ、女の子のスカートには、ポケットが左側にしかないのか……。

「え、というか、なんで片側にしかないの？」

「たぶん、プリーツの向きの関係だと思う」

彼女は自身のプリーツを撫で上げながら言う。

「見て。わたしたちの制服のスカート、車襞って言うらしいんだけれど、プリーツの襞が同じ方向を向いているでしょう。ほら、こう、反時計回りになってる。この襞の方向に沿うかたちでポケットを作ると、左側には作れるけれど、右側には作れないんじゃない？　作れても、ポケットの入り口が前を向いてしまうから、手を入れるとき不便になるのよ」

「おお、なるほど」

確かに襞の合間にポケットを作るのだとしたら、プリーツが全て同じ方向を向いている以上、一方向にしか作れないことになる。襞は反時計回りに一周しているから、ポケットの入り口を手を入れやすいように後ろに向ける場合、左側にしか作れないのだ。

「このポケット自体も入り口が狭くて、携帯電話の出し入れがギリギリだから、ちょっと面倒ね。最近、スマホにして少し後悔してる」

「そ、そうなんだ」

「制服によっては、ボックスプリーツっていう、襞が線対称になっているものもあるんだよね。

ほら、プリーツの襞が少ないぶん、大きくなっているものって見たことない？　たぶん、それなら両側にポケットを作れるんじゃないかな」

彼女は自分の腿を覆うプリーツの襞を示しながら、そう説明してくれる。よくよく考えるとこれらはまったくどうでもいい雑談でしかないのだが、僕は感動していた。そう、彼女が解説のために、自分のプリーツを示しているのだ。つまり、僕は臆《おく》することなく正々堂々と女の子のそこを直視することができるのだった。村木さんが指先でプリーツの先を摘《つ》まんで弄《もてあそ》ぶ度に、彼女の白い腿がほんの僅かに露出する。白くて、柔らかそうで、ほっそりとした腿だった。そう、あんなすべらかな腿の表面に、あの目薬は当たっていたわけで……。

「それで、柴山君はここでなにを考えていたの？　例の事件のこと？」

「えっ、あ、う、うん」

そういえばそうだった。可愛い女の子のプリーツに見とれている場合ではない。僕は一刻も早く事件の真相を究明しなくてはならないのだ。

「よかったら、それ、わたしにも聞かせて」

村木さんはそう言うと、サンドイッチの封を切り、小さく口を開いてそれを齧り始めた。

＊

「……というわけで、高梨君の推理も実現不可能だったんだ」

僕は密室殺トルソー事件に関して、一通りのことを彼女に語って聞かせた。

村木さんは、僕が話をしている間、ずっと黙ってサンドイッチを齧り続けていた。

「やっぱり、どうしても、トルソーの台座が入らなくて。無理に入れようとしたら、書き割りが準備室の中に落ちて回収不可能になったりしてさ。何度かリトライしたんだけれど、やっぱり無理がある推理だねってことになって……」

他にも、念のため、本当に糸を使って窓のクレセント錠を掛けることができるのか、実験をしてみた。しかし、これも見事に失敗に終わってしまった。錠が錆《さ》び付いており、手で錠を掛けるだけでも、思い切り力を入れなければならない。結局、糸で引っ張って錠を掛けるのは不可能だということが判明した。

また、これも高梨君の推理を徹底的に否定する要素となるのだが、カーテンは室外から開閉することができなかったのだ。カーテンレールが歪《ゆが》んでおり、室内側からカーテンを開閉するのもやっとで、特にベランダ側から開けようとすると、力の加わる向きの影響か、どうしても途中で引っかかってしまい、中途半端にしか開けられない。それならば、と糸を使って開閉できないか実験もしてみたが、これはベランダから手で開ける以上に難しく、数センチも開けることができなかった。

外からカーテンを開閉することは無理だった。となれば、やはり犯人は室内に侵入する必要があったのだ。けれど、他にどんな方法があるのだろう。鍵《かぎ》も使えず、窓も出入りできないとなると、残るは戸棚で塞《ふさ》がれた内扉になるが——。

「色々と、思いつくアイデアは検証したんだけれど、どれも無理だってわかって……」

手帳に記した準備室の見取り図を見下ろしながら、実験の結果を説明していく。しかし、いつまで経っても、村木さんは無言のままだった。

「ええと……。聞いて、いらっしゃいますか」

ゆっくりと咀嚼《そしやく》していたサンドイッチを、彼女はようやく食べ終えたところらしい。

「聞いてるよ」

そう呟《つぶや》いた唇の間から、白い歯が微《かす》かに見える。それから、柔らかなピンクの舌が覗くと、その唇をてらりと舐《な》め上げていった。うっかり見てしまったその仕草に、僕は身体を硬直させていた。

「ごめんね。口挟むのって、苦手で」

村木さんはポケットティッシュで更に唇を拭《ぬぐ》うと、汗ばんだ頬に張り付いた髪を人差し指でそっと除《の》けた。彼女の白いブラウスはしっとりと汗ばんでいて、その下に身に付けているものの生地のかたちやレースの模様を、ほんの微かに透けさせていた。

思わず、喉《のど》が鳴る。

「推理は、それで全部なの」

彼女の茶色い瞳が、久しぶりに僕を見た。

「あ、あの、僕、飲み物買ってくるよ！」

そこから視線を引き剝《は》がすのには思い切りが必要だった。

近くの自販機まで走り、スポーツドリンクを二つ買う。そして紳士の心を呼び戻しながら、ゆっくりとベンチへ戻る。村木さんは人形のように行儀良く腰掛けたまま、手持ちぶさたな様子で、近付く僕を見ていた。

「ええと、どうぞ」

ペットボトルを渡す。彼女は受け取ったそれに視線を落とし、くすりと笑った。

「ありがとう。柴山君って、優しいよね」

「いえ、ぜんぜん、そんなことはないです」

僕はきびきびと答えながら、なんとか彼女を見ないことに成功する。

僕の視線がどこに注がれていたのかを知ったら、そんな言葉は出てこないはずだ。懺悔《ざんげ》したい気持ちでいっぱいになる。僕はスポーツドリンクを口にしながら、また静かになってしまった傍らの村木さんを、ちらりと覗く。

彼女もまた飲料水を呷《あお》っている。

白い喉が、こくこくと艶《なま》めかしく蠢《うごめ》いている。真っ白できめ細かな肌は、甘いケーキを純白に飾る生クリームのように、とても美味《お》しそうに見えてしまう。

思わず瞑目《めいもく》する。どこに眼を向けても、まったく隙がない。死角なしかよ。

いや、この場合は、隙だらけ、というべきか……。

マツリカさんに対して、あんなことをしたばかりなのに、僕って懲りない人間だ。

去り際のあのときの様子を見るに、当人はあまり気にしていないふうにも見えたが、本当に合わせる顔がない。自分は、最低な人間だ。彼女を頼ろうとして、それなのに、理不尽に怒りをぶつけたりして――。

「動機って、なんなのかな」

「えっ」

唐突に言われて、彼女に目を向ける。村木さんは、地面を見つめたまま言った。

「犯人の動機。どうしてあんなことをしたんだろうって」

「ええと……。その、そうだね、今のところ、しっくり来るのは怨恨《えんこん》の線だと思う。ストーカーの類《たぐい》とか、歪んだ好意からって可能性もあるけれど、さっき話した通り、草柳部長の理屈から言うと、それはないかもしれないなって」

「怨恨って、恨みとか、嫉《ねた》みとか……、怒り、ということ？」

村木さんはそう呟く。怒り、という表現は、これまでの推理の中ではあまり話題に上がらなかった言葉だった。犯人は、七里先輩に対して怒っているのだろうか？

「でも……、それにしては、少しおかしい気もする」

「おかしいって？」

「うまく言えないけれど……。傍らに、カッターが落ちていたんでしょう。そこが、なんだか手ぬるいなって」

「手ぬるい……」

「わたしだったら……。わたしが、その七里先輩を憎んでいるとしたら、そのカッターを使って、こう……、制服を、ズタズタにすると思う。引き裂いて、引き裂いて、そうして、トルソーに刃を突き刺す」

「あ──」

それはいささか過激な言葉で、村木さんの隠れた一面が覗いた瞬間なのかもしれないけれど、どうしてか奇妙に説得力のある言葉に聞こえた。そう。カッターは落ちているだけだったのだ。犯人が七里先輩を憎んでいたのだとしたら、ただトルソーに制服を着せてカッターを置くだけというのは、確かに──、手ぬるいと言えるのかもしれない。

「きっと、狙いは脅迫だよね。トルソーに着せた制服っていうのは、要するにその七里先輩の代わりなんでしょう。それを見た七里先輩に対して、自分はお前を恨んでいる、こうしてやりたい、痛めつけてやりたい、本気になればこういうことができるんだって、そう言いたいわけだよね。それなのに制服を着せるだけだなんて、なんだか手ぬるいよ」

「確かに……、犯人の動機が怨恨なら、ちょっと中途半端な気もするね」

「怨恨じゃなくて、男の人の歪んだ欲望が動機なら、カッターで切り裂くのではなくて、トルソーの衣服を乱れさせると思う。ボタンを外して、はだけさせて、スカートもずらすなりして。お前なんかこうしてやるって。違う？」

「ええと……。いや、そう訊《き》かれましても」

またしても過激な言葉が飛び出し、僕は目を丸くさせた。

「脅迫なのだとしたら、少しおかしい気がするの。うまく言えないんだけれど」

確かに、あの現場には、相手を傷つけたい貶《おとし》めたいという、激しい怒りの感情は覗《うかが》えない。そこにあるのはただ、密室という不可能性と、二年前の事件や怪談を意識したに違いない怪奇的な演出法だけだった。トルソーは、七里先輩の身代わり……。村木さんの言葉を、僕は咀嚼する。それから草柳部長が調べてくれた情報を思い出した。

犯人はネクタイやブラウス、スカートだけではなく、ニットベストを盗んでいった。それなのに、キャミソールやゴムベルトなどの私物は盗んでいない。もし、トルソーを七里先輩に見立てるのが犯人の目的だとしたら、彼女が普段身に付けているものをすべて盗んでいくべきではないだろうか？

この中途半端さはいったいなんなのだろう？

「うーん、まぁ、でも、もし動機がわかっても、密室の謎が解けないと、犯人を示す証拠を見つけ出すのは難しいかもなぁ」

「それを解く方法、わたしも一つ考えたんだけれど」

「えっ」

驚いて見ると、村木さんは少し自信なげな表情で、僕の反応を覗っていた。

「勘違いだったら、ごめんなさい。でも、その密室を破る方法って、一つだけあると思うよ」

「ええと……。え、本当に？」

「簡単なトリックだから……。もしかしたら、間違いかもしれない。柴山君の、役に立てるといいんだけれど」

彼女は俯《うつむ》いて、自分の膝に視線を落としてしまう。

「いや、聞かせて聞かせて」

「でも、なんて話そう」彼女は自分の推理を整理するように、ゆっくりと時間をかけて唇を動かした。「いちばん、最初に準備室の扉を開けた子……。松本まりかさん、だよね」

「そう、だけれど……」

首を傾げると、村木翔子さんは僕に眼を向ける。

極めて真剣な表情で、彼女はこう続けたのだった。

「犯人は、彼女だと思う」

＊

茹《う》だるような暑さの中庭で。

ベンチの傍らに腰掛ける彼女を、見返す。

「えと……。え？」

「その子なら、入れるんじゃないのかな。密室に」

「ええと、どういうこと……。一から、説明してくれると……」

「まって、考えを纏《まと》める」

彼女はそう言って、首を傾げた。それから、ポケットから取り出したハンカチで額を拭うと、片手で首元のボタンを一つ外した。ちらりと覗く白い丘にか、あるいは密室の謎を打ち破る推理への期待にか、僕は喉を鳴らして彼女の挙動を見守ることしかできない。

彼女は考え込むように、肩にかかる黒髪の毛先を指先で弄びながら続けた。

「まず……。鍵の管理が厳しくなる前に、いったん鍵を借りに行くの。試験の準備期間前なら、できるんでしょ？」

「まりかプランってやつだね」

「まりかプラン？」

「あ、いや、続けて。それで、まずその鍵で準備室に入るの？」

「ううん、入らない。借りるだけ」

「えっ」

「すぐに鍵を返すのだけれど、そのまま返すんじゃなくて、そっくり似たような鍵を用意して返すの。キーホルダーとか、鍵のかたちとか、似ているものを用意して、本物と偽物を入れ替えるのよ」

「ええと……」

「誰かに見比べられるわけじゃないから、だいたい似ているだけでいいと思う。それで偽物の鍵を返せば本物の鍵を戻す必要はなくなるよね。あとは、いつでも本物の鍵を使って、悪戯《いたずら》を実行できる」

「え、いや、え……？」

鍵を、偽物と入れ替える？

新たに出てきた推理の方向性に、僕の頭は混乱していた。

「間違ってる、かな？」

村木さんは、不安そうに首を傾げた。

その仕草の可愛らしさに、どきりとしてしまう。……って、どきりとしている場合ではない。

「そんなに難しいことじゃないの。普段、誰も開けたりしない部屋の鍵なんだから、偽物をキーストッカーに戻しておいても、それが偽物だってばれることはないよね。悪戯を実行したときに、わざとカーテンを開けておいて、異変があったことを誰かに気づいてもらう。それで準備室を開けてみようって自分から言い出す。それから先生に鍵を借りる。このとき借りるのは偽物の鍵だけれど、そんなのは先生も気づかない。それから、偽物の鍵と本物の鍵をこっそり、すり替える」

「あ――」

「借りたときにポケットに入れて、いざ開けるってときに同じポケットから本物を出すとか、すり替える方法は色々とあると思う。とにかく、松本さんならこの方法で密室を作れるよ。間違ってるかな？」

「いや……」

理屈は、間違っていない。

筋は、完璧《かんぺき》に通っている。

村木さんの推理は、実現可能な気がしてきた。わざわざ狭い窓を出入りする必要も、糸を使う必要もない。非常に単純で、合理的なトリックのように思える。

けれど、問題は——。

「いや、でも、その、松本さんは、そういうこと、する子じゃないっていうか……」

「松本さんって、柴山君の友達？」

「え、あ、ええと……」

「彼女……、とか？」

「ばっ、な、なにを仰《おっしゃ》いますか！　ぜんぜん違うですから！　友達ですよ！」

「そう」彼女は静かに微笑んだ。「それなら良かった」

僕が激しく咳《せ》き込んでいると、村木さんは眉尻《まゆじり》を下げて続ける。

「でも、ごめんなさい。友達を疑うような推理をして」

「いやいや、大丈夫だよ。すごく参考になったから」

「ほんとう？」

上目遣いで、そう問われる。

僕はこくこくと頷《うなず》いた。

「う、うん。たぶん、これは松本さんのことを知っていたら、出てこない推理だったと思うんだ。なんというか、新しい方向性が開けた気がする」

「本当にごめんなさい」村木さんは俯き、自身の膝に視線を落とした。「松本さんになら、七里先輩にあんなことをする動機があると思ったから」

「え……。松本さんに、動機？」

「柴山君、知らないの？」

「知らないって、なにが……？」

問うと、彼女は眉根を寄せて俯いた。

「一年生のとき、松本さんと同じクラスだったの。わたし、こんなだから、仲が良かったわけじゃないんだけれど」

「そうだったんだ」

二人に接点があったなんて、初耳だ。

「それじゃ、これも知らない？　松本さんは一年生のとき、テニス部に入っていたんだよ」

「えっ――」

「詳しいことはわからないけれど、彼女は七里先輩の機嫌を損ねて、嫌がらせをされていたみたいなの。教室でも同じテニス部の子たちから、その、酷《ひど》いことをされていて、それで……」

その話を耳にして、記憶に甦《よみがえ》ってくるものがある。

それは、草柳部長が語っていた話だった。

孤立していた工藤綾子という部員に味方してしまったばかりに、部内の対立に巻き込まれてしまった、心優しい女子生徒の物語――。

「それで、彼女、学校に来なくなっちゃって……。ごめん、わたし、ひとごとみたいに話してるけれど、わたしも見ているだけだったから……。本当は、なにかしてあげられたら、良かったんだろうけれど」

「そう、だったんだ……」

知らなかった。

まったく、知らなかった。そんなことがあったなんて。

松本さんには強い動機がある。彼女であれば、実行できる。むしろ、彼女でなければ、実行できない。動機と手段。松本さんは、その二つを兼ね備えた唯一の人物だった。

けれど、本当に彼女が犯人なのだろうか？

もし、そうなのだとしたら——。

僕は、いったい、どうするべきなのだろう？

＊

室内から、賑やかな声が聞こえてくる。既に部室には、全員が揃っているのだろう。僕はしばらく扉の前で立ちすくみ、部室に入ることを躊躇《ちゅうちょ》していた。

真偽は確かめなくてはならない。けれど、どう切り出せばいいのだろう。

なんとか意を決して扉を開けると、やはり密室に関してあれこれと議論していたみんなに迎えられ、僕は席に着いた。三ノ輪部長は試験勉強に集中するため、しばらく部室には来ないという。僕らも、そろそろ調査を切り上げる必要があるだろう。試験期間中の部活動は自粛を推奨されている。あくまで推奨なのだから、大会などが近い部はギリギリまで活動を続けるのだろうけれど、僕らはこうして部活動とは無関係なことを話し合うだけなのだから。

授業中の先生の話と同様に、高梨君たちの会話はあまり耳に入ってこなかった。僕の思考は、ただ一点をぐるぐると巡り、呪いのように彷徨《さまよ》い続けている。すなわち、松本さんが犯人なのだろうかという疑問と、村木さんの推理をどのように切り出せば良いのかということだった。

「あれから、こんなことを考えたんですよ」松本さんがノートの新しいページを開いて言った。「一ヶ月ほど前に、深沢雪枝さんが準備室から出てくるのを見たという情報があったじゃないですか」

「ああ、あの怪しい田中翔氏の証言やろ」

「その証言を信じるとしたら、深沢雪枝さんは事前に準備室の鍵を入手していたということになりますよね。それで、こんな方法を思いつきました。もしかしたら、彼女はそのときに準備室の鍵の合い鍵を作ったんじゃないか、と——」

鍵の話になり、僕は悶々《もんもん》とした思考を取りやめ、みんなのやり取りに意識を移した。

「合い鍵て……。そげなもん、簡単に作れるんか？」

「駅前とかに鍵屋さん、ありますよね」春日さんが言う。「最短五分で作製とか、即日受け取り可能、とか……」

「え、ちょっと待ってぇな。合い鍵なんて、そんな、ミステリ的に言うたら反則やで？」

「でも、いちばん簡単な方法ですよね。それで、調べてみました」

「調べるって、なにを？」

「そう簡単に合い鍵が作れるものなのか、ですよ。それで結論から言うと、どうにも難しそうです。というのは、学校の鍵って少しかたちが変わっていますよね。普通の鍵に比べて、妙に細長い、というか……」

「ああ、確かにな、ちょっと変わっとる」

「あのかたちで、公共施設の鍵であることは鍵屋さんにならすぐわかるそうなんです。また、鍵自体にもメーカーの製造番号が刻印されていて、どこの鍵なのかも調べられるらしいんですね。それで、そういった種類の鍵の複製は、鍵屋さんが断ったり、身分証明書の提示を求めたりするようなんです。勇気を出して駅前の鍵屋さんで聞いたんですが、どんなお店でも、そういったものを未成年が持ってきたらまず断るだろう、と。また、持ってきたのがたとえ教師だとしても、学校側に連絡が行くそうです」

「なんや、合い鍵も無理ってことやん。まぁ、ミステリ的には安心やね」

「安心している場合ですか？」春日さんが溜息《ためいき》を吐く。「しかし、よく聞けましたね」

「ちょっと怪しまれちゃいました」

松本さんは小さく舌を出して笑う。

僕は、どこかぼんやりとした気分で彼女の笑顔を見ていた。

「先輩、どうしました？」

春日さんが、不審そうに僕のことを見つめていた。

「ええと、いや、その……」

「ゆうくん、なんだか今日は、心ここにあらず、といった感じですね」

「なんか名案でも思いついたんか？」

「いや、その、名案、というか……」

三人の視線が突き刺さる。

どうすればいいのだろう。いやな汗が額を流れ落ちていく。

本当に、松本さんが犯人なのだろうか？

僕は授業中を問わず、ここに来るまで何度も繰り返し村木さんの推理を検証した。それは一点の陰りもない、完全無欠なもののように思えた。これだけ様々な推理が出て、どれも不可能だと証明された中で、もう、この推理だけしか残されていないのだ。けれど、本当に松本さんが？

真実を、突き止めなくてはならない。

「その……。聞いてほしい、推理があるんだ」

吐く息は重たく、言葉は憂えていた。

僕は訥々《とつとつ》と、村木さんの推理を語り始めた。

＊

「鍵の交換……、ですか」

僅かに目を伏せて、彼女はどこか呆然《ぼうぜん》とした様子でそう呟いた。

蒸し暑い部室の中で、僕は自身の唇が乾いていくのを感じながら、じっと松本さんの反応を覗った。

間違いなら、きっとすぐにわかるはずだった。いつもの潑剌とした笑顔で、その手がありましたかー、と声を上げて、そして困ったように眉を寄せながら頰を膨らませ、でも、わたしは犯人じゃないですよぅ、と、そう明るく言ってくれるはずだった。

けれど、松本さんはそう呟いたきり、なんの反応も見せない。伏せた眼を覆い隠す睫毛《まつげ》が、怯《おび》えたように小刻みに動いている。表情はどこか青ざめていて、唇はほんの微かに開いたままだった。そこに見え隠れする感情は、なんなのだろう。それは恐怖のようにも、屈辱のようにも見えた。

僕は気まずい心境で、他のみんなの顔を見渡していく。春日さんは疑うように目を細めて、松本さんを見守っているようだった。高梨君は、僕のことを見てなにか言いたげな表情だった。

「今のところ、その推理の間違いを示す根拠は見当たりませんね」

沈黙を打ち破り、厳しい言葉で言ったのは、春日さんだった。

「その方法なら、確かに実行が可能です。松本先輩は、自分から準備室を開けてみようと、吉田先生に提案したんですよね？」

眼鏡の奥の瞳が、鋭く追及するように、松本さんを射貫く。

「せやかて、まりかがそんなことする理由、どこにもあらへんやろ」

困惑気味に、高梨君が言う。

松本さんの肩が、ぴくりと動いた。

「動機は……。あるんだ。松本さんは――」

その言葉と共に激しく椅子が鳴り、僕らは驚いて彼女を見遣る。

松本さんは立ち上がっていた。

その彼女の表情を見て、僕はようやく気がつく。

潤んだ双眸《そうぼう》から、涙が伝い落ちていた。

「わたし……、わたしっ……！」

呼び止める暇もなかった。身を翻し、松本さんは部室を出て行く。

「ちょっ、まりか」

高梨君が腰を浮かせるが、彼は部室の奥にいたので、長机の角に腰をぶつけ、小さく舌打ちした。僕は呆然として、彼女が去って行った扉を見遣る。

僕はもう、知っていた。

そして、取り返しのつかない過ちを犯したのだということも、自覚せざるを得なかった。

「動機って、なんですか？」

春日さんが訊《たず》ねてくる。

「違うんだ。僕が間違ってた。松本さんは、犯人じゃない」

「当たり前やろ！」

そう叫んだ高梨君は廊下に飛び出し、けれど、すぐに顔を部室に突き出して叫んだ。

「柴山！　追いかけるで！」

「でも……」

「でももくそもあるか！」

そう告げて、高梨君は廊下へと姿を消す。

僕は間違っていた。愚か者だった。涙を零《こぼ》した彼女の表情を見て、ようやく気がついたのだ。

彼女は犯人ではない。彼女がすぐに否定せず、推理に恐怖していたのは、彼女が犯人だからではなく、まったく別の理由からだったのだ。

僕は彼女のことをなにひとつわかっていなかった。それなのに、お弁当箱から厚焼き卵を摘まむ彼女の姿や、解説のためにわざわざスカートを短くした彼女を見て、いつもと違った一面を見られたなどと馬鹿な思い違いをしていたのだ。僕はなにも見ていなかった。松本さんのことを、なんにも見ていなかったのだ。

本当に、役立たずだ。

「くっそ！」

腹立たしさのあまり、声が漏れた。それは春日さんを驚かせてしまったらしい。

「ごめん。ちょっと行ってくるね」

廊下に飛び出し、当てもなく走った。目星がついているわけではない。それでも、摑《つか》まえなくてはいけなかった。この指からすり抜けて、遠く手の届かない場所へ消えてしまう可能性がほんの僅かでもあるのだとしたら、それを逃したりしてはいけないのだと知っていた。

彼女は、こんなときどんな場所へ行くのだろう。悲しさに打ちひしがれたとき、苦しさに押し潰《つぶ》されてしまいそうなとき。保健室、だろうか？　けれど、だとしたら高梨君が向かっているはずだ。僕は校舎の外に出て、グラウンドからぐるりと周囲を見渡した。外階段を上る女の子の姿が見えた。そうだった。彼女も『一年生のりかこさん』という、悲しい存在に惹《ひ》かれている女の子なのだった。あの場所のことを知っていたとしても、おかしくはないのかもしれない。僕は走り、外階段を駆け上がる。以前にも、こんなふうにこの階段を上ったことを思い出した。呼吸も、汗も、脚も、なにもかもかなぐり捨てるように、ただただ上を目指した。

「松本さん」

外階段の踊り場に、彼女は蹲《うずくま》っていた。

脚を抱えるようにして、顔を伏せている。表情はよくわからなかった。

手摺《てす》り壁にもたれ掛かりながら、荒々しい呼吸を繰り返す。なにか言葉を掛けてあげたかったけれど、全速力で階段を上ったせいか、情けなく喘《あえ》ぐことしかできない。

松本さんは、指先で顔を拭う仕草をした。彼女の赤く濡《ぬ》れた眼が、僕の方を盗み見るように、ちらりと覗いた。

「その……。ごめん」

肺を絞り出すようにして出てきた最初の言葉は、それだった。

「疑ったりして……。ごめん……」

彼女は犯人ではありえない。では、どうして彼女は部屋を飛び出したのか？　どうして彼女はあの推理に恐怖を抱いたか？

まるで、なにもかもを失ってしまうのだと恐れるようにして——。

答えは簡単なことだった。これは初めてのことではない。あの春、彼女は同じように部室を飛び出していった。すべてを失ってしまうことを恐れて。部屋に閉じこもり、固く扉を閉ざして、開かれようとするその扉を、歯を食いしばるようにして押さえ込んでいた。

彼女は、知られたくなかったのだ。

知られたら、変わってしまうと怯えたのだ。

「ごめん」僕は肩を上下させながら、言葉を繋《つな》ぐ。「でも……。うまく、言えないけれど……。僕は、とても、誇らしいと思うよ」

松本さんは、脚を抱える腕から顔を上げて、僕を見た。不思議そうな顔をしていた。

「だって、松本さんは、戦ったんだ。なにも間違ったことはしていないんだよ。孤立する人の味方になって、一緒になって戦って……。それって、すごいことじゃないか」

孤立していく彼女を放っておけないと思うような、そんな優しい子だったのだろう——。

草柳部長の言葉を、静かに噛《か》み締める。あの人は、知っていたのだ。だからこそ、わざわざ僕に口外しないでほしいと頼んだ。いつか、僕が自分自身の手で彼女の抱えている問題に気づき、その助けとなるように――。

松本さんは、その過去を知られたくなかった。自分が本当は二年生で、留年をして一年生になってしまっている、その本当の理由を知られることに恐怖していた。

誰だって、虐げられた過去は屈辱で、忘れ去りたいものに違いなくて。

それを、親しい人に、知られたくなかった。

惨めな過去に、哀れみの眼を向けられたくなんて、なかったから。

「でも……」小さく、呻《うめ》くような、泣き声が聞こえた。「恥ずかしい、じゃないですか……」

松本さんは顔を歪ませると、震える腕の中に表情を隠した。

「そんなこと、ないよ」

僕は吐息を漏らし、呼吸を落ち着かせ、静かに彼女の元に近づいた。

「悔しかったと思う。その全部を、理解してあげられないのかもしれないけれど……。僕は、そんな優しい松本さんを、誇らしく思う。だから……、あのとき、君を見つけることができて、本当に良かったなって、思っているんだ」

「ゆう、くん……」

白い指先が、ぎゅっと折れて、彼女の腕に食い込んでいく。

「恥ずかしがることなんてないよ。なにかが変わってしまうかもしれないなんて、怖がらなくたっていいんだ」

顔を埋《うず》めたまま、松本さんは頷いたようだった。肩を小刻みに震わせながら、こくこくと頭を動かしている。

「すみま、せん……」

「僕の方こそ、ごめん。少しでも疑っちゃったりして」

そう告げると、松本さんはふるふるとかぶりを振った。

それから、何度も身を震わせ、顔を上げる。

赤くなった目元と、嗚咽《おえつ》を堪《こら》えるために食いしばって、少し歪《いびつ》に笑う唇。

松本さんは、涙を零しながらも、いたずらっぽく笑っていた。

「おあいこ、です……。わたしも、最初は、ゆうくんを疑いましたから」

そういえば、そんなこともあった。まったく忘れていた。その事実がなんだかおかしくて、僕は笑ってしまう。松本さんも、声を上げて笑ってくれた。

彼女が落ち着くまで、しばらくの間、傍らに立っていた。

柔らかな風が、吹いている。

「入部したばかりのころ、色々と、教えてくれたんです」

ぽつりと、松本さんが呟いた。

「工藤さん？」

「はい。住んでいる駅が近くて、帰りの路線が同じだったので、よく一緒に帰るようになりました。工藤先輩は、確かに少しばかり我の強いところがあったのかもしれませんが、だからといって、あんなことをしていい理由には、なりません」

「うん」

「けれど、わたしは負けてしまいました。あの人たちのことは、今でも赦《ゆる》せないです。でも、いちばん赦せないのは、間違っていることに屈してしまった、自分だと思っています。たとえひとりぼっちになったのだとしても、逃げたりなんてするべきじゃなかった……」

込み上げてくる感情に従い、僕は彼女の言葉に唇を噛みしめた。うまい言葉はなにも見つけられなかった。どんな慰めも、彼女の傷を塞ぐには至らないだろうと感じていた。

けれど、僕は語られなかった言葉の一つを耳にしているのだと思った。うまい言葉はなにも見つからないのかもしれない。こんな役立たずな自分では、誰も救えないのかもしれない。それでも、言葉は僕に届いたのだ。

その想いを、この手から逃したりしてはいけない。

僕は、君のことを、とても誇らしく思うから。

「松本さんは、もう一人じゃないよ」

だから、勇気を振り絞って出てきた言葉は、とても退屈で陳腐なものかもしれなかったけれど。それでも、この想いと言葉が、ほんの僅かでも彼女の傷を癒《いや》してくれることを祈った。

「はい」

松本さんは、小さく頷いた。

蹲る彼女の、肩はもう震えていない。

「一件落着かいな」

階段を上りながら、姿を現したのは高梨君だった。いつものひょうきんな態度と違って、彼は少し優しげな顔をしていた。もしかすると、途中から話を聞いていたのかもしれない。

「はい」松本さんは照れくさそうに頷いた。「けれど、困りました。あの推理を否定できるわけではないので……」

「ああ、そのことなんやけれど、よくよく考えたら、あのトリックって不可能やで」

「え?」

あっけらかんと告げた高梨君の言葉に、僕はきょとんとする。

「だって、オレ、まりかが先生から鍵を受け取ったあと、ずっと手元を見ておったからね。ポケットに手を入れたりとか、そんなことする暇もなく、すぐに鍵を開けておったよ」

「え、そうなの?」

「『倉庫B』って、妙なラベルやったから、気になって見ておったんよ」

「な、なるほど……」

「あの、でも、ちーちゃん」

「ええやん。これでまりかへの疑いは晴れたわけや。オレがずっと見ておったんやから、まりかが凄腕《すごうで》のマジシャンでもない限りは無理がある推理やで」

高梨君が、僕を見て笑う。

その視線で、気がついた。

あのときのことを、僕も思い出したのだ。

「ほんなら、部室に戻るで。麻衣子ちゃん、ずっと待たせておくわけにはいかんやろ」

そういえば、いま、春日さんは一人きりだ。

あまり待たされると、また半眼で睨《にら》みつけられてしまう。


部室に戻ると、やはり春日さんは僕らのことを半眼で睨みつけてきた。

しかし、想定していた景色とは微妙に違っている。春日さんは部室の扉の前に座り込み、スマートフォンをいじっていた。足元には、みんなのスクールバッグが並んでいる。

「あれ、春日さん、どうしたの」

「どうしたもこうしたもないです」春日さんは不服そうな表情で言った。「追い出されました」

「追い出された？」

高梨君がきょとんと声を漏らす。

「柏木《かしわぎ》先生が来て、いいかげん勉強をしろと鍵を取り上げられたんですよ。今日から部活動は禁止のようです」

柏木先生というのは、あまり顔を見せることはないのだけれど、写真部の顧問の先生のことである。僕らは思わず顔を見合わせた。

試験前の部活動はあくまで『自粛』ではあったのだが、ひょっとすると部活もしないで探偵の真似事をしていることが発覚してしまったのかもしれない。まぁ、試験まで四日を切っているのだ。当然の措置だろう。

「そんな殺生な……」

啞然《あぜん》としている高梨君に続き、未《いま》だ目元を赤くした松本さんが思案げに呟いた。

「でも、確かにそろそろ、勉強に集中しないとまずいかもしれません。わたし、まだあんまり授業に出られていないので……」

「そういえば、高梨君は大丈夫なの？」

そこはかとなく心配となって訊ねると、彼はふっと吐息を漏らして爽《さわ》やかに告げた。

「オレはそういうの、気にせん生き方をしとるから」

お察しである。

「そういう柴山はどうなんよ」

「僕は、まぁ、そこそこ……」

「なっ、こいつ裏切りおったな！」

何故か首を絞められ、ぐわんぐわん揺さぶられた。

「それで」春日さんが立ち上がりながら言う。「どうするんです？　今日は解散ですか？」

「麻衣子ちゃんはどうなん、テスト」

「わたしは」春日さんは言葉に詰まり、そのままぷいっと顔を背けた。「どうでもいいじゃないですか」

「なんや、余裕なんは柴山だけか。まぁ、もう試験まで時間もあらへんし、確かに密室どころではなくなってきたかもしれへんなぁ」

「あ、それじゃ、今度みんなで試験勉強する？」僕はなんとなく思いついたことを口にしてしまう。「松本さんや春日さんには、いろいろと教えられる部分があると思うし……」

「おっ、ええな！　そんならさっそくファミレス行こか！」

「え、今から？」

「ナイスアイデアです！　麻衣子ちゃん、ゆうくんにガッツリ教えてもらいましょう！」

「え、わたしもですか？」

春日さんはちょっと面倒そうな表情で顔を顰《しか》める。

「いやです？」

「そ、そういうわけでは……」

「ほんなら、さっさく移動やで！」

とんとん拍子に話が進んでしまう。高梨君は奇妙に張り切っていた。その視線を見ると、なにやら僕にものすごく期待しているようだった。どうしよう。教えられるのは慣れているが、他人に教える経験はまるでない。とはいえ、みんなは僕の冤罪《えんざい》を晴らすべく協力してくれているのだ。こんなことで良いのなら、僕もみんなの役に立てるように全力を尽くしたい。

「まったく、仕方のない先輩たちですね」

盛り上がる僕らを見て、春日さんが小さく笑った。

＊

思えば、友達とこんなふうにテーブルを囲んで勉強をするなんて、初めてのことかもしれない。ドリンクバーで注いだ色鮮やかな飲み物たちと共に、松本さんのペンケースから飛び出したカラフルな蛍光ペンたちが、華やかに卓上を彩っている。このような利用方法はファミレス側からすれば迷惑なのかもしれないが、試験間近ということもあり、制服姿で勉強に励む高校生の姿は他にもちらほらと見ることができた。

「なんというか、先輩に教えてもらうのって屈辱です」

去年の記憶を探って、彼女の教科書に蛍光ペンで印をつけていると、ノートを読み返していた春日さんが呻くように言った。

「えっ……」

「先輩のくせに、頭がいいなんて……」

どういう意味なの。

「ほんならオレが教えてやろか！　地理はかなり得意やで」

「赤点の人は黙っていてください」

春日さんの態度はにべもない。しかし、流石に口が悪すぎたと自分で気がついたのか、顔を顰めて言った。

「すみません。教えていただいている身なのに、つい本音が……」

「いや、まぁ、うん……。僕は春日さんがそういう子だと知ってるから、べつに……」

「先輩、マゾですから、いじめたら悦《よろこ》んでいただけるかと思いまして」

「なんや、柴山、そういうのが好きなん？」

「え、ゆうくん、女の子に踏まれるのがイイんですか？」

夢中になって問題を解いていたはずの松本さんまで顔を上げて問い詰めてくる。踏まれるのがイイってなんですか。僕はそんなことは言っていない。

「いやいやいや、ぜんぜん、そんな、ありえないですし？」

しどろもどろになりながら、教科書に眼を落とした。僕はそのような変態ではない。脳裏に過《よ》ぎるのは、高慢な態度で僕を見下ろすマツリカさんの姿だった。短いプリーツから伸びるしなやかな脚が、僕の肩を踏みつけてくる。うん、あれは、なかなか……。

「先輩がなんだかニヤついてて気持ち悪いです。どん引きなんですが」

「麻衣子ちゃん、お礼に踏んであげたらどうでしょうか？」

「えっ、こんな変態、靴ごしでも触りたくないんですけど……」

あれ、なんか、帰りたくなってきたな……。

「あんまりいじると本気にして凹《へこ》んでまうで」高梨君が笑って言う。「なぁ、柴山、こんなひどい女子たちは放っておいて、オレに集中レクチャーしてな！」

「そうだね。そうしよう」

僕は頷き、春日さんのために開いていた教科書を閉ざす。

「あっ、えと、せ、先輩、去年の範囲を教えてくれるという話は……」

春日さんはちょっと困ったような声を漏らした。松本さんも続く。

「あの、ゆうくん、わたしもこの英文がわからないんですけど……」

「英語は僕も苦手なので」

「ふ、踏んであげますから、そこをなんとか！」

「だからそういう問題じゃないです！」

断固拒否すると、くすくすと春日さんが笑い出した。不機嫌そうに見えるよう表情を作っていた僕も、妙におかしくなって吹き出してしまう。松本さんも笑い出した。「青春やね」高梨君が真面目な表情を作ってそう言うと、みんなの笑い声が更に大きくなる。僕は笑いすぎて頬の筋肉がひりひりするのを感じながら、炭酸が抜けたメロンソーダのストローに口をつけ、水っぽいその飲み物を啜《すす》る。

ほんの僅かにだけれど、それは甘かった。


トイレに立つと、高梨君がついてきた。これは、いわゆる連れションというやつなのかもしれない。そのような文化の下に育っていない僕は多少戸惑いながら、彼と共に男子トイレへと入る。

背の高い彼が横に立っていると、なんだか緊張してしまう。

「なぁ、柴山、さっきの、まりかのことなんやけど」

　そう声を掛けられて、僕は彼の話したい話題に気がついた。

「高梨君は、知ってたの？　その、松本さんの」

「まぁ、そうやね」

「そっか」

「鍵のこと、黙っといてな」彼は肩を竦《すく》めて言う。「誰も困らん。オレらはまりかが犯人だとは思ってへん。だったら、そんな推理はほよ棄てて、他の可能性を検討しといた方が建設的やろ」

「うん……。そうだね」

　僕は頷く。

　高梨君は、嘘をついたのだ。

　僕らが準備室に辿《たど》り着いたとき、既に松本さんは『倉庫B』と書かれた鍵を握り締めていたのである。松本さんが先生から鍵を受け取ったあと、彼がずっと手元を見ていたというのは明確な嘘だった。可能性の話だけなら、彼女が鍵をすり替えることは充分にできたのだ。

「なんというか……。高梨君って、イケメンだね」

　手を洗っている彼の背に、僕はそう告げる。

「なんや、突然……」

　振り向いた彼は、ぎょっとしたような横顔を見せた。

「いや、気遣いができるというか、優しいというかさ」

「そんなん、お前が言うか？」

「え、なんで僕？」

「オレ、前にまりかのこと傷つけたからなぁ。あのとき挽回《ばんかい》のチャンスくれたのは、柴山やろ」

「僕は……、べつになんにもしてないと思うけれど」

「そんなことあらへんやろ」ハンドドライヤーが轟々《ごうごう》と唸《うな》る。だから、彼の言葉は少しばかり聞き取りづらい。「あいつが写真部で楽しそうにしとるんは、お前のおかげやと思うで、ほんま」

「僕は……」

どうだろう。

僕は、そんな、誰かの役に立てるような人間ではない。

だから、大切なひとが自分の側から離れていってしまうことを、止められなかった。

それでも、もし僕という存在が、誰かが楽しそうに笑っていられる、そんなひとときを作ることに役立てるのなら。

「まりかのこと、守ってやらんとな」

そう言って、高梨君はトイレを出て行った。

僕は手を洗いながら、鏡に映る、なんとも頼りなくて情けない男子の姿を見つめる。

僕にできることはなんだろう。

こんな人間にでも、誰かのためにできること。

僕は、一つの決心をした。

＊

自転車を押して、暗くなった道を彼女と共に歩く。

ファミレスを出たあと、駅でみんなと別れ、春日さんを送っていくことにした。高梨君と松本さんは電車通学だが、僕だけは自転車で通っているのだ。春日さんは歩いて帰れる距離だというので、少しばかり羨《うらや》ましい。

「先輩、良かったんですか」

少しばかり無言で夜道を歩き続けたあと、ふいに春日さんが言った。

「うん、まぁ……。これ以上、みんなには迷惑をかけられないし」

今日で、事件の捜査を一区切りさせよう。

僕がみんなに告げたのは、要約すればそんな単純な内容だった。既に期末試験は目前に迫っている。犯人は逃げたりしないのだから、ひとまず勉強に集中して、試験を終えてから推理を再開すればいい。

もちろん、七里先輩の定めた期限を考慮すれば、そんな悠長なことをしている場合ではないのだろう。けれども、これ以上、高梨君や松本さんを巻き込んでしまうわけにはいかない。

期末試験が終わったら、推理を再開する。

この一言が効いたのか、高梨君も松本さんも、納得してくれたようだった。

「もちろん、僕は僕で期限まで頑張るつもり。二年前のことだって調べるから、春日さんは僕に任せて勉強に集中してて。補習とかになったら困るでしょ」

「そこまでひどい成績をしているつもりはないです」彼女は不服そうに鼻を鳴らした。「七里先輩との約束のこと、二人に話してしまえばいいのに」

「それはダメだよ。二人とも友達想いだからさ、タイムリミットのことを知ったら、絶対に勉強する時間を削って、推理を続けると思う。僕なんかに付き合わせて、赤点とらせるわけにはいかないでしょ」

「そんなに、勉強って大事ですか」

「勉強が大事、というよりは、なんていうのかな……」

僕はうまく伝えることができず、言い淀《よど》んだ。

高梨君に関しては、苦手科目以外はそれほど心配していないのだが、全体的に授業の欠席が多い松本さんは、勉強自体が遅れているのだ。彼女は一人で普段から勉強を頑張っているようだが、それでも限界はあるのだろう。残り僅かな時間ではあるが、勉強に集中させてあげたかった。せっかく授業に出られるようになってきたのだ。勉強についていけずに自信を失ってしまったら、また欠席を続けるようになってしまうかもしれない。僕も中学生のときに経験があるので、心配だった。

「先輩がそう仰るなら、わかりました。つまるところ、先輩も友達想いってことですね」

「ええと……、そうなの、かな」

「わたしには、そんなふうに気遣いたいと想える相手がいないので……」

春日さんはそこまで言って、言葉を途切れさせた。口にしたことを後悔するような間を置いて、あとを続ける。

「少し……、羨ましいです」

僕らは小さな横断歩道の赤信号で立ち止まる。

春日さんは気恥ずかしそうに俯いていた。

「こんなふうに……。誰かと一緒に勉強したり、食事をしたりすることが、なかったので」

「僕も同じだよ。初めてだった」

「わたしも、こんな性格ですから、あんまり人付き合いってうまくなくて。中学生のときは、ときおり風花さんの家でご馳走《ちそう》になることがあったんですけれど……」

「すごく、仲が良かったんだね」

「でも、本当のところは、どうだったんでしょう」春日さんは自信なさそうに呟く。「そう思っていたのは、わたしだけだったのかもしれません。なにも教えてもらえなかったわけですから」

信号機を睨むように見つめて、春日さんは言葉を続けた。

「わたしにとっては、風花さんは実の姉も同然でした」

僕は自転車のハンドルを撫でつけながら、彼女の眼鏡のフレームに隠された眼差《まなざ》しを想像する。春日さんは続けた。

「絵を描くのは、小学生のころから大好きで……。けれど、それを褒めてくれるのは、いつも風花さんだった。すごいね。上手だね。才能があるんだねって……。両親は、わたしがなにをしているかなんて、本当に無頓着《むとんちゃく》で――」

微かに零れた溜息は、震えていたような気がする。

「風花さんは、わたしをどう思っていたんでしょう。大学に通うために一人暮らしを始めて、どんどん会えなくなって……」

信号が切り替わった。

僕は彼女に目を落とす。春日さんは再び俯くと、歩き出した。どんなふうに声を掛けるべきか迷いながら、僕は彼女の後ろに続いた。しばらくの沈黙が続き、壊れかけの街灯が瞬きながら照らす明かりの下で、彼女は振り返った。

「先輩は――、青春を、謎を解くことに捧《ささ》げることができますか」

それは、彼女の強い決意が宿った言葉だった。

春日さんは小さく笑う。

「さっき、高梨先輩が、青春だって笑っていましたけれど」彼女は眼を伏せた。「わたしには、そんなものは必要ないと思っていました。わたしには、風花さんだけがすべてで……、その謎を追いかけることができるのなら、なんだって犠牲にできるつもりです」

自らの青春を犠牲にして、謎を解明する。

僕の脳裏に浮かんだのは、マツリカさんの姿であり、姉さんの姿だった。僕には解かなくてはならない謎がある。追いかけなくてはならない言葉がある。けれど、だからといって、どうすればいいのかわからない。指を伸ばしても、それは僅かに掠《かす》るだけで、遠くどこかへ消えてしまう。追いかける術《すべ》を、僕は知らないのだった。

けれど春日さんは諦《あきら》めていない。探し求めている。

僕を頼り、過去の謎を解き明かそうとしている。

僕はどうだろう。

すべてを投げ捨てて、それを探り出そうとする覚悟が、自分にあるのだろうか？

大丈夫。僕にだって、できることはある。今回ばかりは、マツリカさんを頼ってはいけない。

自分自身の力で、謎を解き明かすのだ。

そして──。もしかしたらそれは、姉さんのため、自分にもなにかできたはずだという、証《あかし》になるかもしれない。

「でも、今日は……、久しぶりに楽しかった、です」

それは、どこかくすぐったそうな、はにかんだ笑顔だった。

「その……、みんなであれこれ推理をするのも、楽しいんですけれど……。わたし、そういうの顔に出せなくて、迷惑に思われているんじゃないかなと、思っていたから……」

不安そうに、春日さんの声が尻つぼみになっていく。

その気持ちも、痛いくらい、理解できる。

面白いことが言えない。楽しい話題を提供できない。どんなふうに笑って、どんなふうに盛り上がればいいのかわからない。だから、そのきらきら眩しい輪に入ることができない。

そう感じて生きているのは、僕だけではない。

そんな当たり前なことを、今になって知った。

「僕も楽しかったよ、春日さんと一緒で」

僕は春日さんの疑問に答えることができない。

けれど、伝えたい気持ちは確かにあった。

「またみんなで、一緒に勉強しようよ」

春日さんは眼鏡の奥の双眸をしばたたかせ、それから、小さくはにかんで頷いた。

第七章　僕にできる、ただ一つのこと

帰宅すると、勉強机に向かって一冊のノートを開いた。

事件に関して、松本さんが纏《まと》めてくれていたノートだ。

「ゆうくんが預かっていてくれますか？　手元にあると事件のことが気になって、勉強に集中できなくなってしまうので」

こうして改めて読んでみると、かなり細かい点まで詳細にノートに書き込まれていることがわかる。普段からよくメモをとっている子ではあるのだけれど、事件と関係があるのかどうかもわからない些細《ささい》なことも含めて、非常に読みやすく整理されていた。これまで検討されてきた推理の数々も、その詳細が事細かに記されている。

それにしても、一見すると完璧《かんぺき》に見えた密室に、数多くの解法が生まれるとは驚きだった。どれも僅《わず》かな偶然が重なることがなければ、実行可能なものだ。固く閉ざされた扉がようやく開いたと思えば、新たに別の要因が判明しまた繰り返し扉が閉ざされてしまう。開いても開いても、あと一歩が届かない。

ふと、気がついた。ここに纏められている推理は、合い鍵《かぎ》の作製を含めて六つ。六通り。この数字を、僕はマツリカさんの口から聞いている。

そうね。話を聞くだけでも、六通りほど思いつくけれど——。

もしかしてマツリカさんは、あの段階でこれらの推理を思いついていたというのだろうか？

そうだとすると、はたしてこの中に正解はあるのだろうか？　廃墟《はいきょ》の魔女は既に正解に辿《たど》り着いているのかもしれない。けれど、マツリカさんを頼るのはだめだ。あんなことをしておいて、それでもなお彼女に頼ろうとするなんて、そんな都合のいいことをできるはずがない。

既にメールで何度か謝罪の文面を送っていたけれど、返答はまるでない。直接謝るべきというのは理解しているのだけれど、それができないのは、僕に勇気がないからなのだろう。

すべては、事件を解決してからだ。

ふと思い立って、パソコンで件《くだん》のSNSを覗《のぞ》くことにした。『密室殺トルソー事件』に関する話題は進行中だった。予想通り、この事件が奇妙な密室状況にあることが既に情報として共有されており、僕や写真部の人間が情報を集めていることまで判明していた。

そうして画面をスクロールさせていく中で、危惧《きぐ》していた事態が現実になりつつあることを把握する。ミステリ好きを名乗る匿名の生徒たちが、そこで推論を展開しているのだった。

『扉を開けたのはその写真部。普通は扉を開けた人間が犯人』『窓に鍵を掛けたフリとかできる』『そもそも鍵を使って開けた人間が怪しいんじゃ？』『どういうことよ？』『ヒント・鍵のすり替え』『つまり？』『テスト終わったら詳しく書く。というかお前ら勉強しろｗｗ』『ハッタリ乙』『というか野村が犯人なんだろ?』

ひやりとした。

具体的な人名や推理は出てきていないものの、時間の問題だった。意外に思えたのは、僕よりも先に、松本さんが疑われかねない状況にあるということだ。既に村木さんと同様の推理に辿り着いた人間がいるのだ。となれば、動機を持っていると判断されかねない分、松本さんの立場は僕よりも悪いのかもしれない。僕の犯行は、理屈の上ならば埃《ほこり》の件から否定できるが、松本さんの犯行を否定できる材料は存在しないのだ。高梨君がずっと手元を見ていたというのも、身内の証言は信用できないと言われれば、それで終わりだ。

まりかのこと、守ってやらんとな——。

自分のためだけではなく、僕はこの密室を解かなくてはならない。

けれど、どうやって? 現代密室に関するアイデアは、出尽くした感がある。過去密室は、マツリカさんにすら解けなかった難問だ。それを、僕が解決することができるのか?

松本さんのノートを捲《めく》りながら考える。一つ光明があるとするならば、それは、まだ話を聞いていない人たちがいる、ということだった。

たとえば、過去の事件に関して証言をしている人たち。当時の一年生になら、まだ話は聞けるはずなのだ。それが現代密室の犯人を暴く手がかりになるかどうかはわからない。しかし、僕にできることはもうそれくらいしか思いつかなかった。過去の事件と現代の事件に、繋《つな》がりがあると賭《か》けるしかない。情報を集めるならば、残された時間は明日だけだ。それ以降は、土日を挟んで試験期間に突入してしまう。

僕は手にしたノートのページに指先を滑らせた。蛍光ペンを交え、まるで試験対策を纏めたかのように、わかりやすく整理された情報の数々。外階段の踊り場で、目元を赤く腫《は》らしながら笑った松本さんの顔が甦《よみがえ》る。もし、彼女が犯人扱いされることになってしまったら。せっかく教室に通えるようになったという彼女に、そんな冤罪《えんざい》の視線が向けられることになったら。

大丈夫だ。そうはならない。焦る気持ちを抑えて、ノートを閉ざした。

もし密室が解けなくても、最後の手段は残されているのだから。

＊

「二年前のことなんて、もう覚えてないよ」

迷惑そうに眉間《みけん》に皺《しわ》を寄せて、上村先輩はそう答えた。

上村奈津。当時、五時過ぎに深沢雪枝とすれ違ったと証言している女子生徒だ。

僕はお昼休みの廊下で、どうにかして彼女を摑《つか》まえることに成功していた。

上村先輩は、気の強そうな眉《まゆ》が印象的な女子で、髪が短く身長も高い。どことなく男性的な人だった。迷惑そうな顔で睨《にら》まれてしまうと、どうにも口籠《くちご》もってしまう。

「だいたい、なんなの？　なんで二年生がそんなの調べてるわけ？」

「いえ、その……、先日の七里先輩の事件と、関係があるかもしれなくて、ええと……。そう、七里先輩の頼みで調べてるんです。僕は、こういうのが得意なので」

「え、観月さんの？」

口から出任せだったが、少しだけ上村先輩の表情が和らいだ。

もしかすると、七里先輩に対して好感を抱いている人なのかもしれない。

「はい。なので、当時のことを調べています」

「でも……。そう言われてもね」

「特別棟から出てくる、深沢雪枝さんを見たんですよね？」

「うーん、新聞部の先輩に、そんなことを話したような気はするけど、関係あることなの？」

「関係あるかどうかはわかりません。それを調べているので、あくまで参考に、です。どんな様子でしたか？」

「そう言われても、昔のことだからさ」

「当時は、具合が悪そうな表情だった、と」

「ああ、うん……」

上村先輩は記憶をたぐるように目線を天井に向けた。お昼休みの喧噪《けんそう》で、周囲はひどく騒がしい。僕は彼女の言葉を聞き漏らすまいと近付く。

「そういえば、そうだったかも。なんか、真っ青っていうか、今にも倒れちゃいそうな感じだったから、声を掛けたんだよね。でも、大丈夫だからって言われてさ」

「時間は、五時過ぎだったんですよね。それって正確ですか？」

「さぁ……。ごめん、ぜんぜん覚えてない」

やはり人の記憶は曖昧《あいまい》なのだ。推理小説のように細かいことを覚えている人間は稀《まれ》ということだろう。

「そういえば、その当時って、深沢先輩とはお友達だったんですか？」

ふと、疑問に感じたことを訊《き》いた。証言のメモには、1D上村奈津、1A深沢雪枝、と記されていた。となれば、クラスは離れていたはずである。それにも拘《かか》わらず、上村先輩は特別棟から出てくる深沢先輩を見て名前がわかり、具合が悪そうだったので声まで掛けたのだ。どこかに繋がりがあったのだろう。

「ううん、友達ってほどじゃなかったんだけれど」

「でも、知ってたんですよね？」

「えっとね、あのとき、一緒だったんだよね、文化祭実行委員で。それで、一緒に仕事とかしてたから」

なるほど、文化祭実行委員か。さほど重要であるとは思えないが、新たな情報であることには変わりがない。僕はそのことを手帳に記した。

「深沢先輩は、どうして特別棟にいたんでしょう。なにか心当たりはありませんか」

「さぁ、どうかなぁ」上村先輩は過去を思い起こすように眉根を寄せた。「あ、そういえば、関係ないかもしれないけれど」

「なんですか？」

「確か、その少し前に深沢さんと実行委員の仕事をしてたんだよね。先生に急な仕事を押し付けられちゃってさ」

「何時くらいのことです？」

「さぁ……。えっと、あのとき、深沢さんを見たのが五時過ぎだっけ？　その三十分くらい前だよ。それで、そうそう、深沢さん、時計を気にしてそわそわしてた。だから、うん、確か四時半くらいだったんじゃないかな。おお、意外と思い出せるもんだね」

「その仕事というのは、何時くらいまでかかったんですか」

「うーん、あたしは、その作業が終わってからすぐ渡り廊下に行ったと思うから、五時くらいまでじゃない？　深沢さんは、なんか用事があるからとかで、途中で抜けたんだよね。詳しい時間まではちょっと。それで特別棟に行ったんじゃないかな」

「となると、深沢さんが特別棟へ向かったのは、四時半から五時過ぎの間ですね」

事件と関係があるかどうかはわからないが、僕はその情報をメモして上村先輩にお礼を言った。もう質問が思いつかなかったのだ。

そのまま、駆け足で3Dへと向かう。次に訪ねるのは、女子の言い争う声を屋上で耳にしたという小峰千結さんだ。幸いなことに、小峰先輩は教室にいてくれた。女子の輪に交じってお弁当を食べているところを、戸口まで呼び出してもらう。しかし、次はどうやって聞き出そう。さっきは七里先輩に対して良い印象を抱いているらしい人だったから良かったものの、そうではない人だって少なからずいるだろう。そもそも、僕のコミュニケーション能力は決して高いものとは言えないのだ。相手が年上の女性となれば、尚更である。

やってきた小峰千結さんは、セミロングの優しげな女性だった。背丈は普通だが姿勢がよろしく、一見して落ち着いた物腰の人だとわかる。柔和なお姉さんといった雰囲気だが、別の意味で話しづらいと感じてしまった。僕の方が緊張してしまうのだ。

「どうしたの？　えっと、あたしにお話があるんだよね？」

小峰先輩は、僕のことを見て少し不思議そうに首を傾げた。甘い匂いがした。僕はそれだけで顔を赤くしてしまう。これではいけない。年下の後輩が告白に来たシチュエーションにとられてしまうと恥ずかしい。

「実は、その……。二年前の文化祭のときのことを、調べてまして。新聞部の人に、先輩が、えっと、屋上で変な声を、聞いたって、そのう……」

だめだった。言葉に詰まると、小峰先輩は柔和に微笑んで、「うん？」と続きを促してくる。優しい。あがってしまう。僕の言葉はつっかえつっかえで、わけのわからないものにならざるをえない。

「あ、というか、君、会ったことあるよね？」

「え？」

こんな優しげな先輩の知り合いはいないはずである。人違いではないだろうか。

「絶対会ったことあるよ。ほら、えーと、去年、アリスの衣装を捜しに来た子でしょ」

僕はきょとんとして彼女を見つめた。

くすっと彼女が笑う。

「あれって見つかったんでしょう？　あたし、あのあと演劇見に行ったよ」

去年の文化祭のことである。

僕はとある理由から、消えてしまった演劇の衣装の代わりを求めて奔走したことがある。

「あ、あのときの……」

「そうそう、そうだよ。肝試しでも会ったよね」

そのとき、僕はお化け屋敷の出し物をしているクラスの受付で、魔女の恰好《かっこう》をしたお姉さんにアリスの衣装に心当たりがないか訊《たず》ねたことがあるのだ。ついでに言うと、その夏に行われた肝試しで、着物の幽霊に扮装《ふんそう》していた彼女にも会ったことがある。

つまるところ、僕は彼女が制服を着た平時の姿というのを一度も目にしていなかったのだ。

こうして改めて見ると、なるほど、確かに見覚えがある。くすくすと笑う彼女の笑顔は、なんとも可愛らしい。

彼女が小峰千結さんだったのだ。

「ええと、その節はお世話になりました」

「なんだかヘンな縁があるね。今日はどうしたの？　一年前って、『開かずの扉』の事件のこと？」

「はい、そのう……。ええと、色々と理由があって、調べているんです。今回の七里先輩の事件とも繋がりがあるような気がしていて……。ええと……。友達が、犯人扱いされてしまいそうなので、自分で犯人を捜そう、と……」

しどろもどろになりながら、結局本当のことを話してしまった。アリス事件のとき、彼女はとても親切に接してくれたのだ。嘘をついては気が引けてしまう。

「ふぅん」彼女は不思議そうに首を傾げていたが、僕のことを訝《いぶか》しんでいるというわけではなかった。「いいけれど、二年前だからなぁ。話せることってあんまりないと思うけれど……」

僕は手帳に記されている当時の彼女の証言を読み返す。

――四時二十分から五時までの間、一瞬だけ女子が言い争うような声を耳にする。

「あの、女子が言い争うような声って、具体的に言うと、どんなのでした？」

「うーん」訊ねると、小峰先輩は人差し指を顎先《あごさき》に押し当てて、首を傾げた。「なんだったかな、確か……。ふざけないでよ、とか、そういう感じの言い争いだったと思うけれど」

「当時の新聞部の人のメモには、一瞬って書いてありますけれど……」

「一瞬？」彼女は僕の手帳を覗き込んでくる。またいい匂いがして、僕は固まってしまう。

「ああ、うん。そうだね。一言二言、言い争うような感じで、すぐ止んだから。あ、でもでも、言い争うっていうのとは違うかも」

「えと、違うっていうと？」

僕はくらくらしながら、彼女から一歩だけ離れる。

「一人の子の声しか聞こえなかったんだよね。だから、一方的に怒鳴ってた感じが正しいと思

「う」

「なるほど」

「あの事件って秋山先輩の狂言だったんでしょう？　あのときの声が、その秋山さんの声だったってこと？　狂言だったから一人の声しか聞こえなかったとか？」

「いえ、まだよくわかりません。秋山先輩が誰かのことを庇《かば》っている可能性もあるので。それに、秋山先輩が準備室に入ったのは五時ごろで、そのときには廊下に二人の女子生徒がいたんです。でも、彼女たちはその怒鳴り声を聞いていないので」

「そうなんだ。それじゃ、関係ないのかな。あんなことする人には見えないもんね」

「秋山先輩と、お知り合いだったんですか？」

「実行委員で一緒だったの。文化祭実行委員」

またその言葉が出てきた。なにか関係があるのだろうか？

「あの、声を聞いたのは、四時二十分から五時までの間、と書かれているんですが、わりと時間の幅が広いですよね」

またしても小峰先輩は僕の手帳を覗き込んできた。

僕はいい匂い攻撃にノックダウンされそうになる。

「うん、そういえば、そうだった。えっとね、時計とか見てなかったから、わからなかったんだよね」

「四時二十分、という数字は具体的ですけれど」

「確か屋上で作業を始めた時間がそうだったんだと思う。たぶん、スケ帳に書いてあったとかじゃないかな。で、ずっと作業をしていて、教室に戻ったのが五時だったの」

なるほど、作業開始時間と作業終了時間はわかるが、女子の怒鳴り声を耳にした具体的な時刻が、その間のどこだったのかはわからない、ということか。

「そういえば、作業って、屋上でなにをしてたんです？」

「ああ、文化祭実行委員のお仕事だよ。先生たちと、あと何人かで、垂れ幕を下ろす場所の位置取りを考えていたの」

「垂れ幕、ですか。特別棟に？」

特別棟があるのは学校の敷地の西側だ。本校舎や旧校舎と比べると、来場客の目に付く場所ではないように思える。

「うん。学校の西側って住宅が並んでいるでしょう。だから、そっちにも文化祭をしているんだってことが伝わるように、垂れ幕を下ろすことになってるの。でも、体育館の陰に隠れないようにしないといけないし、特別棟で出し物をしているクラスの邪魔にならないように配置しないといけなかったから、何度も配置をやり直したりして大変だったかな。一人が下に降りて、携帯で写真を撮って、それをあたしたちが受け取って、確認をしたりして」

「あの」ふと思い立って、僕は駄目元で訊ねてみた。「そのときの写真って、今もありますか？」

「写真？」

小峰先輩はきょとんとした。

それから、スカートのポケットからスマートフォンを取り出す。

「データを移したから、まだ残ってるかもしれないけど」

彼女がデータを探る様子を、僕は固唾《かたず》を呑《の》んで見守る。

「あ、あったよ。はい。なにか役に立つの？」

スマートフォンの画面に映し出されているのは、特別棟を見上げるように撮った写真だった。

カラフルに彩色され、様々な絵や文字で装飾された垂れ幕が三枚、屋上から垂れている。その屋上に、二人の女子生徒と先生らしき男性教諭の小さな影が映っていた。一人は手摺《てす》りに身を寄せて、撮影者になにかを言っているようだった。二人とも制服ではなくオレンジのカラフルなポロシャツを着ている。

「あれ、これって……」

「ああ、ポロシャツね。これは実行委員のみんなで作ったの。文化祭前でも、仕事するときはだいたいみんなこれを着てたかな。制服が汚れないようにって」

なるほど、クラスでオリジナルTシャツなどを作るところもあるようだが、実行委員にもそれがあったらしい。しかし、僕が気にするべきは写真に写っている景色ではなかった。

「すみません、ちょっといいですか」

先輩に断って、写真の詳細データを表示するボタンに触れる。

16時44分。その写真の撮影時刻だった。

「怒鳴り声が聞こえたのは、この写真を撮る前か後か、思い出せます？」

「え、ううーん」小峰先輩は困ったように首を傾げた。「えっと……。これは、たぶん、配置がほとんど問題ない感じの写真だから……。そうだとすると、これを撮るより前だったんじゃないかな。あんまり自信はないけれど」

「いえ、ありがとうございます」

つまり、先輩の記憶が正しければ、怒鳴り声が聞こえた時間はある程度狭められることになる。もしかしたらなにかの役に立つかもしれない。僕は差し支えなければこの写真を転送してもらえないだろうかと小峰先輩に頼んだ。先輩はすんなりと了承して、メールアドレスを教えてくれた。女の子から連絡先を教えてもらうという、極めて難易度の高い技を成し遂げてしまった自分にふと気づいた。

気づいてしまうと妙に気恥ずかしい。事件の調査を口実に憧《あこが》れの先輩のメールアドレスを入手しに来た後輩と思われてしまったら、どう生きていけばいいだろう。

「もう大丈夫？　役に立てた？」

「えと、はい。助かります」

僕は赤くなった顔を隠すよう、伏し目がちにお礼を言って、一歩を離れる。小峰先輩は小さく片手を持ち上げて、ひらひらと五指を泳がせた。可愛らしいさよならの挨拶《あいさつ》だった。

「お友達、助けてあげてね」

「はい。……ありがとうございます」

その優しい言葉に、今度は彼女の眼を見てお礼を言うことができた。

小峰先輩と別れ、喧噪の最中《さなか》の廊下を歩く。

友達を助ける。

僕にできるだろうか？

大丈夫。できる。これまでいくつもの怪談と、そこに隠れ潜んだ謎を目にしてきた。怪奇を現実へと回帰させるその魔術を、僕はただ口を開けて眺めていたわけではない。

そう。僕にだって、きっとできるはずなのだ。

＊

野村先輩の連絡先を聞いておくべきだった。

放課後になってしまったので、ニアミスしていないことを祈りつつ、昇降口で彼の姿が見えるのをひたすらに待ち続けた。幸いなことに、野村先輩はすぐに摑まえることができた。事件に関してもう少し話を聞かせてほしいとお願いすると、彼は以前、春日さんに連れていってもらった喫茶店に僕を案内してくれた。

「ここ、春日さんに教えてもらったことがあります」

席に着いてすぐ、向かいに腰を下ろした野村先輩にそう言った。

「そうなのか」野村先輩は少し意外そうだった。「なんだかんだで、俺とより仲良くなってるみたいだね。美術部じゃわりと人見知りしているというか、気難しい子に見えるのに」

「本音を隠せない子なんだと思います」

口は悪いけれど、人と関わるのを嫌っているというわけではない。むしろ僕と同じなのだろう。人と関わりたいが、うまく接することができずに、自分から距離を置こうとしてしまうのだ。僕の言えたことではないのだけれど、それだけに春日さんの気持ちはよくわかる。

「なにか進展はあったのかな。正直、俺の方はあまり望ましい状況じゃなくて。試験も近いから、みんな今はそれどころじゃないだろうけれど、このまま試験が終わったら、本格的に疑われてしまう気がしてさ」

野村先輩は、どこかしら気落ちしているふうに見えた。流石に、なんでもないように振る舞い続けるのは無理があるのだろう。

僕はテーブルに視線を落とし、少しばかり迷いの時間を置いた。事件解決のための手がかりを少しでも摑むため、僕は野村先輩に聞きたいことがいくつかある。それならば、こちらが隠し事を続けるのはフェアとは言えない。

「実は、先輩に謝らなければならないことがあります」

野村先輩はきょとんとした。

「女子テニス部の部室に落ちていた例のストラップ。あれ、実は僕のものなんです。先輩が疑われる状況になってしまったのは、僕のせいです。すみませんでした」

言って、深く頭を下げた。

しばらく、反応はなかった。流石に怒られるだろうかと不安になったころ、野村先輩の声が降ってきた。

「え、ちょっと待ってくれよ。それって、君があの事件の犯人ってことなのか？」

僕は慌てて顔を上げる。野村先輩は困惑の表情を浮かべていた。

「いえ、違います。『染み女』という怪談の真相を調べた際に、うっかり落としてしまったものなんです。僕は七里先輩の制服を盗んでいませんし、密室の中のトルソーにそれを着せたりもしていません」

野村先輩は僕をじっと見つめた。真偽を疑っているというよりは、その突拍子もない情報を咀嚼《そしゃく》しているように見えた。

「そうか……。いや、でも、なんでそんなこと、俺に話したんだ？　俺が自分の疑いを晴らすために、その情報をみんなに打ち明けるかもって、考えなかったの？」

「その、最初は少しだけそう考えたこともありました。ですけど、今はそうも言っていられません。実は別の理由から、僕だけでなく友人が犯人として疑われる可能性が出てきてしまいました。彼女のためにも、一刻も早く犯人を突き止めたいと思っています。そのために、野村先輩にお聞きしたいことがあるんです」

「俺に聞きたいこと？」

「単刀直入に聞きます。野村先輩は、七里先輩とどういうご関係なんですか？」

訊ねると、野村先輩は眉根を寄せた。

「七里先輩のスマートフォンに、あのストラップと色違いのものがついていました。珍しいものなのに、事件の関係者が二人もそれを持っている。ただの偶然で片付けるわけにはいきません。それに、七里先輩は野村先輩が疑われることを危惧していました。とても親しい関係にあるように見えます。たとえば、その……。お付き合いをされている、とかではないのでしょうか?」

畳みかけるような僕の言葉に対し、野村先輩は瞑目《めいもく》していた。

彼は小さく息を漏らし、ゆっくりとかぶりを振る。

「いや……。付き合っているというわけではないんだ」彼は難しい表情をして、視線を斜めに落とす。「べつにごまかしているわけではないよ。柴山君の推測は、そんなに間違っちゃいない。僕と七里は……。そう、友人なんだ。恋人というわけじゃない」

「信じていいですか?」

まっすぐに彼を見据えて問う。野村先輩は、しばし答えなかった。

無言が続く。やがて従業員が来て、僕らのテーブルに熱い珈琲《コーヒー》と瑞々《みずみず》しい色合いのオレンジジュースを並べていった。野村先輩は珈琲のカップに視線を落とした。

「事件と関係があるのか?」

「わかりません。ですが、友達を助けるために、必要なことなんです」

「そう言われると、弱いな」野村先輩はそう言って苦笑すると、珈琲に口をつけた。

「ここだけの話にしてくれるかな」

「もちろんです」

「単純なことなんだよ。七里とは一年生のころから親しくてね。こんなことを言うのは気恥ずかしいんだけれど、その、彼女は……、俺に好意を寄せてくれているんだ」

「けれど、付き合ってはいない？」

「そう。俺には、他に好きな人がいて」彼は照れくさそうに笑って頬を掻《か》いた。「七里の気持ちは嬉《うれ》しいけれど、断ったんだ。秘密にしておいてほしいというのは、彼女は結構プライドが高いからさ、そういう話が出回ると……」

なるほど、と頷《うなず》いて了承を告げる。僕の場合、そんな話を吹聴《ふいちょう》してまわる相手もいない。

「七里は、友達のままでもいいからって言ってくれて。その、ときどき、デートみたいなことにもなって……、例のストラップは、二人で水族館に行ったときに買ったものだよ」

「突っ込んだことを聞いてすみませんでした。話してくれてありがとうございます」

僕は頭を下げた。

「けれど、これが事件とどう関係するんだい？」

「その……、僕が聞きたいことはもう一つあるんです」むしろ、この先が本命だった。「僕は、七里先輩が二年前の事件と関係しているんじゃないかと考えています。根拠は特にないんですが、彼女の口ぶりからそう疑っています。だとすると、七里先輩と秋山先輩との間には、どんな接点があったのでしょう？　なにか、ご存知ありませんか」

「そうか……。君は二年前のことも調べているのか」

野村先輩は表情を硬くした。明らかに、なにか知っているそぶりだった。

「この話をすることで……。君の友達というのを、助けることはできるんだろうか」

「それは……。まだわかりません」

過去密室と現代密室の繋がりは、曖昧だ。

過去密室の謎を解いたところで、現代密室の謎が解明される保証はどこにもない。

「それでも……。少なくとも、先輩に迷惑がかかるような結末にはしません」

「それは、どういうことだい？」

「最悪の場合は、僕が罪を被《かぶ》ります」

その言葉に、野村先輩は目を見開き、ぎょっとした表情で僕を見る。

「そうすれば、犯人がわからない場合でも、友達と野村先輩にかかる疑いは晴れますから」

「君は……。その友達のために、そこまでするのか」

「その……、大切な友達ですし、元々は僕のミスで迷惑をかけているわけですから」

彼はどこか呆《あき》れたように僕を見遣《みや》り、それから苦々しく笑った。

「弱ったな。そんなこと言われると、黙っているわけにもいかなくなる」

「すみません。卑怯《ひきょう》な手だとは思ってます」

野村先輩は珈琲に口をつけて、一拍置いた。

「接点があるとしたら、俺だ」

「え？」

「七里と、風花さん、二人の接点は俺なんだよ」

「どういうことですか？」

「俺はさ、両親が共働きでね、子供のころは学童に通っていたんだ。そこで姉弟みたいに親しくしてくれた人がいて。すみれさん——、松橋すみれっていう人なんだけれど」

僕は驚いてしまった。

またその名前が出てくるのか。

「風花さんは、すみれさんが高校に入学してからできた友人なんだ。一年遅れて、俺も同じ高校に入学したものだから、三人で遊んだりすることがあって、よく可愛がってもらったよ。それで、まぁ、なんていうのかな……。さっき話したろう。好きな人がいるってさ」

「秋山風花さん、ですか」

「そう……。その……。告白したりもしたんだけど、振られちゃってね。でも、俺は諦《あきら》めらずに引き摺ってて、なんていうのか、それで七里の気持ちにも応《こた》えられなくて……。たぶん、七里は、俺が風花さんを好きなんだってことを、知っていたと思う」

もしかすると、これは恋の三角関係というやつなのではないだろうか——。

僕は目をぱちくりとさせながら、照れくさそうに語る野村先輩を見ていた。爆発しろ、と思った。さっきは罪を被ると言ってしまったが、ちょっと考えさせてもらいたくなってしまった。

七里先輩は野村先輩が好き。けれど野村先輩は秋山先輩が好き。まさに恋のトライアングル。まさか自分がそんなものに関わることになるとは、夢にも思っていなかった。

そうなると、七里先輩には秋山先輩を傷つける動機がある——。

「俺は柴山君と同じように、二年前の事件に七里が絡んでいたんじゃないかって疑ってる。でも証拠はなにもないし、すみれさんが色々と調べた結果、それはありえないってことがわかった。つまり、密室ってやつだ。すみれさんがその目で見てるんだから、隙がない。すみれさん、高校に入ってから謎解きとかが趣味になったみたいで、色々な事件を解決してきたんだけど、その彼女が解けなかったわけだから」

松橋すみれが、高校に入ってから様々な事件を解決するようになった、というのは、つまるところ彼女がマツリカさんと出会ってから、なのだろう。つまり、その松橋すみれが解けなかったということは、やはりマツリカさんにも解けない密室だったということになる。

だとすれば、僕はその難問を紐解《ひもと》くことができるのだろうか？

「もう一つ、柴山君に教えておきたいことがある」

「なんですか？」

「二年前のことじゃなくて、七里の事件の方だ。準備室のカーテンが開いていることに最初に気づいたのが俺だったってことは、知っているだろう？」

「はい」

「手紙が入ってたんだ。下駄箱《げたばこ》の中に」

「え？」

「『体育の授業が終わったら、準備室の窓を見上げろ』って」

「それって……。犯人からのメッセージですか？」

「そうだと思う。手書きじゃなくて、B5の紙にプリントされていたやつなんだけれど」

「それ、今もありますか？」

「悪い。捨ててしまったんだ。その……、もっと早く話すべきだったかもしれないけれど、ますます疑われるような気がして」

そうなると、現代密室の犯人は、わざわざ野村先輩を選んで開かずの扉の異変に気づかせたということになる。そこにはどんな意味があるのだろう？

僕は手帳を取り出し、新しく得た情報を書き込んだ。

ここで得られた話は、どれもこれも劇的な情報に思える。

だが、これ以上情報を集める時間は、僕にはもう残されていない。土日で情報を整理し、推理を完成させなくては、試験に集中できなくなるだろう。あるいは来週の試験をかなぐり捨てて事件に集中すれば、なにか光明が見えるかもしれない。

けれど、密室を開くための手がかりは、これで揃ったといえるのだろうか——？

＊

時間は無慈悲だ。

絶望的という言葉を安易に使うつもりはない。

姉さんがもう二度と帰ることがないと知ったあの日、トイレに籠もって身体中に蓄えられていた様々なものを吐き出したその瞬間こそが、僕という生き物にとっての絶望だったのだから。あのとき、僕は嘔吐《おうと》と共に様々なものを失った。たとえば、愛想笑いを浮かべて人と付き合う方法であったり、眩《まぶ》しく輝かしい輪へと踏み込んで行く勇気であったり、あるいはそれは自分がこの世に存在していても良いのだと、理由もなく無邪気に信じることのできる無神経さだった。便器に顔を埋《うず》め、何度も嘔吐《えず》いて、身体中からそれらを吐き流していく。

仲の良い姉弟だとよく言われていた。普通、そんなに仲の良い姉弟なんていないと様々な人たちに言われていたように思う。けれど、それは真実ではなかった。だって、姉さんは僕になにも語ることなく、去ってしまったのだから。

それは、僕にその価値がなかったからなのだと思う。

拳《こぶし》を握り締め、学校の裏庭から特別棟を見上げる。準備室の窓には、春日さんと初めて言葉を交わしたときと同じようにカーテンが掛かっていた。

試験最終日の放課後だった。

七里先輩の定めた期限は、明日の放課後まで。

試験の結果は、たぶん、散々なものだろう。僕の思考の大半は事件の解明に費やされていたが、それでも得られたものは多くなかった。

僕は無力だった。どうしようもなく、なにもできない人間だった。なんの力も持たず、だから誰かに頼られることもなく、必要とされない。才能も、能力も、人を喜ばせる力も、楽しませる力もなく、ただ歪《いびつ》に佇《たたず》んでいるだけで、眩《まばゆ》い輪の空気を破壊して霧散させてしまう。だから、みんな語ることなく去ってしまう。

せめて、この謎を解明する力くらい、欲しかった。

既に二十四時間を切っていた。それにも拘わらず、僕は現代密室の謎をなに一つ突き止めることができない。唯一の進捗《しんちょく》といえば、過去密室を巡る謎に、自分なりの仮説を作ることができたということだけだった。

けれど、それがいったいなんになる?

七里先輩が求めているのは、現代密室の解明だ。真夜中に準備室に潜り込んだ真犯人を見つけ出すこと。それができないのならば、僕が罪を被るよりほかにない。仮に七里先輩を説得するなり言いくるめるなりしたところで、真犯人を突き止めることができなければ、SNS上の推理が進展し、松本さんが犯人にされてしまう。

西日の落ちる裏庭に立ち尽くし、準備室の窓を見上げながら、逸《はや》る気持ちで思考を巡らせる。けれど、ダメだった。考えても考えても、妙案はなに一つ思いつかない。窓も、鍵も使わずに室内に入る方法。可能性があるとすれば内扉だったが、そこは重たい戸棚に塞《ふさ》がれてしまっている。たとえば、重さを一時的に減らす方法や、重たくても戸棚を動かせるような仕掛けがあれば……。けれど、土曜日を、日曜日を、試験の四日間を費やしても、そんな方法はまるで思い浮かばない。

じわじわと込み上げる後悔と自責に、身体が内側から張り裂けそうになる。そもそも、僕が染み女の怪談を調べたりしなければ、ストラップを落とすこともなく、野村先輩が疑われることもなかった。『開かずの扉』に興味があるだなんて、松本さんに伝えたりしなければ、彼女があの部屋の扉を自分の手で開けたりすることもなかっただろう。

すべて、僕のせいだ。

僕はなんのために生きているのだろう。

急激に、そのことを疑問に思った。僕は姉さんを止めることができなかった。それなら、どうして生きているのだろう。教室の片隅で眠ったふりを繰り返し、時間を無為に潰《つぶ》して、有益な趣味も生産性のある技能も持たず、ありもしない怪談話を調べるために放課後の校舎をうろつくような、こんな無価値な自分の存在を疑問に思った。僕がもっとまともな人間だったら。強く、逞《たくま》しく、賢く立派で、明るく優しくて、壊れたところなんてどこにもない、そんな人間だったら。

姉さんは、死んだりなんてしなかったかもしれない。

鼻を啜《すす》り上げて、唇を噛《か》んだ。滲《にじ》んだ涙を手の甲で拭《ぬぐ》い、準備室の窓を見上げ続けた。諦めるな。考えろ。まだ時間はある。それに、いざとなったら僕が自白すればいい。それで全部まるく収まるのだ。僕のような人間にだって、それくらいの使い道はあるはずだろう？

それでも、と考えてしまう。答えを見つけることができず、自分が犯人なのだと告白した未来のことを想像した。教室の片隅で居眠りをするふりを続けるだけの自分。そこに注がれる軽《けい》蔑《べつ》と嫌悪の眼差《まなざ》しを何度もイメージする。大丈夫。まだ耐えられる。嘲笑《ちょうしょう》も、噂話も、きっと耐えられる。それでも僕が思い浮かべてしまうのは、あの狭苦しい室内の長机の一角だった。写真部。写真を撮るための部活。そこに所属しているわけではないのに、僕はいつもあの賑《にぎ》やかで優しい空間にいることを赦《ゆる》されている。

いつの間にか、僕の足は旧校舎に向かって進んで、写真部のある窓を見つめていた。

きっと、この場所にはいられなくなるだろう。女子生徒の制服を盗んだ上に脅迫紛《まが》いの行為をした人間と親しく接していたら、彼らまで軽蔑の眼差しを向けられてしまう。

でも、大丈夫。それも大丈夫だ。

少し前まで、僕は一人きりだった。なにも変わらない。むしろ、今がおかしいんだ。現状が、ちょっと贅沢《ぜいたく》すぎただけなんだ。だから、大丈夫。

先輩は――、青春を、謎を解くことに捧《ささ》げることができますか。

僕の学校生活に、そんなものは元からなかった。僕はもう、あのときから死んでいたようなものなんだ。姉さんを失ったときから、ずっと時間が止まっていた。だから、僕はそれを捧げることができるよ。僕なんかが、誰かの役に立てるっていうのなら、それで――。

だめだった。

大丈夫だと何度も言い聞かせたはずなのに、涙が溢《あふ》れ出そうになった。いやだと強く思った。そんなのはいやだった。僕は僕の居場所を失いたくない。そのための力が欲しい。それなのに、自分はなにも持っていなくて、だから、僕はそんな自分が大嫌いだった。ただ悔しさに歯がみをして、こうして涙を溢れさせるだけしか能のない自分が、本当に本当に、大嫌いだ。

推理を。

推理を、続けなくちゃ。

最後まで足掻《あが》いて、答えを見つけ出さなくちゃ。

推理を――。

それでも。

姉さん。

唇が震えた。

助けてほしい。

僕を、助けてほしい。

とたん、どこかで、聞き慣れた音がした。

重たい金属の刃が嚙み合うような、鋭利な機械音。

僕は振り向いて、そちらに眼を向ける。

大きな一つ目のレンズが、僕に向けられていた。

その表面が茜《あかね》色の陽を浴びて、ぎらぎらと煌《きら》めいている。

また、音が鳴った。女の子の手には不似合いな、黒くて重たい重厚な機械から、彼女が顔を離す。赤いフレームの奥の瞳《ひとみ》が、カメラのレンズよりも鋭く、まっすぐに僕を見つめていた。

やがて彼女は気の強そうな眉根を歪《ゆが》めて、不安そうな表情を見せる。まるで、剝《は》がれ落ちた包帯の下から覗く傷跡に、ふいに気づいてしまったかのように。

「どうしたの？」

その声が、いつかのようにあまりにも優しく響いてきて、僕はもう涙を堪《こら》えることができなかった。ただ情けなく、みっともなく、こんなにも無様で恰好の悪い男子高校生はどこにもいないだろうというくらいに、顔を歪めて声にならない声を漏らしていた。

「ちょっと、柴山、大丈夫？　な、なんでまた泣いてるわけ？」

小西さんは慌てて僕に駆け寄り、おろおろしながら僕の顔を覗き込んでくる。僕は彼女にこの醜い顔を覗かれることを恐れて、ただかぶりを振って否定した。僕は泣いていない。きっとまだ推理だって続けられる。だから、大丈夫なんだ。

「いや、なんか、大丈夫じゃないだろ。ね、ほら、ハンカチ」

僕は彼女が突き出してきたその柔らかな布きれを握り、必死に涙を堪えようとする。うまくいかない。こんなに情けない姿を、よりにもよって小西さんに見せるわけにはいかない。それなのに、嗚咽《おえつ》は止まらない。歯を食いしばって、淡いオレンジのハンカチに顔を埋めた。息を止めるようにじっとして、喉《のど》の震えを必死に抑える。小西さんの指先が、僕の肩に触れていた。

「ごめん。もう大丈夫、だから」

ハンカチを押し当てながら、くぐもった声で言う。

「大丈夫じゃないよ」

「ごめん」

そうとしか、言葉が出てこない。

彼女に対してこんな醜態をさらすのは、これが初めてではない。ついこの前も、涙を見られてしまった。弱々しく、ただ涙を流すことしかできない僕を見て、彼女は大嫌いだと叫んだのだ。僕もこんな自分は大嫌いだ。なのに変われない。変わりたいのに、どうしたらいいのかわからない。どうしたら、人間って変われるのだろう。どうしたら、人から嫌われない人間になれるのだろう。

手首を握られ、ぐいと引っ張られる。僕はハンカチで顔を隠したまま、彼女のあとを歩いた。校庭を横切り、辿り着いたベンチに座るように促される。腰掛けると、小西さんも僕の傍らに腰を下ろした。

「話してよ」

それは静かで優しげだったけれど、どこか有無を言わせないような厳しさの交じった口調に聞こえた。小西さんが、間近で僕の情けない顔を覗き込んでいるのを感じる。

なにも話せることはないはずだった。それなのに、僕はいつの間にか訥々《とつとつ》と語っていた。既に僕のことを導いてベンチに腰掛けたというのに、小西さんの指先が僕の貧弱な手首にまだ触れていたせいかもしれなかった。

僕は彼女に、今日までの経緯を話していた。『開かずの扉』を巡る事件に関わっていること、松本さんや野村先輩の無実を証明するために謎を解明しなくてはならないこと。そして七里先輩の定めた期日が、もう明日なのだということ——。

「どうして」

そう呟《つぶや》いたあとで、深い深い吐息が漏れた。

僕はそれを耳にして、目元を押さえていたハンカチを離した。彼女の方に、怖々と眼を向ける。また、嫌われてしまうかもしれないと思った。大嫌いだと告げられるのではないかと思った。自分を否定されるんじゃないかと考えた。弱いから。うじうじしているから。ぐずぐずしているから。だからお前なんか嫌いで、そして、そんなふうに他人から嫌われる自分だからこそ、姉さんはなにも語らなかったのだと、真実を突きつけられる予感がした。

小西さんは僕を見ていなかった。視線を落として、呆れたふうに言う。

「どうして――、もっと早く、言ってくれないのかなぁ」

彼女は抱えていたカメラの位置を直すように、それをお腹に押しつけた。

「高梨たちと、なにか一緒にやってるんだって気づいてたよ。七里先輩の事件のことも耳に入ってたから、それが関係してるのかなって。でも、そんな、柴山とか松本さんが犯人にされちゃいそうだなんて、あたし、ぜんぜん知らなかった。みんなして、あたしを除《の》け者扱いなわけ？」

それは僕の想定していたのと違っていた言葉だったから、彼女を見つめる僕の眼は、きょとんとしていたように思う。

「そ、そうじゃなくて」僕は言い訳がましく言う。「その……。小西さんを、アシスタントの仕事に集中させてあげたかったから。みんなも、そう考えてて、だから……」

「そりゃあ、まぁ、放課後は忙しかったかもしれないけどさ……。でも、休み時間とか、あるわけじゃん？　なんでそこであたしを頼ってくれないの？」

「それは」

僕は眼を落とす。

「その……。嫌われて、しまったと、思って」

「えっ？」ひっくり返るような声が聞こえた。「なんで？」

「いや、その……。ええと、最近は、あまり声をかけてもらえなかったし、眼を合わせてくれないような気がして」

「えっと、それは……。えーと、し、柴山の気のせい、じゃない？」

「それなら、いいんだけれど」

「もしかして、柴山さ……。その、あたしの言ったこと、気にしてる？　前に、このベンチでさ、ええと……。けっこう、言いたい放題、言っちゃったんだけれど」

「僕は……。自分が、赦せないんだ」俯《うつむ》いて、呻《うめ》くように言った。「誰かの役に立ちたいって、自分にはなんにもないくせに、分不相応なこと考えて……。弱くて、みっともなくて……。今回だって、なんにもできなくて」

姉さんだって、助けられなかったのだから。

「柴山は、今の自分が嫌いなの？」

「大嫌いだ。僕なんか」

「そっか」

微《かす》かな吐息の音が、耳を擽《くすぐ》った。

「あたしは、柴山の、そういう、自分で自分を認めてあげられないところ、嫌い。前に、そう言ったけれど……。でも、ちょっと、ああ言ったこと、後悔してた」

僕は彼女に眼を向ける。小西さんは微かに俯いていた。垂れた前髪が、眼鏡の赤いフレームに掛かっている。丸くなった肩と、白いうなじが覗いていた。

「アシスタントの仕事、やらせてもらってさ。勉強しないといけないこと、たくさんあって。それで、なんとなくわかったんだよね、柴山のこと」

意味がわからず、僕は小西さんを見つめたまま、まばたきを繰り返した。

「柴山はさ、きっと今よりも、素敵な自分になりたいだけなんだよ。だから、今の自分に満足できなくて、自分のこと嫌っちゃうの。それって、うん、きっとさ、上昇志向ってやつだよ。いいことじゃん」

「そんな……、僕はそういうわけじゃ」

「これ、見て」

小西さんはカメラを持ち上げた。液晶画面のスイッチを入れて、メモリーに記録された、彼女の作品の数々を表示させる。彼女は次から次へと新しい写真を表示させていった。空にかかる虹《にじ》。星々の浮かんだ夜景。女性の横顔。草原を横断して並ぶ鉄塔。雨に濡《ぬ》れた葉。彼女はその一つ一つを僕に見せながら、笑った。

「ほら、ひっでー作品ばっかりだろ。あたしだって、ぜんぜんダメじゃん」

僕は啞然《あぜん》とした。食い入るように、小さな液晶画面に収められた、まるでポストカードに印刷されているかのような、鮮やかな作品たちを確認していく。

「ひどいだなんて……。すごいよ」素直に、そう言った。彼女の作品に対する僕の感想は、今も昔も変わらないものだ。「小西さんの写真は、その、僕は写真のことわからないけど、とても、すごいと思う」

「ありがと」小西さんは照れくさそうに笑った。「でも、あたしから見たら、ぜんぜんダメなの。まだまだ納得できない。すんげー悔しい。だから、もっとすごいもの撮れるようになりたい。もっともっと、光のことを覚えて、レンズのことを知って、世界をたくさん見て、誰も見たことのないような一瞬を切り取れるようになりたい。柴山と同じだよ」

僕は彼女の言うことを、自分の中に反芻《はんすう》させる。

しばらく、時間がかかった。

僕と小西さんは同じだ、と彼女は言う。今の自分に満足できなくて、だから悔しくて、理想とする自分に変わりたいと足搔いている。それは、よいことなのだ、と。

「柴山は、自分からすれば、今の自分に満足できないのかもしれないけれど、あたしからしたら、柴山があたしの写真を褒めてくれるのと同じでさ、ぜんぜん、そのままでいいと思う。だってさ、なんていうのかさ……」

小西さんは俯いた。眼鏡の奥の視線を泳がせて、明後日の方を見ながら言う。

「友達のために、一所懸命に推理してさ、涙が零《こぼ》れるくらい、歯を食いしばって頑張るのって、普通にステキじゃん。その……、カッコイイ……、と思う、かな」

顔が熱くなった。

そんなことを言われたのは、初めてだったから。

嬉しいはずだった。そんなふうに、自分のことを認めてもらえて。それなのに、僕の眼は沸々と燃え上がり、また熱いしずくを滴らせていく。きつく眼を閉ざした。ハンカチでそこを押さえながら、僕はもうそれが溢れないようにと歯を食いしばる。あの日から、自分という器から溢れて零れだしていくもの。吐き出して、逆流して、失われていくもの。まだ自分の中に残っているなにかの欠片《かけら》が、これ以上零れてしまわないように、僕はただ祈った。姉さんの横顔を、思い出しながら。

「でもさ、やっぱり、あたしのことも頼ってよ」小西さんの指先が、カメラから離れる。その手はなにかを掴もうとするかのように彷徨《さまよ》って、結局、カメラの元へと戻った。彼女は俯いていた顔を上げ、はにかんで笑った。「そんな、一人で解決しようとしなくてもいいじゃん。高梨でも、松本さんでも、部長でも、誰でもいいから頼ってよ。きっと助けてくれるよ。それって、ぜんぜん恥ずかしいことじゃないんだよ」

「僕は……」

「柴山はさ、一人じゃないんだよ。全部抱えて、黙ってる必要なんてないんだから」

言葉が、この胸へと吸い込まれていく。

僕は、ようやく気づいた。

そうだったのかもしれない、と感じた。

僕に対する小西さんの言葉は、僕が姉さんに抱いていた感情と、同じだ。

それなら、なにも語らなかった姉さんが抱いていた気持ちは、今の僕が抱いているものと同じだったのだろうか？　頼れないからじゃない。頼りたくないからじゃない。大切だから。迷惑をかけたくないから。だから、一人で闘おうとした。

そんなふうに考えてしまうのは、都合のいい勝手な妄想でしかないのだろうか？

「ありがとう、小西さん」

僕はハンカチで目元を押さえ続ける。

「僕も、小西さんの、そういう優しいところ……、とても素敵で、好きです」

「ひぇっ？」

しゃっくりのような声が返ってきた。

ハンカチから眼を離し、彼女を見遣る。

小西さんは固まっていた。

唇が開き、眼鏡の奥の眼が何度も瞬いて、それからぎゅっと閉じたり、かと思えば驚愕《きょうがく》したように開いたり、を繰り返している。ぱくぱくと、金魚のように口が動いた。

やがて、彼女は眼を伏せた。斜め下へと視線を落として、カメラから離した両手の五指を触れ合わせながら言う。

「えと……、柴山さ……、それって」

「え。あ」

ようやく自分がなにを言ったのか気がついた。僕は慌てて言う。

「え、えっと、もちろん、人として好きということで！　尊敬します！」

あぶない。告白か？　この身の程知らずめが！　と勘違いされてしまうところだった。僕のような人間が、小西さんのような可愛くて素敵な女の子に気軽に言っていい台詞《せりふ》ではない。ついつい、うっかり本音が零れてしまった。

「そ、そっか！　うん、いやぁ、そうだよな！　うん、いやー、ビビったビビった。柴山ってば真顔で言うからさー、マジうけるし！　ありえなさすぎるわー！」

ばしばしと肩を叩《たた》かれた。なぜか高梨君に叩かれるときよりも痛い。

「ていうかさ！　なんか対策考えようよ。ほら、その密室？　他に相談できる人とかいないの？」

急に話題が飛んだような気がする。

僕はひりひりと痛む肩を押さえながら、胸中に過《よ》ぎる靄《もや》を意識する。

「その……。一人、もしかしたら、なんとかしてくれるかもって人は、いるんだけれど」

「じゃ、相談してみなよ」

「でも……。その」僕はあのときのことを思い返し、憂鬱《ゆううつ》に気分を沈ませた。「僕は、その人に、酷《ひど》いことをしたんだ……。僕にとって、すごく大切な人なのに。だから……、こういうときだけ、頼るなんて、都合のいいことは……」

「酷いことをされた。お前なんか嫌い。顔も見たくない。そう言われたの？」

「え？　いや、べつに、言われては、ない、けれど……」

「それじゃ、一緒じゃないかな」

　小西さんは笑った。

「一度、きちんと謝って、それから話してみたら？　きっと、その人も柴山が話してくれるのを待ってるよ」

「そう、なのかな……」

「助けて欲しいときは、助けてって言っていいんだよ、きっと」

「そう、かな」

「うん。だって、柴山にとって大切な人なら、きっとその人にとっても、柴山は大切なんだよ」

　僕はぽかんとして、小西さんを見つめる。

　これまで、そんな考えをしたことなんて、微塵《みじん》もなかった。

「でも、その、ぜんぜん、一方通行な、片思いとか、そういうのもあるわけだし……」

「うーん、そりゃ、まったく知らない人から片思いされてたら、まぁ、ぜんぜん大切には思わないかもしれないけれどさ。そういうんじゃなかったら、大丈夫じゃないの。やっぱり、あなたが大切ですって気持ちはさ、伝わるよ。どんなかたちでもさ、レンズを向けられている人は、やっぱりレンズのことを意識すると思う。それがいやなら、きっとフレームに収まってないもん」

それはとても小西さんらしい表現で、僕は自分の表情に笑顔が戻っていくのを感じる。

僕は、助けを求めてもいいのだろうか。

そうかな。そうかもしれない。そうだったらいい。

自分勝手かもしれないし、都合のいい解釈なのかもしれなかったけれど。

僕は一人じゃない。

小西さんにそう言ってもらえたことが、僕はなによりも嬉しかった。

＊

階段を駆け上がり、黄昏時《たそがれどき》の色に染まる室内の様子を、そっと覗《うかが》う。

部屋はいつもと変わりなく退廃としていて、衣服を着たマネキンやトルソーが死体のように散乱していた。片付けても片付けても、この部屋の散らかり具合は変化しない。たぶん、彼女にとっては、この混沌《こんとん》とした様相の方が落ち着くのだろう。

寝台は、がらんとしていた。洗濯したてのように張りのあるシーツの上には、古めかしい双眼鏡が一つ置かれている。窓は閉ざされており、脱ぎ捨てられたブラウスが一枚、床に落ちていた。耳をすましても人の気配はなく、留守であるらしい。

階段を駆け上がると共に緊張で圧迫されていた肺が、息を漏らしながら震えた。掌《てのひら》にかいた汗をスラックスで拭う。ここに来るまでいくつもの謝罪の言葉を考えていたけれど、不在というのは想定していなかった。

どうするべきか、しばらく迷った。このまま彼女の帰りを待ち続けるべきかもしれないが、マツリカさんが今夜の内に帰ってくる保証はどこにもない。それがどこなのかはわからないけれど、既に本来の居場所に帰ってしまったのかもしれないからだ。当人はこんな場所に住んでいると言い張っているが、僕は未《いま》だにそのことを信じていない。女の子が住み着くには、ここはあまりにも不便で危険な場所だろう。

この場所で時間を過ごそうにも、床に落ちているブラウスの存在が気になってしまった。その下に半ば隠れているようではあるが、なにやら見慣れぬ黒いレース模様の存在も気になってしまう。いったい、なにが落ちているというのか。そんなものを意識しながら、何十分もこの場に居続けることはできない。

僕は携帯電話を取り出し、彼女の番号に掛けた。

あまり時間はない。繋がってほしかった。

しかし、コールは虚《むな》しく、留守番電話へと繋がってしまう。

その音声ガイダンスを耳にしながら、僕は意を決して拳を握り込んだ。

言葉を吐くのに、緊張で倒れてしまいそうだと思った。

「マツリカさん」

僕は無音の彼方へと呼びかける。

「その、この前は……、すみませんでした。ひどいことを、してしまったと思っています」

汗をかく掌をもう一度握り締める。拒絶されるかもしれないという恐怖を抱きながら、僕は震える言葉を紡いだ。

「きちんと、もう一度、謝ろうと思っていたんですけれど……。その、なんだか、合わせる顔がなくて」

声は届くだろうか？

僕の言葉を、彼女は耳にしてくれるのだろうか？

「あの、それで……。こんなことをお願いするのは、虫が良すぎるとは思うんですが」

唇は躊躇《ためら》った。どんなふうに伝えたら、言葉は届くのか、わからない。

それでも、結局のところ出てきた言葉は、あまりにも単純で陳腐なものだった。

「助けて、ほしいんです」

自分が陥っている現状を告げて、密室の謎を解いてほしいと、自分勝手なお願いをする。それが本当に正しい選択なのかはわからない。最低で情けない行為のようにも思えた。それでも、僕は彼女の言葉を聞きたかった。

おまえ、本当にどうしようもない奴ね。

そんなふうに呆れた吐息と共に、怪奇を現実へと回帰させる、あのいつもの魔術を僕に見せてほしい。

「もし、なにかわかったら……、ヒントだけでも、くれると嬉しいです」

僕は通話を切り、室内にしばらく佇んだ。

それから、鞄《かばん》の中から一冊のノートを取り出し、それを自分の手帳と共に彼女の寝台に置く。

松本さんのノートは、事件に関するあらゆることが詳細に記されている。一見、無関係そうな情報まで書かれていたりもするが、そういった些細なことが意外な手がかりになることは珍しいことではない。これを読んでもらえれば、マツリカさんにも、これまで僕が得たのと同じ情報が伝わるはずだった。

もしかしたら、と考えた。松本さんは、自分が勉強に集中できないからとノートを僕に預けたのだけれど、それは嘘だったのかもしれない。僕が一人で密室の謎に挑み続けることを察して、彼女はこれを手渡してくれたのだ。優しい子だから、その可能性は充分にありえる。だったら、僕はその優しさに報いなければならない。

伝えるべきことは、マツリカさんに伝えた。彼女が協力してくれるとは限らない。留守電を聞いてくれない可能性も、旅行に出ていて明日には戻らないことだってありえる。だから僕は、最悪の事態を想定して、自分にできることをやり続けなくてはならない。

最後の最後まで、僕は推理を続けよう。

僕は青春を捧げて、この謎に挑むのだ。

第八章　再び、柴山祐希の推理

決戦の場となる教室は、第一美術室だった。

緊張に押し潰《つぶ》されそうになる心臓をどうにか鼓舞して、放課後はそこへまっすぐに足を向けた。扉の前に辿《たど》り着いてから、深呼吸を何度か繰り返す。大丈夫だと自分に言い聞かせ、僕は扉を開け放った。

室内には、七里先輩の他に深沢先輩の姿もあった。七里先輩は窓辺に佇《たたず》んだまま、室内に入った僕を鋭く睨《にら》みつけてくる。腰に手を当てた威圧的な姿勢だ。対して、深沢先輩の方は和やかにも見える笑みを浮かべ、七里先輩の傍らに側近のようにして控えていた。

「それで」七里先輩は首を傾げた。「犯人、わかったの？」

まぁ、あんた以外に犯人がいるのなら、だけれどね。

そう付け足し、彼女は鼻で笑う。

「はい」

その挑戦的な眼差《まなざ》しを受け止めながら、僕はそう答えた。

エアコンが作動していて、室内は涼しい。しかし、僕の頬にはもう汗が流れている。

「ですが、それを話す前に、まずは二年前の事件に関して、お話をしたいと思います」

「はぁ？」柳眉《りゅうび》を歪《ゆが》ませ、七里先輩が躙《にじ》り寄ってくる。「なに言ってんの？　わたしはね、わたしの制服を盗んであんなことをした変態は誰なのかって話をしているのよ。わかってるわけ？」

「それは、理解しています。ですが、二年前の事件は今回の事件と密接な関わりがあるんです。犯人を明らかにする前に、過去の事件に関して整理をする必要が――」

そこまで告げたとき、背後で扉が動いた。僕らは思わず、そちらに眼を向ける。

現れた顔に、僕は眼をしばたたかせた。

「小西さん――」

「ごめん、柴山。でも、黙っていられなくて」

室内に入り込んでくる彼女の後ろから、ぞろぞろと見知った面々が続いてくる。

「そやで、なに一人でカッコつけようとしてんねん」

ニヤリと唇を吊《つ》り上げて、高梨君。

「そもそも大した能力もないくせに、一人で解決しようだなんて無茶な話なんです。先輩は阿呆《あほう》すぎます」

呆《あき》れたような眼差しで、春日さん。

「その、わたしたちに、なにができるのか、わかりませんけれど……。ゆうくんのこと、放っておけませんから」

眉尻《まゆじり》を下げて、どこか申し訳なさそうに、松本さん。

「まぁ、ほら、色々と聞いちゃったし、放っておくのも寝覚め悪いからね」

彼女たちの背後で肩を竦《すく》めるのは、三ノ輪部長だった。

「みんな……」

「ちょっと、なんなのよ、あんたたち」肩を怒らせ、七里先輩が食ってかかる。「いま、大事な話の最中なんだけれど？　なに勝手に入ってきてるの？」

その様子に、松本さんは怯《おび》えたように肩を竦ませた。しかし、それも僅《わず》かな間のことだった。

彼女は唇を噛《か》みしめると、すぐに七里先輩に言い返す。

「わたしたちは、彼の友人です。友達が、理不尽な理由で罪を押しつけられそうになっているんです。彼の側についていて、なにがいけないんですか」

「はぁ？　そういう話じゃないでしょう」と、七里先輩はなにかに気づいたようだった。松本さんは挑むように、先輩の眼差しを受け止めていた。「あんた、どっかで見たことあると思ったけど、もしかして……」

「七里、俺からも頼むよ」

そこで、新たな声が割って入った。

戸口から遅れて入ってきたのは、野村先輩だった。

はっとして、七里先輩がそちらに顔を向ける。

「直樹くん……」

「みんな、柴山君のことを心配してるんだよ」

「でも、わたしは直樹くんのことが、心配で」

「野村先輩……」

呆然と呟《つぶや》く僕を見遣《みや》り、野村先輩は小さく肩を竦めた。

「さすがに、あんな話をされたら、見届けないわけにはいかないだろ？」

「すみません」僕は頭を下げた。「みんなも、ありがとう」

ぐっと熱いものが込み上げてきて、僕はしばらく顔を上げられなかった。

「約束は約束ですよ」

しかし、今まで沈黙していた冷厳な声が割って入る。和やかな笑みを浮かべてこちらを見ているのは、深沢先輩だった。

「期日までに真犯人を見つけられなかったら、柴山君が罪を告白する。そういう約束です。自分が無実だというのなら、それを証明してください」

「けどさ、深沢、こんなやり方は間違って――」

「間違ってませんよ」深沢先輩は、野村先輩の言葉をばさりと切り棄てる。「観月ちゃんが野村君を心配してるんだってこと、わかってあげてください。野村君は、そこの柴山祐希君に言いように騙《だま》されて、同情しちゃってるだけなのかもしれませんよ？」

七里先輩は鼻を鳴らして、僕を睨みつけてくる。

「そうよ。ほら、犯人、他にいるって言うなら、教えてよ」

「わかりました」

僕はゆっくりと吐息を漏らす。

「ゆうくん、謎は解けたんですか？」

松本さんが明るい表情を見せて言う。僕は彼女に、微《かす》かな笑みを返した。

「それじゃ、さっきの話の続きです。まずは、二年前の事件について、僕の立てた仮説を話したいと思います。そうすることで、今回の事件の犯人を証明することができるんです」

二年前の事件を解き明かす。即ち、それが今回の事件の犯人糾明に繋《つな》がる――。

ハッタリも、いいところだった。

正直なところ、僕には今回の事件の犯人も密室の謎もわからない。僕にできるのは、二年前の事件の解法を示すことだけ。過去密室を解明することによって、七里先輩や深沢先輩、当時の事件に関わっていたはずの彼女たちから、なんらかの反応を引き出す。

あとは、その反応を見て、『密室殺トルソー事件』の答えを瞬間的に導き出すしかない。

これは、極めて分の悪い勝負なのだ――。

「まず、僕らが『過去密室』と呼んでいる、二年前の事件に関する状況を整理してみます」

僕は普段は使われていないのであろう黒板の前に立って、推理を語り始めた。

「二年前の事件は、いわゆる衆人環視の密室状態でした。事件のあった日の午後五時ごろ、階段すぐ近くの廊下で二十分ほど作業をしていた写真部の松橋さんと三ノ輪部長は、秋山風花さんが階段を上ってくるのを目撃しました。松橋先輩はそのすぐあとに秋山さんを追って準備室に入り、そこで倒れている秋山風花さんを見つけることになります。準備室の内扉は棚で塞《ふさ》がっており、窓は段ボールや書き割りなどで塞がっていて、物理的に通行が不可能な状態でした。また、準備室の鍵《かぎ》は秋山さんが昼に借りていて、犯人が室内で事前に待ち伏せをすることも不可能です。いったい、犯人はどこから入って、どのように出て行ったのでしょう？」

「だから、秋山の自作自演、狂言だったわけでしょう」

七里先輩は鼻を鳴らして腕を組んだ。

「はい。当時、松橋先輩も疑問に感じて、色々と調べたようですが、結局のところ、誰にも犯行は不可能であることがわかり、また秋山さんの証言が曖昧《あいまい》だったことから、そのように処理されたようです。これが、『過去密室』事件の概要になります」

「けれど、俺には風花さんがそんなことをするとは思えないよ」

かぶりを振りながらそう言ったのは、野村先輩だった。

「はい。僕も同感です。狂言だとしても、そこにどんな意図があったのか、まるで見えてきません。そこで、僕はまず、なんらかの理由から彼女が狂言を行ったのだと仮定し、秋山さんの行動をなぞってみることにしてみました。すると、様々な不審点が明らかになったんです」

「狂言だとしても、風花さんのとった行動には不審な点がある、ということですか」

そう真剣な眼差しで訊《き》いてきたのは、春日さんだった。

「はい。おかしいです。狂言だとすると、階段を上がって準備室に入った彼女は、そこで誰かに襲われたことを装うため、棚から蝶《ちょう》の標本箱を取り出し、その中身をばらまく。そのあと錆《さ》びついたカッターを取り出して、自分の腕を傷つけてから床に倒れて気絶したフリをする。と、そこで折良く、松橋さんが部屋を訪ねてくる……。色々と、おかしくありませんか？」

「確かに、言われてみると妙な点が多いです」松本さんが頷《うなず》いた。「松橋先輩が来るのが、こう、なんていうのか、タイミングが良すぎます」

「そうなんだ。僕も、まずそこが引っかかってた」僕は彼女に頷いて、先輩たちに説明するため、口調を丁寧なものに変える。「松橋さんは、秋山さんが準備室に入ってすぐに彼女を追いかけているんです。狂言の準備をしている秋山さんとはちあわせてしまう可能性の方がずっと高い。室内に入って一瞬で標本箱をひっくり返し、自分の腕を傷つけて倒れたふりをする。そんな早業が秋山さんにできたとは考えられません。それに、躊躇いませんか？　カッターで、自分の腕を傷つけるんですよ？」

「そんなの」七里先輩が言う。「さっさとすませたかったんでしょう。たまたまタイミングが良かっただけなんじゃないの。その松橋って人が準備室に入ったのも、みんなが思っているより時間がかかっていたんじゃない？」

「だとしても妙ですよ。心理的に考えづらい。だって、錆びついたカッターですよ？　狂言とはいえ、そんなものを使って自分の腕を切るでしょうか？　僕なら、なるべく新しいカッターを使います」

「なるほどなぁ」高梨君が唸《うな》る。「確かに妙やで。古くさいもん使うて破傷風にでもなったら、ただの傷ですまなくなってまう」

「それを狙ったんじゃないの？」苛々《いらいら》としながら、七里先輩が言う。「狂言だって思われないようにとか。本当は誰か他のヤツの仕業に見せかけるつもりでやったのに、うっかり見られていることを忘れてて、密室なんてことになっちゃって、計画が破綻《はたん》したんじゃない？」

「だとしたら、ますますわかりません。秋山さんは、階段を上ってくる際に写真部の二人に気づいたはずです。それを、うっかり忘れているなんて考えにくい」

「そもそも、その松橋さんの来訪は、秋山さんにとって予想外だったんじゃないです？」深沢先輩が言った。「たとえば、狂言の準備をしている途中で、松橋さんが自分を追って準備室に向かってくることに気づいたんです。足音や気配なんかで。それで慌てた彼女は、倒れて気絶したフリをした」

僕は努めて冷静に、組み立てた理論を話す。

まずは、秋山風花の狂言説を論理的に否定していくためだ。

「その点にも、反論ができます。ですけれど、その前に深沢先輩が仰《おっしゃ》った、松橋さんの来訪が秋山さんにとっては想定外だったはずだという事実に、注意を向けてみてください。まず、秋山さんは室内に入るなり、素早く準備をして自分の腕を切った、とします。さて、松橋さんが来ることは、秋山さんには予測できていません。もしここで、松橋さんが訪れていなかった場合、どうなっていたでしょう？」

論理が息切れしないよう、細心の注意で、言葉に説得力を持たせていく。

「あ、なるほど！」松本さんが声を上げた。「確かに、おかしいです。血を流しているのなら、悲鳴を上げるなりして誰かの助けを呼ぶはずです。そうですよね？　松橋先輩が来ることが想定外なら、声を上げて助けを呼んだりしないと、誰かに見つけてもらうまでずっと血を流したままです！」

「うん。準備室はその日、使われる予定のない場所だったんだ。狂言なら、錆びついたカッターで自分の腕を傷つけ、誰かが自分を見つけてくれるまで延々と待つだなんて、考えにくい。自分の腕を傷つけたのなら、すぐに悲鳴を上げて助けを呼ぶべきなんだ。このことから、先ほどの深沢先輩の、準備の途中で人の来る足音や気配に気づいたため、気絶したフリをした、という可能性は除外できます。なぜなら、彼女は既に自分の腕を傷つけていたためです。準備の途中だとは考えられない。腕に傷をつけるなら、なにもかも準備を終えた最後にするはずなんです」

「なら、傷をつけたあと、悲鳴を上げようとした瞬間に、足音に気づいたんじゃないです？」

「ですから、そもそもそれがありえないんです。部屋に入ってそんなすぐに悲鳴を上げたら、秋山さんは写真部の二人が近くにいることに気づいているわけですから、それこそ誰にも犯行が不可能なことになってしまいます。秋山さんが不可能犯罪を演出したいなどと考えていない限り、それはおかしいんです」

「けど……！」七里先輩が唸るように言う。「実際に、怪談話みたいな証言をしてたわけなんでしょう？　だったらそれで決まり！　秋山は怪談を作りたかった。だから、わけのわからない密室みたいな状況を、狂言でわざと作り上げた！」

「つまり、秋山さんの本来の目的は、怪談に見立てた不可能状況を演出することだった。秋山さんの想定していた計画では、準備室に入ってすぐ自分の腕を傷つけて悲鳴を上げ、廊下にいた二人に助けを求めるはずだった。人の出入りがなかったことはその二人が証明してくれるので、不可能状況を作り上げることができる……」

「そうよ。なにかおかしい？」

「おかしいです。秋山さんは、その写真部の二人が廊下を見張り続けてくれているということを、どうやって事前に知ることができたんですか？」

「あ……、そうか」松本さんが声を上げる。「三ノ輪部長の話では、あのとき二人が作業をしていたのは、たまたまなんですよね。本来は別の作業をするつもりだったと仰っていました」

「そう。二人が廊下にいたのは偶然なので、秋山さんは事前にその計画を立てることができません。突発的な計画なのだとしても、二人が廊下で作業を続けているということをどこかで知っている必要があります。あるいは秋山さんが意味もなくたまたま準備室を訪れたとき、たまたま二人が廊下にいることに気づき、たまたま不可能犯罪を演出する計画を思いついて、それを実行したのでしょうか？」

七里先輩も、深沢先輩も、不服そうに唇を噛みしめながらも、黙り込んだ。

「これらのことから、僕は狂言の可能性はありえないと考えました。秋山さんは誰かに襲われた。そして、その誰かを庇《かば》うために嘘をついている。そこまでは論証できる。では、その誰かというのは何者なのか――。しかし、だとすると、写真部の二人の視線をかいくぐって準備室を出入りし、その何者かが秋山さんを傷つける方法など、現実的に考えてありえるのでしょうか？」

ありえない。

誰も彼もがそう考えていることを証明するように、場は沈黙した。

「そう、ありえないです。そこで、僕はいったん考えを切り替えて、別の情報に注目することにしました」

言葉をいったん句切り、深く息を漏らす。べつに名探偵を気取って間を取ろうとしたわけではない。普段、あまり喋《しゃべ》らない人間が一気に喋っているのである。ひどく喉《のど》が渇く上に緊張で汗も滴っていた。僕はハンカチを取り出し、汗を拭《ぬぐ》う。

「柴山」小西さんが駆け寄ってきて、脇に抱えたスクールバッグから、スポーツドリンクのペットボトルを取り出した。「大丈夫？　これ飲みなよ」

「え、わ、ありがとう」

なんだこのシチュエーションは。部活の試合で奮闘中に飲み物を差し出してくれる優しいマネージャーさんか？　キャップを開けて、ごくごくと喉を潤す。冷えてはいなかったが、生き返った。あれ、これって、飲みかけだったのかな……。だ、誰の……？

その事実に気づいたときには、既にそれを一気に飲み干してしまっていた。小西さんは空っぽのそれを受け取り、先ほどの位置にそそくさと戻った。

「それで？」

いやみったらしく、七里先輩が催促してくる。

「え、えーと……」

僕は頭を切り替えるため、おほんと咳払《せきばら》いをする。

「当時の新聞部の人が、この事件に興味を持って、問題の時間帯の前後、特別棟にいた生徒たちに聞き込みを行っています。特別棟を出入りした人間の目撃証言など、有益そうな証言は四つありました。一つ目、四時半から五時の間に、背の高い可愛い女の子が特別棟から出てきたという証言。二つ目、四時半ごろ、演劇部の田中翔先輩を廊下で見たという証言。三つ目、四時二十分から五時までのどこかで、女子の言い争う声が聞こえたという証言。四つ目、五時過ぎに特別棟から出てくる深沢先輩を見たという証言――」

最後に出てきた名前に、全員が深沢先輩の方に視線を向ける。

「なんです？」彼女は首を傾げて、微笑んだまま眉根を寄せる。「わたしは、その年の文化祭実行委員でした。特別棟に出入りすることが、そんなにおかしいことですか？」

「だいたい、なんなのよ。さっきから、五時ごろとか、四時半とか、全部、時間が曖昧でテキトーじゃないの」

「はい」七里先輩の指摘に、僕は素直に頷いた。「誰も細かく時計を気にしていなかったので、時間は曖昧です。ですが、三つ目の言い争う声が聞こえたという証言に関しては、もう少し時間を絞ることができました。このとき、声を耳にしたのは屋上で作業をしていた生徒で、実際には言い争う声というよりは、一人の女子の一方的な怒鳴り声だったようです。彼女が作業を始めたのが四時二十分、屋上から去ったあと、時計を確認したのが五時です。その間、作業の途中、携帯電話で撮影した写真が残っていたので、記録されている時刻を確認させてもらったところ、その写真が撮られたのは四時四十四分だとわかりました。声が聞こえたのはその写真が撮られる前ということですから、実際には四時二十分から、四時四十四分の間です。これはもう少し絞れます。松橋さんたちが廊下で作業をしていた時間は二十分ほどでした。そんな声がしたのなら、彼女たちにも聞こえるはず。ですが、実際には耳にしていないので、声がしたのは彼女たちが廊下で作業を始める前でしょう。事件発覚の五時から二十分を差し引き、四時二十分から四時四十分の二十分間ということになります。つまり、怒鳴り声がしたのは、四時半前後です」

「せやかて柴山よ」高梨君が、首を傾げながら言う。「それが、事件とどう関係あるん？　秋山先輩が準備室に入ったのは、五時ごろなんやろ。三十分も前のことやん」

「うん。時間に注目すると、ぜんぜん関係ないように思えるよね。でも、時間を気にしなければ、これ以上ないくらい関係性は強い。だってさ、同じ場所で怒鳴り声がして、カッターで傷つけられた人がいるんだよ。時間さえ離れていなければ、その二つは一つの事件としか思えない」

「つまり、あれか、秋山先輩がカッターで切られたんは四時半前後のことやったということか？」

「そう。ひとまず、僕はそう考えた。秋山先輩は四時半ごろ、準備室で誰かと口論になって、カッターで傷を負った。その時点なら、廊下に写真部の二人はいないから、秋山さんも犯人も準備室を出入りすることができる。そのころ廊下にいたという田中先輩の言質はとれていないけれど、演劇部の人に姿を見られて慌ててその場を離れたというから、ずっと廊下にいたわけじゃないと思う」

「でも、ゆうくん、ちょっと待って下さい。松橋先輩も三ノ輪部長も、五時に階段を上がってくる秋山さんを見ているんですよ。つまり、秋山さんは傷を負ったあと、いったん準備室を出て階段を下り、しばらくしてまた戻ってきたということですか？」

「僕も、いったんそう考えてみたんだ」松本さんの言葉に一度頷き、それから僕はかぶりを振った。「でも、そんなことをする理由が思いつかない。犯人をかばっての行動なのだとしたら、いきなり後ろから切られて相手の姿を見ていないとか、そういうことを言えばいい。これは、どう考えても理屈に合わない行動だよ」

「それなら、どういうことなんだ？」

難しい顔で考え込んでいた野村先輩が言う。

「素直に考えることにしました。秋山さんは四時半ごろに誰かと口論になり、カッターで傷つけられて、そして転倒するなりして気絶してしまった。犯人は慌ててその場から逃げ去る。そして五時ごろに松橋先輩が準備室を訪れるまで、秋山さんはずっと昏倒したままだった。素直に、ありのままそう考えることにしたんです」

「待ってくれ、それじゃ、すみれさんたちが準備室に入る秋山さんを見たって話は、どうなるんだ？」

「そこが、この事件のもっとも不可解な点です。要するに、その証言だけがこの事件を密室事件たらしめている。その証言さえなければ、この事件は不可思議でもなんでもないんです」

「え、待ってよ」小西さんがきょとんとする。「それって、部長も見てたんでしょ？　部長が嘘ついているってこと？」

みんなの視線が、一斉に三ノ輪部長へ注がれた。

しかし、当の三ノ輪部長本人は、困惑した様子で目を瞬《しばたた》かせていた。

「えーと、あたし、べつに嘘なんてついてないけど……」

「はい。二人そろって同じ嘘をつくというのは考えにくいです。松橋さんが秋山さんを見つけたあと、大声で三ノ輪さんを呼んでいますが、そのときに教室で作業をしていた同じ写真部の人たちも三ノ輪さんと一緒に準備室へ向かっています。二人で口裏を合わせる時間はないですし、集まった全員が嘘をついたとも考えにくいです」

「つまり、どういうこっちゃ？」

高梨君が首を傾げた。

「三ノ輪さんは、僕たちに当時のことを語ってくれました。過去に何度も同じ話をしたということで、それはかなり詳細な内容です。今は手元にないんですが、そのときに聞いたお話を、松本さんがノートに纏《まと》めて記録してくれています。僕はそのときに三ノ輪部長が話した内容を吟味し、興味深い点に気づきました」

僕は携帯電話を取り出し、松本さんのノートから該当する箇所を収めた写真を呼び出す。

「三ノ輪さんは、誰かが階段を上ってくることに気づいた。そのときは、誰が来たのかは気にしていなかった。次に松橋さんが作業の手を止めて言います。『あの子、なにしに来たんだろう』。そして、三ノ輪さんは松橋さんの視線を追いかけて秋山さんの背中を見る。知り合いですか、と三ノ輪さんが訊《たず》ねると、松橋さんは『ちょっとね』と返す……」

「あ、なるほど」松本さんが目をぐるりと動かす。「自分でノートをとったのに、そのときはまったく気にしてませんでした」

「うん？　なんの話や？　おかしいとこあったかいな？」

「おかしいというより、興味深い点、と言った方がいいかな」僕はどう説明したものかと眉根を寄せた。「第一に、三ノ輪さんは誰かが階段を上がってくることに気づいても、その人物が誰なのか、すぐには気にしていなかったという点です。松橋さんが作業の手を止めて視線を向けていたから、ようやくそちらに目を向けた。そしてそのときには、三ノ輪さんは『秋山さんの背中が見えた』と話したんです。となると、もしかしたら三ノ輪さんは、秋山さんの顔を見ていなかったのではないでしょうか？」

またもや全員の視線が、三ノ輪部長に注がれる。彼女はきょとんとした表情をしていたが、自分が追及されているのだと気づいて、うーんと唸りながら首を傾げた。

「そう言われると……。そうだった気もしなくもないような」

「なによ、随分と曖昧な話じゃない」七里先輩が鼻を鳴らす。「なんの関係があるわけ？」

「では、もう一点。松橋さんは、三ノ輪さんに『知り合いですか』と問われて、『ちょっとね』と返しました。僕はこのやり取りから、二つの事実が見えてくると考えます。一つは、その返答がどうにも奇妙であることです。松橋さんと秋山さんは、野村先輩の話によれば、仲の良い友人関係だったはずです。となれば、ここは『同じクラスだよ』とか『友達なんだ』という返事が来るべきで、『ちょっとね』という返事はおかしくないでしょうか？」

僕の言葉に、全員が息を呑《の》んだように沈黙した。僕は畳みかけるように続ける。

「もう一つ、見えてくる事実があります。それは三ノ輪さんの、『知り合いですか』という質問です。僕はこの言葉を使うシチュエーションというのを考えてみました。まず思いつくのは、自分の友人が、見ず知らずの人と話していて、その人が去ったあとに問いかけるといった状況です。さっき話していた人は知り合いなんですか、という言葉通りの質問の裏側に、さっきの人はいったいどこの誰なんですか、という意味が含まれていると思います。つまり、三ノ輪さんはその時点まで、秋山風花さんという人のことを知らなかったのではないでしょうか？　三ノ輪さんは彼女の顔を見ておらず、背中を見たものの、それが誰なのか心当たりがない状態だった。だから、知り合いなのか、あれは誰なのか、という質問をしたんです。秋山さんのことを知っていて、顔を見ていたのだとしたら、こんなふうに問いかけるはずです。『秋山さんと知り合いなんですか？』『秋山さんのこと知っているんですか？』」

僕は三ノ輪部長に視線を向ける。三ノ輪部長は、やはりきょとんとしていた。

「どうですか？　あの事件が起こるその前から、三ノ輪さんは秋山さんのことを知っていましたか？」

「いや、ええーと……。まぁ、一年と二年で接点も特になかったから、うん。会ったことも話したこともなかったはず」

自分の推理が正しくて、ほっとした。ここで、いや、前から超仲良かったよ？　とか言われたら、僕の推理は崩壊してしまう。

「つまり、ここで明らかになる事実は、廊下を歩いて準備室に入った人物を見て、それが秋山さんだったと三ノ輪さんに断定できたはずがない、ということなんです」

「え、待って」三ノ輪さんは額に手を置きながら呻《うめ》いた。「あれが、秋山さんじゃなかったってこと？」

「でもでも、松橋さんも一緒に見てるわけですよね？」松本さんが言う。「彼女が嘘をついていたってことですか？」

「もう、そうとしか考えられないんだ。秋山さんは四時半の時点で準備室の中で気絶していた。三ノ輪さんには、廊下を歩いて準備室に入っていく人物が秋山さんだと断定できるはずがない。また、松橋さんの『ちょっとね』という言葉は、廊下を歩く人物が秋山さんではなく、松橋さんとはそれほど親しい人物ではないことを示唆している。それなら、階段を上がって準備室に入っていく人物は、秋山さんではありえない。これは、松橋さんが嘘をついていると考えるべきなんだ。では、新たに浮上した問題として、二人が見た人物は誰だったのか」

「待ってぇな、柴山」高梨君が掌《てのひら》を突き出して言った。「そいつが誰なんかって問題の他に、もう一つ重大な問題があるで。その人物Xはどこに消えたんや？」

「そうよ」七里先輩が続く。「そいつが準備室に入ったのは、そこの三ノ輪だって見てるわけでしょ？　だったら、そいつはどこへ消えたわけ？」

「では、逆に聞きます。三ノ輪さんたちは、どうして人物Xが準備室に入ったのだと確信できたのでしょう？」

「えっ……？」

「この事件を紐解《ひもと》く鍵は、二つの錯覚にあります。人間の記憶と認知能力は、とても曖昧なんです。物事の前後関係の繋がりが連続しておらず、断続的であったとしても、人間はその欠けている合間の事実を勝手に補完してしまうんです。……という話を、まぁ、前にテレビのマジック特番で見たことがあるんですけれど」

「なに、どういうこと？」

小西さんが首を傾げている。

「想像してみて。というか、廊下に出て、実際に見てきてもいいんだけれど」僕は小西さんに頷きながら続ける。「廊下はまっすぐに延びています。階段のある地点と、準備室のある地点は、それなりに距離が離れている。一人の人間が、廊下のずっと奥、ある教室の前の戸口に立っているところをイメージしてください。教室の名前を示すプレートの文字は見えづらく、並んでいる戸口はどれも変化のない同じもの。自分が廊下のずっと手前にいれば、廊下の奥に立っている人間がどの教室の戸口の前にいるのかなんて、普通はわかりません。奥の方だから2Aの教室かな、とは考えても、その教室の手前の戸口か奥の戸口か、という正確なところまではわからないはず。そんな状況で、どうして三ノ輪さんたちは、人物Xが準備室に入ったのだと考えてしまったのでしょう？　ほんのすぐ隣には美術室の扉があるんですよ？」

「確かに、廊下の景色って基本的に同じですよね」松本さんが思案するように言う。「壁にある掲示物とかで判別できるかもしれないですけれど、自分が離れていたら、壁に貼られているものなんて見えないですし……」

「階段とかトイレとか」小西さんが続く。「そういう目印になるものがある教室はわかりやすいかもだけれど」

「言われてみると、どうして、準備室に入ったって思ったんだろう？」

見たはずの当人が首を傾げてしまっている。

「一つの推測ですが、その答えは影なんじゃないかと、僕は考えました」

「影――？」

「初めて準備室の前に訪れたとき、なんだか不気味な場所だな、と感じました。単に曰《いわ》く付きの怪談の舞台だからではなく、準備室の前は明確に廊下の他の部分と雰囲気が違うんです。その正体は、影でした。準備室の扉の前は、他と比べて異様に暗いんです。それは、すぐ近くに建っている新体育館の影響でしょう。体育館の端が、この場所だけ西日を遮っているんです。そのため夕刻になると、廊下の他の場所は西日が射し込んで黄金色に染まるのに、準備室の前だけは暗い影が落ちてしまう。たぶん、三ノ輪さんたちはこの現象を無意識のうちに認識して、目印にしていたのではないでしょうか」

「待って。準備室の前が暗いってのはわかるよ。あたしも、体育館のせいだなって思ったことあったし、うん、廊下が暗いから、入ったのが準備室かなって考えたのかもしれない。でも、えーと、秋山さん——じゃなくて、その人物Xって人は、えーと、でも、準備室に入らなかったんだよね？　暗い場所の扉に入ったのに、でも、そこは準備室じゃなかった？」

「はい。恐らく、人物Xが入ったのは、すぐ隣の第一美術室なんです。そのときだけ、ある事情によって、たまたま影が落ちる廊下の範囲が拡大しており、隣の美術室まで暗くなっていた。そのため、三ノ輪さんは人物Xが準備室に入ったのだと錯覚したんです」

「ある事情って、なんやの？　太陽の高さで影が落ちる向きが変わるってのならわかるで。でも、影の範囲まで大きく極端に変わるなんてこと、ありえるんか？」

「ありえるんだ。そのときは文化祭の準備期間中で、ちょうど屋上では、その作業が行われていた……。そう、垂れ幕です」

僕は全員の顔色を覗《うかが》う。推理を話しながら、僕は得意になっているのではなく、はたして納得してもらえるかどうか、矛盾は存在しないだろうかと、内心怯えながら話し続けていた。

「そのとき、垂れ幕を配置する作業が行われていました。女の子の怒鳴り声を耳にしたというのは、屋上でその作業をしていた実行委員の人です。垂れ幕が下ろされることによって窓は塞がってしまい、準備室だけではなく、第一美術室の前まで普段より暗くなってしまった。そのため、三ノ輪さんは人物Xが準備室に入ったのだと錯覚したんです」

「そっか……。そういえば、そうだったかも」三ノ輪さんは目を瞬かせた。「作業中に、何回か垂れ幕が下りてきてて、うちの展示の前にも下りてきたらいやだなぁって思ってたから」

「待ってよ」七里先輩が鋭く言う。「そんなの、ただの偶然でしょ――、三ノ輪を納得させようとして、話をすり込んでるだけじゃないの？」

「さっき、二つの錯覚と言いましたが、もう一点、屋上で作業をしていた人に話を聞いて、錯覚を強めたであろう要素を確認することができました」

僕は七里先輩を無視して、話を続ける。

「写真を見せてもらって知ったんですが、文化祭実行委員はポロシャツを作っていました。文化祭の開催中だけではなく、準備期間中でも作業着代わりに着替えていた生徒がいたそうです。そして秋山風花さんも、また文化祭実行委員でした。そこで、僕はこの可能性を考えてみました。三ノ輪さんが秋山さんだと錯覚した人物Xは、そのポロシャツを着ていたのではないでしょうか？」

「あ……」

考えた通りだった。部長さんはそれを思い出したようで、目を見開いた。

「さぁ、三ノ輪さんの視点からこう考えてみましょう。廊下で作業をしていたところ、階段を女子生徒が上がってくる。文化祭実行委員のポロシャツを着た女子生徒です。松橋さんがその子を気にしていて、知り合いなのかと訊ねてみる。松橋さんはその女子生徒を追いかけて、準備室に入る。すぐに三ノ輪さんを呼ぶ声がして、三ノ輪さんは準備室の方へ向かう。扉は開いていて、その中にさっき見たのとまったく同じポロシャツを着た女子生徒が倒れている――。美術室に入ったのを準備室と錯覚しても、廊下を歩いていた生徒と室内で倒れていた生徒が同一人物なのだと錯覚しても、まったくおかしいところはありません。さっき見たのと同じ恰好の人間が、その人物を追いかけた人と一緒に、入ったと思った部屋の中で倒れているんです。自分の認識を疑う余地なんて、どこにもありませんよ」

そう言い切って、間を置いた。

七里先輩も、深沢先輩も、無言だった。七里先輩は挑むように僕を見つめ、小さく唇を嚙んでいる。深沢先輩の表情からは、あの不気味な笑顔が消えて、ただ無表情に僕を見ていた。

「先輩。そろそろ、結論を話してくれませんか」

そう言ったのは、大人しく話を聞いてくれていた春日さんだった。

「あのとき、風花さんの身になにが起こったのか、人物Xとは何者だったのか。先輩はどのように推理したんです？」

「わかった。話すよ。二年前のあのとき、秋山風花さんは、犯人となんらかの話し合いをするために、準備室で待ち合わせをすることにしたんだと思う」

「話し合い？」

「その点に関しては、後回しにさせて。もしかしたら、犯人から二人きりで話したいと持ちかけたのかもしれない。それで、秋山さんが場所を指定した。秋山さんは準備室の鍵が倉庫Bだってことを知っていたし、その場所なら誰にも邪魔されたり、盗み聞きされないだろうと踏んでいた。一対一の話し合いだ。ところが、犯人はそう考えなかった。犯人からすれば、秋山さんは先輩で、目上の存在だ。一人きりでは不安があったのだと思う。そこで友人に頼んで、側で見守ってもらうことにした」

僕は言葉を句切り、皆の表情を覗った。語りかける相手を、切り替える。

「その友人こそが、人物Xです。さて、Xはこう考えました。準備室ということは、内扉で美術室に通じているということ。Xは話し合いが行われる間、美術室に隠れ潜んで秋山さんと犯人、二人の会話を見守ることにした。犯人にとって不利な展開になったとき、加勢するためです。美術室の鍵は、普通に職員室で借りたのだと思います。ところが、実際には計画通りにいかなかった。Xは文化祭実行委員で、急遽《きゅうきょ》、手間のかかる仕事を先生に押しつけられてしまった。話し合いが行われるのは四時半です。その時間までに美術室へ向かわなくてはならないのに、なかなか仕事を抜けられない。そうしている間に、準備室では秋山さんと犯人が口論となってしまう。どちらかが身の危険を感じるなりして、その場にあったカッターで抵抗した。このときの声を、屋上の実行委員が耳にしたのでしょう。もみ合いになり、カッターが秋山さんのことを傷つける。秋山さんは転倒して、気絶する。犯人は思いも寄らぬ事態に恐怖して、その場から逃げ去った。その暫くあとで、松橋さんと三ノ輪さんが出てきて、廊下は衆人環視の密室状態になる。そしてようやく仕事から解放されたXが、そこへやってくる。写真部の二人がXを目撃したのは、そのときです。Xはそんな事態になっているとは知らずに、鍵を使って美術室に入る。松橋さんは、犯人にとってのX同様に秋山さんに相談され、準備室で秘密の会話が行われることを知っていたのでしょう。それ故に、不審に思ってXを追いかけた。すぐに松橋さんが追いかけてきたので、足音に気づいたXは美術室内で息を潜めたはずです。松橋さんは準備室の扉が開いていることに気づく。そして中で秋山さんが倒れているのを発見します。彼女は慌てて三ノ輪さんを呼んで、自分は先生を呼ぶために職員室へ向かった。その間、Xはずっと聞き耳を立てて、美術室に隠れ潜んでいました。どういう事態にあるのか察知したのでしょう。自分が出て行けば疑われるということも理解して、その場に隠れ続けた……」

僕の視線を追いかけたのかもしれない。あるいは、言外に含んだ示唆から、そうと感じ取ったのだろう。この場にいるほとんどの人間は、その二人に視線を向けていた。

深沢先輩は、小さく唇を噛んでいた。

七里先輩は、僕から顔を背けている。

「これまでの情報と、秋山さんとの人間関係を加味すると、僕の結論はこうです。すなわち、犯人とは七里観月先輩で、人物Xは深沢雪枝先輩です。七里先輩と深沢先輩は一年生のころから親しく、深沢先輩は七里先輩の傍らにいつも付き従っていると周囲に評されるくらいです。そして深沢先輩は当時の文化祭実行委員であり、四時半の時点で委員の仕事を押しつけられ、仕事の最中、そわそわと時計を気にしていたという証言もありました。また、四時半ごろに廊下で目撃されたという田中先輩は、当時から七里先輩のストーカーだったという噂があります。挙動不審気味でやましいことをしているような様子だったという彼は、七里先輩を追いかけてその場にいたのではないでしょうか？　秋山さんと七里先輩の間には、ある男性への恋愛関係を巡る対立がありました。話し合いはその件に関してだったのだと想像できます」

まくし立てるように、それこそ早口言葉にも近いような勢いで根拠を並べた。他人を追及する行為には慣れていない。僅かにでも反論の隙を与えてしまったら、僕は狼狽《うろた》えることしかできないだろう。

訪れた沈黙の中で、疑問を発したのは高梨君だった。

「せやけど……、松橋先輩も、秋山先輩も、なんで嘘をついたん？」

「たぶん、だけれど……。秋山さんは罪悪感を覚えたんじゃないかな。きっと、カッターで襲い掛かったのは、秋山さんが先だったんだ。それで、結果的には自分が傷を負ったけれど、相手を追及する気になれなかった。そして松橋さんは、秋山さんのその考えを汲《く》み取った。もしかすると文化祭を護ろうとしたのかもしれない。その年は転校する松橋さんにとっては最後の文化祭だったし、傷害事件になってしまったら、文化祭自体が中止になりかねない。三ノ輪部長が勘違いしていることに気づいて、自分が偽の証言をすれば、先生たちが事件として取り沙《ざ》汰《た》することはなくなるだろうと考えたんだ」

そう推理を述べていく中で、胸中に燻《くすぶ》るのは罪悪感だった。

二年前の真実を追求する。どんなに綺麗事《きれいごと》を並べても、お前が犯人なのだと名指しする行為は、僕には酷《ひど》く荷が重いものだった。他のなにかのために、他人の罪を暴き出そうだなんて、いったい僕は何様のつもりだというのだろう。

気まずい沈黙の只中《ただなか》で、くすり、と笑う声がする。

深沢先輩だった。彼女は僕を見て、いつもの柔和な笑みを浮かべながら言った。

「でも、それって証拠はまるでないですよね？　柴山祐希くんの、ただの想像です」

「そうよ、証拠なんてなにもないじゃない！」七里先輩が、僕を睨みつけてくる。「なんなの？　自分の変態行為がバレたからって、今度はあたしたちにそんな言いがかりをつけてくるわけ？　真犯人を見つけるって言い出すから待ってあげたっていうのに、いったい何様のつもりなの？　だいたいこんなの、今回の事件とぜんぜん関係がないじゃない！」

「それは……」

ただの想像。証拠はまるでない。

あるのは状況証拠ばかりで、物的証拠はなに一つない。僕の落としたストラップに比べれば、こんな論理など取るに足らないものだろう。それでも、これが真相なのだと僕は確信している。七里先輩たちの表情からも、それは明らかだった。ここにいるみんなも、この推理を信じてくれただろう。けれど、僕がこの勝負で満たさなくてはならない勝利条件は、そんなことではない。

今の僕が満たすべき唯一の勝利条件は、この二人に、この場を退いてもらうことだった。現代密室の謎が解けない以上、僕ができるのはそれだけだ。すなわち、過去の事件の真相を明らかにし、僕への追及をやめさせるということ。僕に罪を着せようとするならば、あなたたちが僕のことをそうしようとするように、この真相を学校中に公開するのだと——、言外に匂わせて、そう脅迫する。それでも、それは彼女たちが自分で罪を認めなくては意味のないことなのだ。勝手にすれば？　証拠なんてなにもないでしょ？　あんたの言うことなんて誰が信じてくれるのかしら？　そう返されてしまえば、終わりなのだった。

「確かに、証拠はなにもありません。ですが……」

「なによ。どうしたわけ？　なんとか言いなさいよ」

「七里、もういいだろう」

そう庇ってくれたのは、野村先輩だった。

「確かに、証拠はない。だから、僕たちも、柴山君も、もう君を追及したりなんてしない。とっくに過ぎたことだろ。けれど、それは今回の事件だって同じじゃないか？　明確な証拠がない以上、柴山君を犯人に仕立てようだなんてことは――」

「証拠ならあるよ。ストラップ！　直樹くん、わかんないの？　こいつ、絶対わざとストラップを落としたんだよ！　直樹くんの仕業に見せかけようとして！　直樹くんは、みんなから犯人扱いされて悔しくないの？　わたしは、直樹くんを護《まも》ろうとしてるんだよ？」

「いや、けれど……」

「だいたい、約束だったじゃん！　期限まで真犯人を見つけられなかったら、自白するって！　あんた、犯人、見つけられたわけ？　見つけられなかったんでしょ？」

七里先輩が、詰め寄ってくる。

僕は唇を噛んで、後退した。

笑顔のまま、深沢先輩が続く。

「観月ちゃんが猶予を与えてあげたのに、真犯人を見つけられなかったばかりでなく、二年前の事件を持ち出して、苦し紛れにわたしたちを名指しで犯人扱い、ですか……。ちょっと酷くないです？」

逆効果、だったのかもしれない。

僕の振るった刃《やいば》は、致命傷には至らなかった。だとすれば、無謀な攻撃を仕掛けた愚か者へと報復の一撃が与えられることは、当然の報いであるだろう。

深沢先輩の表情は読めないが、七里先輩は明らかに逆上していた。野村先輩の前で犯人として名指ししたことが、彼女のプライドを傷つけたのだ。

「犯人、わからないんだ？　じゃあ、時間切れだよね。自白、してくれるんでしょう？　へ、ん、た、い、くん？」

彼女はぎらぎらとした眼差しで僕を睨み付けてくる。僕は彼女から顔を背けるので精一杯だった。唇を嚙んで、なにか反撃の糸口はないか必死で考えた。

「ゆうくん、そんなことする必要、ありませんよ！」

松本さんの声がする。七里先輩はおかしそうに笑った。

「みんなさ、こんな変態くんの肩を持つことないんだよ？　こっちには決定的な証拠があるの。みんなして、こいつに騙されちゃってるんじゃない？」

「おい、ふざけんのもええかげんにせえよ。柴山はそんな奴とちゃうわ！」

高梨君が声を荒らげる。僕のために、怒ってくれているのだ。

「わかりました」深沢先輩が名案を思いついたように両手を合わせて言った。「柴山祐希君が犯人ではないのなら、こういうことですね？　SNSでこんな意見が出ているの、知っています？　犯人は最初に準備室の扉を開けた生徒に違いないそうですよ。柴山君じゃないなら、その人が犯人ということですよね？　その人、観月ちゃんに逆恨みしているそうですから」

そう来たか――。僕が自白しないのなら、松本さんを真犯人として追及することになる。深沢先輩は、そう言っているのだ。

「ねぇ、どうするの？　約束破るの？　それとも潔く自白する？　するなら、ちゃんと録音してあげるから。ほら」

七里先輩が、スマートフォンを僕に突き出してくる。

「ねぇ、こんなの、おかしいよ」

小西さんが不安でいっぱいになった声を震わせた。

もう、充分だ。

僕は俯《うつむ》き、小さく吐息を漏らす。

もう充分だった。みんなが僕のために声を上げてくれている。こんなふうに駆けつけてくれて、こんなふうに憤ってくれている。僕はもう、それだけで充分だった。今まで誰からも相手にされることなく、誰かのためになにかをすることもできずに、ただただ大切な人を救えなかった罪悪を抱え、死んだように無為に生きてきたのだ。もう充分だ。僕は及ばなかった。これは自業自得なのだ。僕みたいな人間が声を上げることで松本さんを救えるなら、もうそれでいいじゃないか。

「ゆうくん、ダメです。こんなの、正しいことじゃ……」

悲痛な声が、胸を締めつける。僕は瞼《まぶた》を閉ざした。

姉さん、見ていてほしい。

僕は誰かの力になれるから。

もし、もっと早く、僕にこんな勇気があったのなら。

姉さんは、僕を頼ってくれた？

「僕が――」

突き出されるスマートフォンのマイクを睨みつけ、言葉を吐き出す。みんなが声を荒らげている。それには構わずに、振り絞るようにして、続ける。

「七里観月さんの制服を――」

盗みました。

そう言い終えるか終えないかの瞬間だった。

唐突に、凄《すさ》まじい衝突音がした。乱雑な勢いで戸が開け放たれた音なのだと理解した。突拍子もなく開け放たれた戸へと、全員が驚いて視線を向けていた。

「残念だけれど、現代密室における謎は、既に解明されている」

僕はまばたきを繰り返していた。みんなも、その突然の闖入者《ちんにゅうしゃ》を見て、啞然《あぜん》としていただろう。けれど、この場にいる誰よりも驚愕《きょうがく》しているのは、きっと僕自身に違いない。

その闖入者は扉を開け放った姿勢のまま微かに首を傾けて、どこか億劫《おっくう》そうな、あるいは眠たげな眼差しで、室内に爛々《らんらん》と燃える漆黒の双眸《そうぼう》を向けている。病的なまでに、あるいは幽鬼的なまでに白い肌が、背に茜《あかね》色の陽を浴びて沈んでいた。溜息《ためいき》のように小さく息を漏らすと、片手で長い黒髪を払う。思わず、誰も彼もが息を止めて見つめてしまうほどに、それはこの世のものではない美しさを誇っていた。

白いブラウス。臙脂《えんじ》色《いろ》のネクタイ。短いプリーツ。しなやかな体軀《たいく》。

彼女は臆面《おくめん》もなく美術室に足を踏み入れると、悠々と室内を横断しながら、こう言った。

「では、そこで口を開けて呆けている飼い犬に代わって、わたしが真相を開示しましょう」

全員が啞然とする中、廃墟《はいきょ》の魔女による解明が、唐突に始まった。

第九章　廃墟の魔女による解明

「ゆ、幽霊……、ですか？」

黒板の前へと歩んでいく彼女の姿を見て、松本さんが怯《おび》えた声を漏らした。対して、学校に現れた廃墟《はいきょ》の魔女は、そう声を上げる松本さんを冷たい視線で一瞥《いちべつ》するだけ。そういえば、松本さんは、少し前にマツリカさんの写真を見て、それが既に亡くなった松本梨香子《りかこ》という女子生徒なのだと、そう誤解したままなのだった。

「あ、あんた、なんで——」

七里先輩が思い出したように声を上げるが、これもマツリカさんの冷厳な視線で沈黙してしまう。あの眼差《まなざ》しには、睨《にら》み付けた者を石に変じさせる魔力が宿っているのかもしれない。そう錯覚できるほどに、それはぞくりとする冷たい眼だった。

「まずは、おまえたちが現代密室と呼称するこの不可解に関して、前提条件の整理を行う。異論は認めないわ。万が一、愚かにも口を挟みたいなどと考える場合は、挙手をなさい」

マツリカさんは黒板の前に佇《たたず》むと、そう告げて僕らを睨みつけた。雰囲気に呑《の》まれて、僕らは唖然《あぜん》とし続けることしかできない。

「結構」彼女は満足げに頷《うなず》く。それから横顔を向けて、静かに歩き出した。「さて、舞台となった第一美術準備室は、推理小説的な表現をするならば、一種の密室状況だったという。扉と窓には錠が施され、内扉は戸棚に塞《ふさ》がれており、人間が通ることはできない。鍵《かぎ》は職員室に預けられていたけれど、試験準備期間という特殊な環境の影響下で、記録に残さず持ち出すことは不可能であり、また持ち出した人間も記録に残っていない」

普段よりは、どこかしら毅《き》然《ぜん》とした口調だった。彼女は緩やかな歩調で、さながら講師のように黒板の前を往復していた。片手が、手慰みのように自身の長い髪を梳《す》いている。視線は、誰に向けられるわけでもなく、思慮深い哲学者のように虚空を見定めていた。

「室内には、制服を着せられていたトルソーが倒れていた。この制服というのは、すなわち、ブラウス、ネクタイ、ニットベスト、プリーツスカートで、衣類の特徴的なほつれ具合や擦れ具合、ブラウスのポケットに自転車の鍵が入っていたこと、なによりタグの名前などを当人が念入りに確認したことから、盗まれた七里観月の制服に間違いないと断定された。また、過去の事件をなぞるように、傍らにはカッターが、周囲には蝶《ちょう》の標本が散らばっていた」

散らばっていた、という箇所で、彼女は両手の五指の指先を合わせると、ぱっと花が咲くように手を開いてみせる。なんということもない仕草ではあるが、この人がすると奇妙に絵になった。小西さんが感じるような、写真を撮りたい一瞬というのは、このことを言うのかもしれない。マツリカさんは悠々と続ける。

「事件が発覚したのは、犯人からの手紙を受け取り、野村直樹が指示されるまま、準備室の窓を見上げて、普段は閉ざされているはずのカーテンが開いていることに気づいたため。前日までカーテンは閉ざされていたはずであり、それは松本まりかが目視で確認している。カーテンを開けるためには、当然ながら室内に足を踏み入れるしかない。そして、これは後に判明したことでしょうけれど、糸の類《たぐい》を使って外からカーテンを開閉することも不可能であり、柴山祐希と春日麻衣子が当日の深夜零時ごろ、準備室の小さな明かりを確認したため、犯人はその時間帯に室内に侵入したのではないかと考えられる……」

普段の彼女とは違って、非常に丁寧な話し方だ。そもそも、謎を解く際に、この人はこんなふうに親切丁寧に解説をしてくれないのだ。

皆の様子を見ると、誰も彼もが呆《ほう》けたような表情で、彼女の説明を耳にしている。

「さて、これらの条件の下、室内へと出入りする方法が何通りか考えられたようね。わたしも、そこの阿呆《あほう》面の犬にこの話を聞かされたとき、六通りの手法を思いついた。即ち、一つ、窓から出入りし発見時に密《ひそ》かに施錠する手法。二つ、窓から出入りし糸の類を用いて外から施錠する手法。三つ、教職員の手によって鍵を用いる手法。四つ、窓から制服を着せたトルソーを放り込む手法。五つ、事前に鍵をすり替え扉を開ける際にまた入れ替える手法。六つ、極めて退屈ではあるけれど、合い鍵を作製するという簡潔で合理的な手法——。密室といえど、短時間にこれだけの解法が思いつくのだから、そのときは、その内の一つが正解であろうと踏んだわ」

やはり、マツリカさんはあの時点で、僕らが導き出した六通りの解に辿《たど》り着いていたらしい。

ああでもないこうでもないと毎日のように写真部に集まって首を捻《ひね》っていた時間はなんだったのだろうと少しだけ感じてしまう。

ともあれ、そこで僕は恐る恐る挙手をした。

「なに、犬」

マツリカさんが冷たい眼差しをこちらに向けてくる。

そこで、ようやく止まっていた時間が動き出したかのように、はっとみんなが息を呑んで、僕の方に視線を向けた。みんな、この人の妖艶《ようえん》な魔力がもたらす催眠術にでもかかってしまっていたふうだった。

「ええと……」というかみんなの前で犬呼ばわりはやめてほしい。「確かに、僕たちは六通り、答えを考えました。けれど、そのどれもが微妙に至らなかった。調査をしたり、実験をしたりした結果、すべて実行が困難だということがわかったんです。その内の一つが答えだとは、思えません」

「言ったでしょう」彼女は小さく息を漏らす。「そのときは、その六つの中に答えがあるのだと踏んでいた。わたしはその段階で思考を放棄していたけれど、どれも不正解ならば、新たに考えを巡らせるしかない」

「せやかて、他にどないな考えがあるって言うんです？」

高梨君が訊《き》いた。が、挙手をしていなかったせいか、マツリカさんはじろりと彼を睨みつけて返す。有無を言わせぬ眼力だった。彼は慌てて自分の手で自分の口を塞いでみせた。

「通常ならば水平思考を用いて、様々な発想を巡らせるのが常なのでしょうけれど、わたしはそこで、事件発覚時から存在するある事実に関して考えを深めることにした。話を聞かされた当初、わたしはその一点に奇妙な違和感を覚えていた。けれど、六つの解を思いついたために、それ以上その疑問を掘り下げることをやめてしまっていた。これはわたしの失点と言えるところね。ともあれ、わたしは事件を解決するための、その重要な糸口をたぐることにした」

「糸口って、なんなんです？」

僕は挙手をせずに質問をしてしまったことに気づいたが、幸いなことにマツリカさんの眼光に射貫かれることはなかった。彼女は小さく息を漏らして言う。

「合いの手としての発言は許可してあげる」

「ど、どうも……」

「さて、そのある事実とはなにか。事件解決の糸口となるのは、柴犬《しばいぬ》、おまえがいつも、じろじろと不躾《ぶしつけ》に眺めているものよ」

「え？」

そう言われて、きょとんとする。

なんだろう。不躾に眺めてるものって……。

太腿《ふともも》、とかですか？

「それは、自転車の鍵と、プリーツスカートにある」

ああ、惜しかった……。スカートの方か……。

って、そうではない。

事件解決の糸口が、プリーツスカートにある？

僕を含めて、この場にいるほぼ全員が、わけもわからずにきょとんとしていた。

＊

「トルソーが身につけていたブラウスの胸ポケットには、自転車の鍵が収められていた。わたしが違和感を覚えたある事実というのは、この一点に尽きる。わたしの無意識が、どうしても、それはおかしいのではないか、と訴えていた。わたしはこの事実に関して考えを深めて、その違和感の正体を突き止めた」

「おかしいって……。なにか変なところ、ありますか？」僕はそう言ったあと、慌てて挙手をした。マツリカさんはなにも言わない。「七里先輩は、部活の前に出かける際、自転車を使っています。胸ポケットに自転車の鍵が入っていても、不思議じゃないのでは？」

「は、ちょっと、なんで知ってるわけ？」

七里先輩に突っ込まれた。

「いや、ええーと、たまたま、見ていた、と言いますか……」

当然ながら、不審の目で睨みつけられてしまった。

「では、七里観月に質問をしましょう」マツリカさんが言う。「おまえは、自転車の鍵をブラウスの胸ポケットにしまうことがあるの？」

「はぁ？」意味がわからず、彼女は顔を顰《しか》めた。「そりゃ、あるんじゃないの。フッーは鞄《かばん》の中にしまうけれど、たまにポケットに入れっぱなしにしてることもあるし……、なにかおかしい？」

「では、あの日、自転車を駐《と》めた際に、おまえは自転車の鍵を胸ポケットにしまったのね？」

「そりゃ、そうなんじゃないの。いちいちそんなの憶《おぼ》えてないけど、胸ポケットに入っていたんだから」

「おまえ、それはおかしなことよ」

「はぁ？　なにがおかしいっていうのよ！　だいたいあんた——」

「みっともなく吠《ほ》えないで」マツリカさんは顔を顰める。「雌犬のようね」

当然ながら、そう言われて七里先輩が黙るはずがない。傍若無人な魔女に詰め寄ろうとする彼女を、慌てて遮る。

「と、とりあえず、あの人の話を聞いてみましょうよ」

「では、本当に自転車の鍵はブラウスの胸ポケットにしまわれたのか。わたしがそうしたのと同じように、思考実験を行いましょう」

思考実験？

「さて、柴犬、自転車の鍵を施錠した際に、その鍵をどこにしまうのがいちばん自然な動きなのか、眼を閉じて再現してみなさい」

「はぁ……」

僕は彼女の言う通り、眼を閉ざした。思考の中で、普段自転車の鍵を掛けるときの動きを再現する。腕は勝手に動いていた。

「あれ……。おかしくないですか。普通は胸ポケットより、ズボンのポケットに――」

鍵を掛けたあと、まっすぐに右手が向かった先はズボンの右ポケットだ。

「おまえ、阿呆でしょう」マツリカさんが呆《あき》れたような吐息を漏らす。「七里観月はズボンを穿《は》いていたわけではないのよ」

「あ、そうか」

「あ、ゆうくん、そうですよ！」黙っていた松本さんが声を上げる。「女の子のスカ、か、か、か、か、か、右ポケットはありません！」

そういえば、そんなことを村木さんに教えてもらったばかりだった。

「そうなると……」

右手で自転車の鍵を掛ける。スカートの左ポケットに鍵をしまうのには、いったん左手に鍵を渡さなくてはならない。それよりは――。

「胸ポケットに手を運んだとしても、自然な流れだと思います」

なにも不思議なことはないのではないだろうか？

僕はマツリカさんを見遣《みや》る。しかし廃墟の魔女は、やはり呆れたように僕を見ていた。

「右利きの人間の場合は、そうでしょうね」

「あ……」

サウスポーのテニスプレーヤー――。

草柳部長が評した言葉を思い出す。七里先輩は左利きだ。僕は彼女を見遣る。七里先輩は不思議そうな顔をしていた。

「七里先輩は、自転車の鍵を掛けるとき、左手で掛けますか？」

胡散臭《うさん》そうに僕を見た彼女は、しかし質問に答えてくれる気はあるらしい。普段の行動をトレースするように、左手を動かした。

「まぁ、特に手が塞がっていない限りは、そうだと思うけど」

「七里先輩が左手で自転車の鍵を掛けた場合は、胸ポケットに鍵を入れるのは少し難しいかもしれません。なぜならブラウスの胸ポケットは左についているからで、左手に持った鍵をそのまま左胸に運ぶより、スカートの左ポケットに入れる方が自然だから、です」

「本当にそうですか？」

春日さんが首を傾げて言う。彼女は自分でも鍵をしまう際の動作を再現するように、手を動かしながら言った。

「左利きの人でも、場合によっては、右手で鍵を掛ける場合だってあるのではないでしょうか？　その場合は胸ポケットに鍵をしまっても不思議はありませんよ。左手で鍵を掛けたのだとしても、たとえばスカートのポケットが塞がっていたら、胸ポケットに鍵をしまったのだとしても、おかしなことはなに一つないのでは？」

「え、いや、まぁ……」

僕はたじろいだ。確かに、一概にそうとは決められない。となれば、胸ポケットに鍵があったことなど、なに一つ不思議なことはないのではないだろうか？

マツリカさんを見ると、彼女はいつもの冷然とした表情のまま、小さく肩を竦《すく》めた。

「七里自身も、特に手が塞がっていない限りは左手を使う、と言ったわね。では、当時、彼女の所持品にどんなものがあったかを考えてみましょう。これは、松本まりかの記述したノートに答えが書かれている」

「え、わたしのですか？」

突然自分の名前が出てきて、松本さんは驚いたようだった。

「丁寧に、事細かくよく纏《まと》められていた。そこの犬の話を耳にするよりは、よほどわかりやすかったわ」

あれ、マツリカさんが誰かを褒めているのを、初めて耳にしたような……。

「ノートには、七里観月が所持品をロッカーの中でどのように保管していたかが纏められていた。彼女は自転車で学校に戻ってきたあと、すぐに着替えている。このとき、身につけていた私物は鞄にしまうことなく、鞄の上に置いていたようね。つまり、鞄の上に置かれていたと記載してあるものが、自転車で戻ったときに身につけていた所持品だということになる。すなわち、携帯電話、ネクタイ、財布、制汗スプレー。間違いはないかしら？」

「ええと……」問われて、七里先輩は顔を顰めた。「たぶん、そうだと思うけど。あ、制汗スプレーだけじゃなくて、粉末スポーツドリンクを一緒に買ったから、それも持ってた」

「それは、共に購入して、同じビニル袋に入れていたのね？」

「そうだけど」

「結構」マツリカさんは満足そうに頷く。「さて、所持品を加味すると、とても興味深いことが判明する。まず、購入した品目が入ったビニル袋は、自転車の前カゴに入れることができる。わざわざ手で持っておく必要がないから、どちらの手も塞がることはない。ネクタイは除外するとして、財布はどうなるかしら。一般的に、女子の財布というものは分厚くて、スカートのポケットにも胸ポケットにも入りづらい。もちろん、そうではない財布を所持している可能性も考えられるけれど、七里観月の性格を考えると、そういった財布を使用している可能性は低いと考えた。そもそも、短時間にちょっとした買い物をするだけなら、財布は手で持っていくだけで事足りる。その場合、財布は自転車の前カゴに収めることができる。どうかしら」

「まぁ……、そうだけど、それがなんなの？」

「あの」口をはさんだのは深沢先輩だった。「このお話、なんなんですか？　着地点がまるで見えないんですけれど……。事件とどう関係があるんです？」

「残る所持品は、携帯電話ね」しかし、廃墟の魔女はそれを無視して話を続ける。「ポケットが空いているのならば、精密機器をわざわざ振動の激しい自転車の前カゴに入れておく人間はいない。では、携帯電話は七里観月のポケットの、どこに収まっていたと考えられる？」

「そんなの」七里先輩は言い返そうとする。「ええと……。どっちだったかな。どっちも使うから、突然、そんなこと言われても……」

「では、論理的に考えていきましょう」マツリカさんは、春日さんの方を見遣る。「先ほど、おまえは左利きの人間でも右手で鍵を掛けることがありえると言ったわね。また、左手で鍵を掛けたのだとしても、胸ポケットに鍵をしまうことはありえるのではとも言った。それはわたしも同感よ。左手で鍵を掛けてから右手に鍵を渡し、それから胸ポケットに鍵をしまった可能性だって考えられる。けれども、わたしが言いたいのは、はたして鍵を胸ポケットにしまうことが、物理的に可能な状況だったのか——、ということ」

「物理的にって……」僕はマツリカさんの言いたいことを理解しようと試みる。「さっきの話だと、ポケットに入っている可能性があるのは、携帯電話だけですよね。たとえば、携帯電話が胸ポケットに入っていたら……。いや、でも、自転車の鍵くらい、入れられるかな？」

「というか」春日さんが言った。「携帯電話がスカートのポケットに入っていた可能性もあるわけですよね。それなら胸ポケットは空いているので、鍵を入れても不思議じゃありません。七里先輩がどちらのポケットを使ったか憶えていない以上、それを特定することはできませんよ」

「特定することはできない」マツリカさんは繰り返した。「わたしには、そうは思えない」

彼女は黒板の前を緩やかに歩きながら言った。

「まず、携帯電話が胸ポケットに収まっていたと仮定しましょう。このとき、自転車の鍵が胸ポケットに収まるという可能性はありえるかしら？」

「確かに、携帯電話を入れると、胸ポケットはきつくなりますが」春日さんが、自分のスマートフォンを取り出し、それをブラウスのポケットに入れながら言う。「自転車の鍵くらいは入るはずです」

「おまえには訊いていない」マツリカさんは春日さんの意見を一蹴する。「おまえにできても、七里観月にはできないということもある」

「は？」

「松本まりかのノートには、こんなことも記載されていた。七里観月のスマートフォンは大きなもので、じゃらじゃらとストラップが山のようについている。その中の一つに件《くだん》のストラップと色違いのものが交ざっていたそうだけれど、わたしが注目したいのは、スマートフォンが特別に大きな機種であり、それにストラップが数多くついている、という事実よ。さて、実物を見てみましょうか」

有無を言わさぬ視線を向けられ、七里先輩はたじろいだ。

彼女が手にしているスマートフォンに、みんなの視線が集まる。

確かに、大きなスマートフォンだった。画面は大きくて便利かもしれないが、女の子の手には少し余る。更に、手帳型のケースが取りつけられており、厚みもあるだろう。極めつきは、いくつもぶら下がっているストラップの多種多様さだ。

「さて、そのスマートフォンを胸ポケットに押し込んだ場合、そこに自転車の鍵を入れるスペースは生まれるかしら？」

「鍵くらい……。無理矢理に入れれば、入らないこともないのでは？」

自分の意見を何度も否定されたせいか、春日さんは食い下がった。

「二つの理由から、鍵を無理にポケットに入れたことは否定できる。一つは、無理に鍵を入れたあと、その状態で携帯電話を取り出そうとすると、鍵の方が先にポケットから落ちてしまう。七里観月は自転車を駐めて鍵を掛けたあと、深沢雪枝と会話をしている。その際に、彼女は時計を確認した。見たところ、七里観月は腕時計をしていないから、携帯電話を取り出して時計を確認したのでしょう。もし胸ポケットに携帯電話と自転車の鍵があれば、慌てて時計を確認しようと携帯電話を取り出した際に、自転車の鍵が落ちてしまう。しかし、そんな事実はなかったのよ」

そうか――。と僕はあのときの状況を思い出した。

確か、あのとき七里先輩はスマートフォンで時計を確認していた。僕はこの眼で見ることができたが、マツリカさんは僕の携帯電話から聞こえる七里先輩たちの会話だけで、それを推理してしまったということらしい。

「ちょっと、え、なんでソレ知ってるわけ？」

七里先輩が慌てて訊くが、マツリカさんはそれを無視する。

「この理由だけで、無理に鍵を入れた可能性は否定できる。けれど、更にもう一つの理由を挙げるならば――。そうね、先ほど言った、おまえにはできても七里観月には無理という言葉がそうよ。わたしにもできない」

「意味がわかりません」春日さんはちょっと不服そうだった。「わたしにできて、七里先輩にできない？」

「なんや、オレらにも、さっぱりわからんけれど……」

考え込んでいた高梨君が、お手上げといったふうに肩を竦める。

「想像力を働かせなさい。まぁ、男どもには理解できないでしょうね」マツリカさんは小さく溜息《ためいき》を漏らした。「いいかしら、おまえたちにとっては、胸ポケットのある場所は平らなのでしょうね。けれど、七里観月にとってはそうではない。既に窮屈となっている場所に角張った形状の鍵を押し込むと――、痛いのよ」

マツリカさんは顔を顰めた。

もしかすると、実験でもしたのかもしれない。

なるほど、と僕は理解する。七里先輩はスタイルがよろしい。当然ながら、胸も大きいのだ。それはマツリカさんも同様だったが、春日さんのそこは、あまり障害となるものがなさそうなのである。件の自転車の鍵は、十手のような形状をした角張ったもので、更にはカエルのマスコットもついていた。そんなものを窮屈でデリケートな箇所に入れたりしたら――。

「七里観月の携帯電話には、多くのストラップがついている。そのため、ストラップが外に出るように携帯電話を胸ポケットに入れなくてはならない。そうなると、鍵を押し込めるスペースは、携帯電話が胸と接する側の空間になる。窮屈なそこに鍵のような角張ったものを入れると、乳房が大きければ当然ながら痛みを感じる。わざわざスカートのポケットがあるのなら、そんなところに鍵を入れたりはしない」

ブラジャーをしていても痛いのか……。あれって、けっこう固そうだけれど……。つまり、女のひとのそこは、それだけ敏感ということなのか……。神秘だ。男には到達できない推理法だった。

「しかし、それは」春日さんは頬を赤くしながら言った。「あくまで、携帯電話が胸ポケットに入っていたと仮定した場合ですよね？　実際には鍵は胸ポケットに入っていたんですから、携帯電話はスカートのポケットに入っていたわけです。それで決まりじゃないですか。なにもおかしいことなんてありませんよ」

「なるほど、おまえにはそういった習慣がないから、理解できないのでしょうね」

頬を膨らませるような春日さんを見て、マツリカさんは頷いた。

「わたしは最初に、謎を紐解《ひもと》く糸口は、自転車の鍵とプリーツスカートだといった。さて、自転車を駐めた七里観月は、深沢雪枝にこんなことを言っている。『二回折っただけよ』と――、これは深沢雪枝に、少し外に出ただけなのに、わざわざスカートを短くしたのかと呆れられての言葉だった。さて、勘の良い女子は気づいたようね」

「ああ、なるほど……」

松本さんが眼を大きくして言った。

「どういう、ことですか？」

対して、春日さんは怪訝《けげん》そうに声を漏らす。

僕は理解していた。松本さんや村木さんから、たまたまスカートに関する話を聞いていたためだ。

「七里観月は、スカートを短くするために二回折っていた。すなわち、スカートの芯《しん》となる部分を内側に二回折り込んでいる。これがなにを意味するか——。答えは単純なこと。スカートを二回折ると、芯の幅の分だけポケットの入り口が狭まるのよ。そもそも女子のスカートのポケットの入り口は、辛うじて携帯電話が入る程度なのだから、その状態で芯の幅の分、入り口が狭まってしまえば、特に大きい七里観月の携帯電話は絶対に入らない」

このポケット自体も入り口が狭くて、携帯電話の出し入れがギリギリだから——。

僕は村木さんの言葉を反芻《はんすう》させていた。

「そうなると、七里観月が携帯電話を収めることのできるポケットは、もうブラウスの胸ポケットでしかありえない。物理的にスカートに携帯電話を入れることができないのだから、携帯電話は胸ポケットにあった。先ほどの論理により、自転車の鍵を胸ポケットに入れられたはずがなく、自転車の鍵は、すなわち入り口の狭まったスカートのポケットに入れられたのに違いない。つまり自転車の鍵は、本来はスカートのポケットに入っていたはずで、胸ポケットに入っていたというのはありえない」

彼女は顎先《あごさき》を上げて、虚空を睨みつけながら、その奇妙な論理を語る。

すっと伸ばした白い人差し指が、綺麗《きれい》な顎先を擽《くすぐ》っていた。

「唯一の懸念点は、彼女がスカートを短くするためのゴムベルトをしていた場合だった。ゴムベルトを用いてプリーツを整えると、当然ながらベルトでポケットまで塞がってしまう。そうなると、鍵をスカートのポケットに入れることは不可能となってしまう。とはいえ、ゴムベルトを使うのには、それを隠すためにカーディガンやニットベストを着る必要がある。松本まりかのノートを見ると、七里観月はニットベストもゴムベルトも鞄の中にしまったままだった。つまり、あの時点ではゴムベルトを使用していたはずがなく、単純にスカートを二回折っていたのだと考えられる」

緩やかな歩調で黒板の前を往復していたマツリカさんは、そこで足を止めた。

僕らの方へと、その気だるげな眼差しを向けて告げる。

「以上のことから、自転車の鍵は胸ポケットではなく、スカートのポケットに入っていたはずだと証明できる。説明すると延々と長くなったけれど、わたしが気にした違和感というのは、これよ。すなわち、自転車の鍵は、どうしてスカートから胸ポケットへと移動したのか？」

僕は唖然としていた。なにせ、マツリカさんはプリーツスカートの特性一つから、その違和感の正体を論理的に導き出してしまったのである。そんなの、プリーツスカートの特性に詳しい変態的な男子か、それに日常的にふれている女子にしか決して辿り着けない論理ではないか。僕のような紳士には、とうてい無理というものである。もしこれが男性作家が書いた推理小説だったら、その作家はプリーツスカートに詳しいただの変態ではないか。

「つまり、どういうことよ？」七里先輩が焦《じ》れったそうに言う。「犯人が、鍵を移動させたってこと？　なんのために？」

「その通り。いったい、どのような理由から、犯人は鍵を移動させたのかしら。どんな必然性があって？　そこに密室を解明する糸口があるのに違いない。わたしはそう考えた」

「意味なんて、ないのではないでしょうか？」春日さんが言った。「制服を盗んだ際に、鍵がポケットから落ちてしまったのではないですか？　それを拾い上げて、胸ポケットに入れただけなのでは？」

「それはありえない。女子のスカートのポケットは、入り口が狭くとも底は深い。つまり、入れにくいが出しにくい構造なのだと言える。スカートを逆さにして揺すったりしない限り、奥に入った鍵が零《こぼ》れ出ることはない。逆ならば考えられたでしょうね。胸ポケットに鍵が入っていたのならば、犯人がブラウスを盗んだ際に、それが落ちてしまうというのは充分にありえることよ。犯人はハンガーに掛かっていたブラウスを手に取り、おそらくは畳むなり丸めるなりして鞄の類の中に入れたのでしょうから、そのときに鍵が零れたというのはありえる。しかし、それはあくまでブラウスの胸ポケットに鍵が収まっていた場合であって、今回に限ってはありえない」

　ぐうの音も出ない。荒唐無稽《むけい》で馬鹿げているようではあるが、マツリカさんの理論は完璧《かんぺき》だった。

「間違いなく、犯人はわざわざ鍵を移動させた。スカートのポケットに手を入れ、鍵を取り出し、それをブラウスの胸ポケットに入れた。どうして、そんなことをしたのかしら？　そうしなければならない理由とは、いったいなにが考えられる？　スカートのポケットでは駄目で、ブラウスの胸ポケットならば都合がよい理由なんて、なにがあるかしら？」

「スカートと、胸ポケットの違い、ですか……」

松本さんが首を傾げている。

僕も考えてはいるのだけれど、これといったことはなにも思いつかない。

「なにもかも違う」マツリカさんは両の掌《てのひら》を軽く合わせながら言った。「材質も、ポケットの向きも、大きさも、なにもかも違う。これがどんな意味を持つのか考えを巡らせ、結果としてわたしはある結論に至った。それは先ほど述べたポケットの特徴とも関係する。すなわち、スカートのポケットは入りづらく、ブラウスの胸ポケットは入りやすい」

「そこまで違いってあるか？」小西さんが疑問の声を漏らす。「まぁ、言ってることはわからなくもないよ。胸ポケットは入り口が開きやすいし、スカートのポケットはプリーツに隠れて、ほんの少しはものを入れにくいかもしれないけれど……」

「そうね。手を使ってものを入れれば、どちらも大した違いはない。しかし、そうではないとしたら？」

「手を使わない……？」

「手を使わず、ポケットにものを入れる方法はいくつか考えられる。その中でも、わたしは、犯人は糸を用いて、ポケットに鍵を入れる必要があったのだと考えた。糸で鍵を掛ける手法と同様に、糸で鍵をポケットに送り込む手法も古典的なトリックの一つ。犯人はなんらかの理由から、糸を使って鍵をポケットへ送り込んだのだと仮定した」

「ちょいと待ってえな」高梨君が言った。「糸って、なんでそんなことする必要あるんです？トルソーに制服を着せたり、カーテンを開けたり、犯人が部屋に入ったのは明白ですやん。だったら、わざわざ糸なんて使わんと――」

しかし、マツリカさんはじろりと高梨君を睨みつけ、黙らせてしまう。

「この場合、胸ポケットとスカートのポケットの違いは大きい。午前中、準備室とこの部屋を使って、幾度か実験をしてみたわ。ブラウスの胸ポケットの入り口は柔らかく、糸で鍵を送り込むことは容易《たやす》い。けれども、逆にスカートのポケットはプリーツで閉ざされていて、鍵を送り込むことは極めて困難だった。また、ここでもプリーツスカートの特性が生きてくる。すなわち、スカートのポケットは左側にしかない。室外から鍵を送り込むのに内扉を使ったのだと仮定すると、トルソーの向きから、ポケットがある位置は内扉の反対側になってしまう。また、プリーツの襞《ひだ》は反時計回りに向いているので、糸で鍵を送り込もうとすると襞が庇《ひさし》のようになり、送り込もうとする鍵に引っかかる。たとえそこを越えたとしても、ポケットの入り口でつっかえたり、鍵が奥まで入らずにすべり落ちたりしてしまう。実験で試行錯誤を繰り返したけれど、鍵をスカートのポケットに送り込むことは一度もできなかった。逆にブラウスの胸ポケットに入れる試みは成功率が十割で、スカートではなく胸ポケットに鍵を入れざるを得なかった理由は、もうこれだとしか考えられない」

「あのさ、糸を使うって言うけど」小西さんが首を傾げた。「どうやんの？」

その言葉に、マツリカさんは呆れたように目を向けた。そんなことを説明しなくてはならないのか、と言いたげに吐息を漏らしたが、律儀に解説をしてくれる。

「まず、トルソーのブラウスのポケットの位置から、内扉までの距離を測り、そのおよそ二倍の長さの糸を用意する。糸の先端に針を通し、それをブラウスの胸ポケットの内側から外へと通す。針のついている先端をA端、そうでない方をB端としましょう。A端を内扉まで引き、B端と共に内扉に挟むか、テープで留めるなどで固定する。この際、B端にはわかりやすくマーカーで色をつけておく。後日、自転車の鍵を手に入れた犯人は、キーホルダーの二重リングに、B端の先端を絡ませて巻きつける。あとは、A端をゆっくり引いていくことにより、ポケットを支点として、B端に結ばれた鍵が室内を通って運ばれていく……。先ほど言った通り、ブラウスの胸ポケットは柔らかく、入り口にものが入りやすい。慎重に糸を引くことで、自転車の鍵は内ポケットの中へと入る。あとはA端を強く引けば、二重リングに巻きつけておいた糸が外れ、ポケットに鍵が残り、糸はすべて手繰り寄せて回収することができる……。このトリックの面白いところは、推理小説などでは、通常なら密室を開けるための鍵を室内に送り込む手法として使われるトリックであるにも拘《かか》わらず、それとはまったく違う別の目的のために使われているところね」

「な、なんなんですか、その目的って……」

「そう。では、なぜ犯人はそんなことをする必要があったのか？　高梨が言った通り、カーテンはレールが歪んでおり部屋の中からしか開けられず、トルソーが着ていた制服は細かな特徴から七里観月のものだと本人が確認している。犯人は部屋に入ったとしか考えられない。それなのに、わざわざ糸で鍵を送り込んだのだとすれば、犯人には部屋に侵入する術《すべ》がなかったのだ、と考えるより他にない。すなわち、犯人は部屋に入っていない。これは矛盾する」

マツリカさんは、胸元に流した髪を指先で弄《もてあそ》びながら、淡々と推理を続ける。

「そうだとするなら、室内に入らず、トルソーに盗んだ制服を着せる方法や、カーテンを開ける方法があるに違いない。わたしはその二点に関して考えを巡らせた。結論を言えば、どちらも前提条件が大きく間違っていたとしか思えない」

「前提条件が違う？」僕は彼女の言葉の意味を考えながら声を上げた。「なにか思い違いをしているということですか？」

「その通り。制服に関して言うなら、これはもっとも単純で簡潔な方法がある。そもそも、部屋の外からトルソーに制服を着せる方法など、考えを巡らせたところで存在しない。そんなことをしなくとも、現象を成立させることはできる。すなわち、トルソーが着ていた制服は、盗まれた制服と同一のものではない。犯人は、試験準備期間よりも前に、予《あらかじ》め準備室に侵入し、トルソーにまったく別の制服を着せた上で、部屋を施錠した。制服が盗まれた直後に、まったく同じ制服が出現したが故に、おまえたちはそれら二つが同一であると大きな思い違いをしてしまったのよ」

トルソーが着ていた制服と、盗まれた制服が、同じものではない？

「ちょっと待ってよ」慌てた様子で、七里先輩が言う。「あたし、ストーカーに悪戯《いたずら》されたんじゃないかって、すごく細かく調べたのよ！　あれは間違いなく、あたしの制服だった。タグに書いた名前は、癖とか特徴とか、間違いなくあたしのものだったし、ベストのほつれとか、擦れ具合とか、とにかく、今まで着ていたものと同じで、偽物のはずは――」

「答えは明快よ。犯人は精巧な偽物を用意した」

　精巧な偽物――。

　犯人は、七里先輩の着ている制服と、まったく同じ制服を作った？　糸のほつれや擦れ具合、タグの名前など、細かな点まで入念に模倣して？

　そんなこと、できるとは思えないが――。

「といっても、単純に偽物を用意し、それをトルソーに着せるだけでは、見破られてしまう可能性が高いことでしょう。万全を期すなら、わたしならば次の方法をとる。まず、犯人は試験準備期間よりも前に、女子テニス部の部室に侵入し、七里観月の制服を確認した。写真を撮り、丹念に特徴を調べ上げる。ここで入念に調べるべきなのは、ブラウスよりもニットベストの特徴ね。理由は後述する。もし、ここで特徴らしい特徴がない場合は、無理矢理にそれを作り出す。すなわち、わざとニットの糸をほつれさせる。そうすれば、後日、七里がほつれに気づいたとき、それはいつの間にかできてしまったほつれなのだと、自身のニットの特徴として認識することでしょう。さて、特徴を調べ上げたあとは、サイズが同一の、ブラウス、ニットベスト、ネクタイ、スカートを用意して、記録した特徴を真似る作業を行う。ここでは、それほど作業を入念に行う必要はない。大まかに特徴が合っていればよいのよ。タグのサインも、大ざっぱに真似るだけで済むでしょう。スカートに関しては、真新しいスカートと、二年間使用したものとでは、プリーツの折り目の具合に大きく差が出る。アイロンを入念にかけてプリーツを落とせば、損耗具合を真似ることはできるでしょうけれど、犯人にとって幸運なことに、七里観月は三年生になってすぐスカートを買い換えているため、新品のものと損耗具合はほとんど変わりがない。さて、模造品の作成が完成したら、もう一度、女子テニス部に侵入し、二つの制服を入れ替える。こうすることによって、犯人は本物を入手し、七里観月は、そうとは知らずに模造品を着用することになる。なにか特別な理由がない限り、自分の衣服が別のものと入れ替わっているなどと想像する人間はいない。よって、特徴やタグの名前などを丹念に調べられることもなく、それを普段通りに着て過ごすことでしょう。ニットにほつれができていても、まさか犯人が作り出したものだと考えもしない。こうして七里は、着用している衣類に注意を払うこともなく日々を過ごす。あとは入手した本物を準備室のトルソーに着せ、ブラウスの胸ポケットに糸を通し、準備期間に入ると、次は七里観月の偽の制服を盗んでみせ、先ほどの手法で、鍵を本物のブラウスの胸ポケットへと送り込んだ。何度か実験したけれど、この作業は三分もかからずに終わる。さて、事件発覚後、トルソーが着ていた制服は七里本人が確認することになるけれど、本物の衣類に対して入念にチェックを行っても、それは本物なのだから意味がない。実際には既に一度盗まれていて、それまで偽物を着せられていたなどとは、思いも寄らないのだから――」

　僕らは啞然としていた。まったく同じ精巧な偽物を作り出すことは不可能であっても、当人が入念に確認をするときに、本物を見せてしまえばいい。

「これは奇術家の理屈と同じといえる。一つ、奇術の準備は、観客が現象を認識するより遥《はる》か以前から行われている。二つ、観客に仕掛けのある道具を調べさせる必要のある際には、仕掛けの存在しないものとすり替えてから行えばよい」

「そんな、じゃあ、盗まれる前まで、あたしは、なにも知らないで犯人が作った偽物を着ていたってこと？ そんなの、ありえない……」

「そうかしら？ おまえ、その期間に、自分の制服の特徴をよく確かめたことが一度でもあって？ 名前のサインを入念に調べた？ 擦れ具合が普段と違うかもしれないなどと細かく確認をした？ 糸のほつれがあるから、偽物と入れ替わったのかもしれないと疑ったりした？ よほど几帳面で観察眼に優れていなければ、まして、自分の制服が入れ替わっている可能性を考えない限り、人間はそんなことを気にしたりもしない」

　七里先輩は身震いをした。一定期間、犯人が用意した偽物を着せられていたと知って、薄気味悪さを覚えたのかもしれない。

「犯人は制服の偽物を用意した。鍵がスカートのポケットから胸ポケットに移動した理由は、い、い、い、い、もうこれしかありえない。ポケットの中に同時に盗まれた鍵があることで、トルソーの着ていた制服と盗まれた制服が、同一のものだという錯覚の効果を、一層高めることが犯人の狙いだった」

「あの……、そういえば、さっき、ブラウスよりニットの特徴を調べると言っていましたけれど、その理由ってなんなんですか？」

「簡単なことよ。ブラウスの場合、普通は数着を持っていて、ローテーションで着回している可能性が高い。入念に特徴を模倣しても、制服を窃盗する当日に該当するブラウスを着ているとは保証されないわ。けれどニットを何着も持っている人間は稀《まれ》でしょう。そちらは毎日同じものを着ている可能性が高い。犯人がスクールバッグを開けてまで、わざわざニットベストを盗んだ理由は、そこにあるのでしょう。特徴付けをしやすいのよ」

「あの」松本さんが丁寧に挙手をして問う。「犯人がトルソーに制服を着せたトリックはわかりました。けれど、カーテンはどうするんですか？　糸を使ってもカーテンは開け閉めできませんでした。部屋に入らなければ、カーテンを開けることはできません。でも、犯人は部屋に入っていないんですよね？」

「それも、前提条件が間違っている」

またしても飛び出した言葉に、ぎょっとするしかない。

「そもそも、カーテンはずっと開いていたのだとしたら？」

「いやいや、それはおかしいですって」僕は慌てて言った。「最初からカーテンが開いていたってことですか？　でも、七里先輩の制服が盗まれた日、僕はこの眼でカーテンが閉じているのを見たんですよ。松本さんだってそうです」

「はい。わたしも放課後に、準備室の窓を見上げました。カーテンは確かに閉じたままでした。他の教室と見間違えたりといったことはしていないはずです」

「答えは、おまえたちの目と鼻の先にあるでしょう」

意味がわからず、僕と松本さんは顔を見合わせた。

と、マツリカさんは腕を伸ばした。美術室の片隅に立てかけられた、それを指し示す——。

演劇の書き割り。立体的に見えて、実物かと見紛《みまが》うほどの質感を持った一枚の絵——。

「誰も彼もが、カーテンが掛かっている窓を、遠目にしか確認していない。誰か、他の窓と見比べたものがいるかしら。近くまで寄って、じっくりと観察した人間は？　ベランダに入って、手で触れてみた人間は？　これは、先ほどの衣服を偽物と入れ替えた理屈に通じることよ。そもそもおかしいと思わなければ、誰もそれが偽物だなんて注意を払ったりしない」

「窓に——。カーテンが掛かっている絵を、貼り付けたってことですか？」

にわかには、信じがたい。

しかし、こうして実際に、本物と見紛う書き割りを眼にしていると、ありえないとも言い切れないのだった。

「一枚の絵だったかどうかはわからない。わたしならば、カーテンに似た布地を敷き、透明な、プラスチックの板をその上に張り付けたパネルを用意するわ。それならば、硝子《ガラス》の質感を模倣できることでしょう。もっとも、そこまで真似たりしなくとも、使われていない部屋の窓なんて、普通は誰も気に留めたりはしない。視力の良い人間が疑いの目で見ることをしなければ、気づかれることはないでしょう」

確かに、僕が確認をしたのは、特別棟とは随分と距離が離れている旧体育館の裏手からだった。松本さんだって校舎の裏手から見上げたのなら、かなり距離はあったはずだろう。カーテンが閉まっている窓、と認識してしまえば、他の細かな点には注意は行かない。

「試験準備期間より前、本物の制服をトルソーに着せる際に、犯人はベランダから窓にパネルを貼り付けて、内側からカーテンを開けておいた。この仕掛けならば、室内に入る必要もなく、ベランダからパネルを取り外すだけで、内側からカーテンを開けたように錯覚させることができる。分割線が入っていても気づかれないでしょうから、恐らくは二分割にするなどして、コンパクトに持ち運びできるように作ったのでしょう」

「けどさ、そんなパネルを素人が作るって、難しくないの？」

小西さんが上げた疑問の声を耳にして、僕らは自然とその人に眼を向けてしまっていた。

皆の注目を浴びて、野村先輩が狼狽《うろた》える。

「いや、待ってくれよ。俺なら、確かにそういうのを作れるかもしれないけれど、でも、俺が七里にそんなことをする理由なんて――」

「さぁ、そろそろ話し疲れたから、終わりにするわ。自白をするならば、今のうちよ」

マツリカさんは黒板の前から離れた。それから、部屋の中央に向かって、悠々と歩み進んでくる。彼女は長い黒髪を梳きながら言葉を続けた。

「ここまで話をして、もう一つ前提条件に誤りがあることに気づいたでしょう。これらのトリックを用いれば、犯人が深夜に準備室へ侵入する必要はない。糸を使って鍵を送り込むためには、美術室に入る必要がある。換気扇には鍵が通らないから、ベランダ越しに実行することはできない。件の深夜零時には、吉田が鍵を管理していたため、準備室にも美術室にも人が入ることは不可能だった。それにも拘わらず、柴山祐希と春日麻衣子は、深夜零時に準備室の不審な光を目撃している――」

僕はひやりとした。廃墟の魔女の言わんとしていることを、理解したからだった。

「そんなら、その光って、なんやったんです？」

「誤誘導でしょう。簡単な方法としては、スマートフォンの通知で、ライトがイルミネーションをするように設定し、それをパネルの中かベランダにでも置いておく。あとは予備の携帯電話で電話をかけるだけで、ライトが明滅するわ。弱い光が点滅を繰り返した、とそこの犬は言ったけれど、犯人がペンライトで手元を照らしたのなら、そもそも明滅させる必要はないのだから」

マツリカさんは緩やかな歩調で、僕らの間を横切っていく。

「これは巧妙な手と言える。犯行が深夜零時に行われ、犯人が準備室に入る必要があったと錯覚させた上に、自らのアリバイまで確保してしまうのだから。さて、もう時間切れよ。犯人は制服を盗んだ当日に美術室に入ることができ、野村が席を外した数分で鍵を送り込むことが可能で、深夜零時にタイミングよく、柴山祐希にライトの明滅を見せることのできる人間――。おまえ、既に目的を達成したでしょうに、それでもわたしの飼い犬に罪を被《かぶ》せようだなんて、いい度胸をしているわね――」

ゆらり、と長い髪が揺らめいた。

マツリカさんが、冷たい眼差しのまま、彼女の顔を覗《のぞ》き込んだからだった。

鼻先と鼻先が触れ合うほどの近距離で、冷徹な魔女の双眸《そうぼう》が爛々《らんらん》と燃えている。

春日さんは――。

彼女は唇を嚙《か》みしめ、その眼差しから逃れるよう、俯《うつむ》いてみせた。

マツリカさんが背筋を伸ばし、いつもと同じように、高慢な調子で顎を上げた。僕らを流し目で見遣り、告げる。長い黒髪が、さらさらと肩から滑り落ちていく。

「以上で、解明を終了する。反論は、赦《ゆる》すと思わないことね――」

＊

二人きりで佇む美術室には、息苦しいほどの静寂が満ちていた。

「二人だけで、話をさせてもらえないでしょうか――」

僕が申し出た我が儘《まま》に、もっとも強く反発したのは七里先輩だった。当然だろう。自分の目の前で、真犯人が指摘されたのだ。しかも、名指しされた春日さんは、視線を落とすだけで反論の一つもしない。食ってかかる彼女を止めてくれたのは、野村先輩だった。僕は高梨君と野村先輩に頭を下げて、春日さんと二人きりにしてもらえるように頼んだ。小西さんも、松本さんも、不安そうな表情で僕を一瞥したものの、高梨君に促されて部屋を出て行った。マツリカさんは最後まで室内に残って、僕にこう言った。

「その女は、最後の瞬間まで、おまえに罪を被せようとした。それを理解した上で言っているのね」

僕が頷くと、廃墟の魔女は肩を竦めた。

「そう。なら、先に帰っているわ」

「ありがとう、ございました」

僕は頭を下げて、彼女を見送った。

それから、どれくらいの時間を、ただ佇むだけで過ごしただろう。

「ええと……」

僕は、部屋の片隅にある椅子を、春日さんの傍らまで運んだ。

「とりあえず、座ってよ。疲れたでしょ」

そう告げると、呆れたような吐息が返ってくる。

春日さんは自身の腕を片手で抱きながら、顔を背けて言った。

「この状況で、わたしに優しくするとか、先輩は馬鹿ですか」

「いや、まぁ」僕は頰をかきながら、返す言葉を考える。「ごめん……」

結局、なぜか謝ってしまった。

「ひと思いに、怒ってくれた方が楽です」

そう零す彼女はしばらく立ったままでいたが、やがて諦《あきら》めたように椅子へ腰を下ろした。

僕も、もう一つの椅子を彼女の隣に運んで、そこに腰掛ける。

「理由を、話してくれるかな」僕は床を見下ろしながら、傍らの彼女にそう告げる。「それから、怒るかどうか、決める」

「理由なんて、決まっています」春日さんは声を震わせて言った。「二年前の真相を——、確かめるためです」

語られなかった言葉を探す。

いつかそう言ったときのように、彼女の言葉は切実なものだった。

「風花さんは……、あんなことは絶対にしない。したのだとしても、なにかそうしなくてはならない理由があったはず。野村先輩や七里先輩のことは、風花さんからそれとなく耳にしていました。どちらかが、なにかを知っているかもしれない。むしろ、風花さんに罪を着せた犯人かもしれないと思いました。でも、確証はなくて、ただの勘です。他に犯人がいるのかもしれない。けれど、確かめようと思ったんです。一ヶ月前、七里観月の机の中に、あのときの真相を知っているぞって。その証拠は準備室の中にまだ残っているって……。そういう脅迫文を残しました」

「もしかして、そのとき、深沢先輩が準備室に入ったのかな。脅迫の事実が本当か確認するために」

それは、一ヶ月前、深沢雪枝が準備室から出てくるのを見た、という田中先輩の証言と符合する事実だった。

「卑怯《ひきょう》ですよね。友人にやらせるなんて。けれど、だからこそ怪しいと思いました。なにか関わりがあるのに違いない。むしろ犯人である可能性は限りなく高い。真相はなにも見えませんでしたけれど、わたしは第一の目標を七里観月に定めて、計画を実行に移しました」

それが、あの密室殺トルソー事件の動機だった。

犯行目的は、最初から僕の目の前で明かされていたのだ。

犯人の動機に関して、村木さんは、怨恨《えんこん》ならば『手ぬるい』と語っていた。それは当然だったのだろう。春日さんには、七里観月が二年前の事件の犯人である確信がなかったのだ。僕がそのことを春日さんに確認すると、彼女は頷いて答えた。

「はい。カッターを脇に置いただけだったのは、確信がなかっただけではなく、学校側に事態を大きく扱われることを避けるためでもありました。制服を傷つけたり、トルソーに突き刺したりすれば、殺害予告にとられかねませんから」

確かに、警察の手が入ってしまえば、二年前の事件の調査どころではないだろう。

「わたしの目的としては、とにかく、なにか事件を起こして、七里観月の反応を覗《うかが》う。それができれば良かったんです。他に犯人がいるかもしれないし、野村先輩のことも怪しんでいたので、彼を巻き込む方法も考えました。面白いストラップを身につけていたので、それを盗んで犯行現場に残そうと。ところが、その計画を実行に移す前に、野村先輩がそのストラップをなくしてしまったみたいで」

「それで……。同じストラップをつけていた、僕を巻き込んだの？」

「そういうわけではありません」春日さんはふるふるとかぶりを振った。「先輩の噂は耳にしていました。たぶん、高梨先輩が言いふらしていた話で、わりと一年生の間でも有名ですよ。怪談に合理的な説明をつけることができるっていう……。その人を巻き込み、密室の謎を解く過程で、二年前の事件の真相を探ってもらおうと考えたんです。喫茶店で先輩にお願いしたことは、ほとんど本心でした」

語られなかった言葉を探している。

あの日、真摯《しんし》な眼差しで僕を見つめた彼女の瞳《ひとみ》に、嘘はなかった。

「わたしは一年生で、しかも、こんな性格です。伝手《つて》もなく、当時の情報を知っている人たちから、うまく話を聞き出すこともできません。可能な限り二年前の事件の話は集めましたけれど、真相を推理することもできませんでした。そんな中、柴山先輩を遠くから観察していたら、折良く女子テニス部の周囲をうろうろしていて、しかも携帯電話にあのストラップまでつけていた。正直、笑っちゃいましたよ。自分にとって、なにもかもお膳立《ぜんだ》てされたような状況です。これは、神様の思《おぼ》し召しだと思いました。頭の中にある計画でしかなかったそれを、実行に移すときが来たと思いました。先輩を巻き込んで、しかも周囲から犯人扱いされるような状況に陥れれば、真剣に取り組んで二年前の謎を解いてくれるはずだ、と」

そして春日さんの思惑通りに、僕は動いた。

彼女は、目的を達成したのだ。

「それじゃ、やっぱりあのとき落としたストラップは……」

「はい」春日さんは僅《わず》かに僕に目を向けた。それから、寂しそうに笑う。「あのとき、先輩と一緒に転んだふりをして、わざと」

「もしかすると、あのときの部室の鍵も、春日さんが開けておいたの？」

「その通りです。合い鍵を作っていたので」

彼女はどこか申し訳なさそうな表情のまま、目を落とした。

なるほど、少し引っかかってはいたのだ。あのとき、女子テニス部の部室の鍵は開いたままになっていた。盗難に遭った当日に、部室の鍵をうっかり閉め忘れるなんて、いくらなんでもありえない。あの夜、春日さんは少し遅れて駅に姿を現した。学校に先回りし、事前に部室の鍵を開けておいたということなのだろう。部室棟の鍵は一般的なものなので、合い鍵の作製は難しくはなさそうだ。そうして彼女は僕のストラップを引き千切り、部室に残した。そのあとは、謎の光の明滅を僕に見せつけたのだ。

「狙い通りに、野村先輩も巻き込むことができました。ただ、野村先輩の様子を覗うに、あまり効果が出ていないとも感じていたんです。この人は事件と関係がなさそうだと。反対に七里観月の方は、明らかに動揺している感じではありました。だからといって、過去密室の真相はわたしにはまるでわからなかった。なので、あとは先輩が、二年前、風花さんの身になにが起こったのか、それを解明してくれれば、わたしの目的は達成でした」

「そっか……」僕は深く項垂《うなだ》れて、吐息を漏らした。「まんまと騙《だま》された」

「でも、まさか、わたしが仕掛けた密室の方まで、解明されてしまうなんて……。全部、あの綺麗な人の推理通りです。かなり自信があったのですが、鍵とスカートからあんなふうに見破られるなんて、予想もしていませんでした。あの人、何者なんですか？」

「なんというか」僕は言葉に詰まる。どう説明したらいいだろう。「どんな謎も解いてしまう、魔女みたいな人だよ」

「それって、怪談みたいな話ですね」

「怪談？　そういえば、廃墟の魔女がどうのこうのって話を――」

「はい」ちらりと僕を見遣り、彼女は頷いた。「松橋先輩に聞きました」

「会ったことがあるの？」

「一度だけ。二年前の文化祭のとき、風花さんの事件を耳にして、わたしは出し物そっちのけで、事件のことを聞き回ったんです。変な中学生だと思われて、あまり相手にはされなかったんですけれど……。松橋先輩がその怪談を教えてくれて、もし廃墟の魔女に会うことがあれば、相談してみたらいいって。そうしたら、なにがあったのか、教えてくれるだろうって。そんな馬鹿みたいな話でお茶を濁されて。まさか、松橋先輩自身が仕組んだことだとは、思いもしませんでしたけれど……」

　お茶を濁す。

　春日さんはそう言ったけれど、松橋先輩は、謎を見抜く廃墟の魔女が実在することを知っていた。僕の勝手な想像ではあるが、秋山さんのことを想って事件を調べようとする春日さんを目の辺りにし、松橋先輩は事実をねじ曲げようとした自分に罪悪感を覚えたのかもしれない。

だからこそ、マツリカさんを頼ればいいと、ヒントのような言葉を残したのではないか――、それは考えすぎ、なのかもしれないけれど。

「その魔女さんですけど、めちゃくちゃ、怒っていましたよね」

「え、そうかな」

「推理を話している間、ずっとわたしを睨んでいましたよ。心臓が縮み上がるかと思いました。わたしが先輩を陥れようと黙っているのが、気に食わなかったのではないでしょうか」

そうなのだろうか。僕は少しばかり啞然としていた。マツリカさんの推理に、ただただ感心するばかりで、そんな点には微塵《みじん》も気づかなかったのだ。

「自分では、完璧な密室を作ったつもりでした。けれど、小説と違って、実際に密室を作ってみるのって本当に難しいですね。一度、三ノ輪先輩の推理で先生たちに疑いが向いてしまったときは、どうしようって思いました。偶然、先生たちにも犯行が不可能な状況になっていましたけれど、わたし、そんな点にまで気が回っていませんでした。窓からトルソーを入れる高梨先輩の方法も想定外です。ただ、わたしにこんなことを言う資格はないと思うのですが……、写真部の皆さんと事件についてあれこれと話をするのは……。その、楽しかった、です」

僕は、彼女と過ごした時間を思い返していた。

あれはすべて、仮初めの時間だった。僕らは、春日さんが仕掛けた謎を前に、そろって首を傾げて、意見を出し合って、情報を集めては、様々な推理を重ねていった。

確かに、それは僕にとって綱渡りの日々だったのだろうけれど。

そのすべてが苦行だったかといえば、そんなことはなかったのだ。

春日さんは、あの日々をどんな想いで過ごしていたのだろう？　自分を偽り、僕らを騙し、七里観月に罠《わな》を仕掛け、僕に罪を押しつけようとした。

それもすべては――。

「全部……、秋山風花さんのために、したことだったんだね」

「そんなことのために、って、思いますか」

春日さんは、掠《かす》れた声と共に笑った。

「笑ってくれて、けっこうです」

彼女は徐々に俯き、肩を震わせて声を吐いた。

「わたしは……。証明、したかった」華奢《きゃしゃ》な腕を抱く指先に、力が籠《こ》もる。爪先が、剝《む》き出しの二の腕に、ぎりぎりと食い込んでいった。それは、自分になにか力があるのだと信じたい衝動から来るものだった。「わたしは、役立たずなんかじゃない。それなのに、風花さんはなにも言ってくれなかった。それって、あの人にとって、わたしは取るに足らない人間だっていう証拠じゃないですか！」

お腹を抱えるようにして吐き出された憤りの絶叫は、かつて、僕自身も喚《わめ》き散らした呪詛《じゅそ》に、とてもよく似ていた。

「わたしにだって、できることがある！　わたしは、それを証明したかった。誰かの力になれるって！　ここにいてもいい理由があるって！　わたしには、価値があるんだって……」

彼女が叫ぶ度に、悲しみが空気を伝って肌が震えた。僕は彼女の訴えを耳にしながら、苦しそうにお腹を曲げる彼女を、憤怒《ふんぬ》するように腕を掻《か》き抱く彼女を、静かに見つめていた。

「苦しかった、ですよ……。野村先輩は、わたしのことを知りませんでした。あの人は風花さんと親しかったのに、風花さんからはわたしのことを聞いてすらいないみたいでした……。風花さんにとって、わたしの存在は親しい人に話すまでもない人間なんだとわかりました。わたしにとって、風花さんは大好きなお姉さん。でも、あの人にとって見れば、わたしなんてただ近所に住んでいるだけの女の子です。わたし、は……」

自分は、誰かにとって、どんな価値があるのだろう。

僕は、姉さんにとって、どんな存在だったのか。

マツリカさんは、僕のことを、どんなふうに考えている?

それは、尽きない疑問だった。

自分の居場所が欲しい。価値を知りたい。ここにいてもいい理由を、教えてほしい。

春日さんは、僕だった。スケッチブックを抱えて、遠くから眩《まぶ》しい教室の景色を眺めている。できることは、ただ憧憬《しょうけい》と嫌悪をもって、その光景を手元に描き写すことだけ。どうすれば、そこに自分が入ることができるのか。どうすれば、そこにいても自分は安堵《あんど》できるのか。その命題を試行錯誤するために、記録したスケッチを見つめ続ける。自分には価値がないかもしれないと怯えて、だから大切な人に認めてもらえなかったのではないかと、後悔を抱えたまま生きていくことしかできない。

「わたしは、やっぱり最低な人間でした」春日さんの声は震えていた。「最初に扉を開けた人間が怪しいと、ＳＮＳで誘導したのはわたしです。そうすれば、もっと先輩を追い込めると思いました。そんなおぞましい行為も、すべては真相を突き止めるためだと、自分を納得させて。それなのに……、いざ、先輩が二年前の事件を解き明かしても、わたしは罪を告白することができなかった。みっともなく抵抗を続ける七里観月と同じで、このまま自分のしたことが、皆さんにばれなければいいなんて、そう考えて」

心の中にある醜い澱《おり》をすべて吐き出そうとするかのようにして。

春日さんは己を抱いたまま、深く呻《うめ》いた。

「正直、楽しかったんですよ、本当に」鼻を啜《すす》って、春日さんが続ける。「事件のことで、放課後にみんなそろって相談するの。わくわくしていました。みんなで勉強会をして、一緒にご飯を食べたりして、なにもかも初めての経験で。だから、自分があんなことをして、みんなを騙していたなんて、怖くて、言えなくて……。わたし、は――」

最後まで、皆さんの仲間で、いたかったんです。

悲痛な声は、今にもかき消えそうだった。

僕は黙って、肩を震わせる彼女の言葉を見守る。

最悪です。最低です。

自分を、嫌悪します。

「こんな醜い心根の人間だから、きっと風花さんは、わたしになにも話してくれなかった」

狂おしいほどの渇望を、感じる。春日麻衣子という少女が、秋山風花という人間に対して抱いていた感情は、僕が姉さんに——、そしてマツリカさんに抱くものと同一だ。認めてほしい。力になりたい。頼ってほしい。なんでもする。なんでもするから、自分を見てほしい。自分の存在を知ってほしい。どうでもいい人間だなんて、思わないで。そう願うのに、けれど、現実の自分はちっぽけで。本当に、どうでもいい人間だとしか、思えなくて。

その絶叫が、言葉にならなくても、彼女の唇から発せられているのがわかる。

「もしかしたら、風花さんのことなんて、関係なかったのかもしれない。わたしは、ただ、証明したかった。わたしには、力がある。誰かのためになにかをすることができる。だから……。あのとき、先輩が嘘の自白をする最後の一瞬まで、わたしは言えなかった。たとえ先輩が犯人だということになっても、わたしだけは先輩の味方をしてあげようって……、ひどく醜くて、おこがましい考えを、して……」

俯いたまま、春日さんはそう零した。

僕は、項垂れた彼女の表情を隠す、大きな黒縁のフレームを見ていた。

なにが、本音を隠せない子だ。

僕は、またしても人を見抜くことができていなかった。これまで、多くの謎を目にして、開示された真相がもたらすその意味を、深く噛み締めてきたつもりだった。それでも、やはり見えないものは見えない。僕は彼女が抱く苦しみを、なに一つ見抜くことができなかった。

姉さんが抱えていたものを、知ることができなかったのと同じように——。

「春日さんは、知ろうとしたんだね」

僕は、彼女の腕に食い込んだ、その小さな爪の先を見つめる。その指に加わった力が意味する、後悔と渇望を目にしながら、僕は告げた。

「正直、やり方にたくさん問題があったと思う。君の行為は、結果として多くの人たちを巻き込んで、そして傷つけた。一歩間違えていたら、取り返しのつかないことになっていたかもしれない。僕のことはまだしも、松本さんを巻き込んだことは、赦せない」

春日さんは、怯えたように身を竦める。

溢《あふ》れる涙と悲鳴を呑み込もうとしたかのように、小さく息が溢れた。

「けれど……。大切な人に、いったいなにがあったのか……。それを知ろうとして行動に移したことは……。素直に、すごいことだと思う」

吐く息が聞こえた。春日さんは僅かに顔を上げて、不思議そうに僕を見る。

「それはさ、僕にはできなかったことだから」

僕は、大切な人を失って。

ただ、絶望に暮れるだけだった。部屋に籠もり、時間を止めて、その現実を見ようとしなかった。姉さんのことを知ろうとせず、自分になにができるかもわからず、現実から逃げ続けていた。

けれど君は違った。方法は間違っていると思う。それでも、君は語られなかった言葉を探すために全力を尽くした。自分にできること、できないことを見極めて、失われてしまったものをほんの僅かでも取り戻そうとしたのだ。たったそれだけのために、と笑う人もいるかもしれない。そんなことのために、と唖然とする人もいるだろう。けれど、僕にはわかる。わかるよ。

君は、大切なもののために、青春を捧《ささ》げた。

自らの存在意義を、証明しようとした。

「けれど、少しだけ、僕は思うんだ」

今回の件を経て、僕も知ったことがある。

「きっと、秋山さんは、春日さんのことを大切に思っていたんだよ」

「そんなこと……」

「大切だから。だからこそ、言えないことって、きっとあるんだ」

それは小西さんが、僕に気づかせてくれたことだ。

大切だから。心配をかけたくないから。だから、知られたくないことも、きっとある。

そう。もしかしたら、姉さんも、そうだったのかもしれない。

「君に価値がないなんてこと、ない。君は誰かのために一所懸命になれる、すごい子だよ」

僕も、楽しかったよ。君と知り合えて、同じ机を囲んで、放課後にたくさん頭を悩ませて。

それはきっと、写真部のみんなにとっても変わりないことだと思う。

だから、今度は僕たちを頼ってほしい。

寂しいと思ったら。つらいときがあったら。

自分の価値に疑問を抱いてしまう夜が来たら。

今度は遠慮しないで、一人きりで抱えずに、声を上げてほしい。

僕らはきっと、それを聞き逃さないから。

「わた、し……」

彼女は頷く。それから、苦しげに呻いた。繰り返し頷くと、黒い髪が何度も揺れ動く。彼女は頷く。何度も頷く。それから、眼鏡の内側に手を滑り込ませて、鼻を啜り上げた。眼鏡がずり上がって、くしゃりと前髪が乱れる。声にならない悲鳴が響いて、僕はそれを耳にする。姉さんは、こんなふうに誰かに助けを求めたことがあったのだろうかと思った。僕は縋《すが》りついてくる彼女の肩を受け止めて、その髪にそっと触れる。子供のころ、こんなふうに声を上げて、姉さんに縋りついたことがあった。もし自分に妹がいたら、こんな瞬間が訪れることも、あったのかもしれない。僕は彼女の嗚咽《おえつ》を、言葉にならない悲鳴を、一つも聞き逃さないようにしながら祈った。

大切な人の言葉を、もう二度と、聞き逃すことがないように――。

第十章　呪詛と祝福

金色の光が、室内の廃退した様相を浮かび上がらせている。茜《あかね》色の夕陽に染まって、豪奢《ごうしゃ》な寝台が煌《きら》びやかな黄金色を纏《まと》っていた。そこに寝そべるに相応《ふさわ》しき美しい姫君は、退屈そうな眼差《まなざ》しで身体を横たえ、僕に視線を向けている。心臓が、どくどくと唸《うな》っているのは、急いで階段を駆け上がってきたからという理由だけではなかった。

いったい、どんなふうに声を掛けたらいいだろう。僕は彼女に視線を向けることすら躊躇《ちゅうちょ》しながら言葉を探していた。と――。

「お座り」

寝そべったまま、マツリカさんが気だるげな声でそう告げる。

「ええと……」

「お座り、と命じたのよ。そんなことも理解できないのかしら」

爛々《らんらん》と黒い双眸《そうぼう》を光らせながら、そう仰《おっしゃ》る。その危険な眼差しを見て、僕は条件反射的にその場で正座していた。

「あの」とはいえ、おかげでいつもの調子が戻ってきたような気がする。僕は俯《うつむ》き加減のまま、ちらりと眼を上げて言った。「その……、すみませんでした。もっと、早く。きちんと、こうやって、謝るべきだったんですけれど……」

廃墟《はいきょ》の魔女は、ゆらりと上体を起こした。下肢は寝そべらせたまま、肘《ひじ》を突いて、僕の方を見ている。それから、長い髪を指先で払うと、思い出したように言った。

「ああ、分不相応に、わたしのことを犯そうとした一件ね」

僕は鼻水を吹き出す。

「いやっ、それは、その」

「汚いわね、おまえ」

マツリカさんは顔を顰《しか》めた。

僕は慌てて取り出したハンカチで鼻を拭《ぬぐ》う。

まったくもってストレートな物言いをする人だった。しかし、その表現はそれほど間違いではないのだ。急激に、自分の顔が羞恥《しゅうち》と後悔で熱くなるのがわかった。

「その、本当に、嫌われても、仕方ないことを、したと思います……」

僕は顔を上げることができないまま、彼女の断罪の言葉を待つ。

返答が来るまでに、十秒以上の間が、あった。

「まぁ、いいわ」

さらりと、廃墟の魔女はそう告げた。

ぎょっとして彼女を見上げると、マツリカさんは横顔を向けていた。

頬にかかる長い髪をいじりながら、肩を竦《すく》める。

「おまえが常にわたしに欲情していることは知っているし」僕はまた鼻水を吹き出しそうになる。「わたしも無神経な言葉を並べたのは事実だもの。それに――」

それから、犬歯でも覗《のぞ》くのでは、というほどに嗜虐《しぎやく》的なかたちに唇を歪《ゆが》めて、告げる。

「どんなお仕置きをしてあげようか、考えるだけで、ぞくぞくしていたの。それなのに、おまえ、なかなか顔を出さないから……。覚悟はできているでしょうね？」

笑みを浮かべているが、眼は笑っていない。だが、心の底から悦楽に浸っているかのように、吐息は震えていた。その眼差しに射貫かれて、僕は悦《よろこ》びに似た感覚にぞくりと身を震わせる。

思えば、試験期間をはさんだので、もう十日ほど彼女と会えていなかったのだ。やはり、僕はこの人の元から一生逃げ出せない呪いにかかっているのだと思った。

というか、この人、僕に妙なお仕置きをしたくて、わざと挑発的な恰好《かっこう》をしたりしているんじゃないだろうか……。今度はいったいなにをさせられるというのだろう。もうロッカーに閉じこもって調査するのは御免被りたいです……。

「まぁ、そのお愉《たの》しみはあとで発表するとして――。片は付けてきたのでしょうね」

「ええと……。はい」

彼女が言っているのは、今回の事件に関して、だろう。

「春日さんは、自分がしたことを学校に告白する、と言っています。それと同時に、二年前に起こった秋山さんの事件に関しても、真相を告げる、と――。ただ、さっき野村先輩と話したんですが、七里先輩はそれに待ったをかけるつもりのようです。要するに、取引ですね。二年前の事件のことを黙っているなら、今回の事件のことを不問にすると。ＳＮＳにも手を回して、犯人捜しをやめさせる用意があるそうです」

「そう」

マツリカさんは大して興味がなさそうに、顎《あご》を上げて白い喉元《のどもと》を露出させた。

「春日さんはそれに乗るつもりはないようですけれど、僕は写真部のみんなと、これから時間をかけて、彼女を説得していこうと思っています。いくら目的のためとはいえ、入学早々、そんな事件を起こした犯人だって注目されるのは、なんというか……。見ていられない、ですから」

「そのためなら、春日の罪も、二年前の七里の罪も、闇に葬る。それがおまえの方針？」

「はい。痛み分け、というわけではありませんが……。二年前のことは、既に過ぎたことです。秋山さんが文化祭を護《まも》るために、自分から汚名を被《かぶ》ったというのなら、これ以上追及するべきことじゃないと思います。春日さんの起こした事件に関しては……。まぁ、誰かが怪我をしたわけでもないし、色々と混乱はありましたけれど、うまく収束するなら、それで」

「そう」彼女は小さく鼻を鳴らす。「人がいいのね。犯人扱いされるところだったのに」

「まぁ、結局は、そうならなかったわけですから」

僕は正座の姿勢のまま、頭を下げた。

「マツリカさんの、おかげです。本当に、ありがとうございました」

マツリカさんの様子を確認したかったが、自分から深く頭を下げた
以上、すぐに顔を上げるのも決まりが悪い。

と――、くすん、と鼻を鳴らす音が鳴った。

「ええ。飼い犬の粗相の始末をつけるのは、飼い主の責任だもの」

顔を上げると、彼女はそっぽを向いていた。

既に、完全に身体を起こして、寝台の縁に腰掛けている姿勢だった。

髪を梳《す》きながら、僕には視線を向けずに続ける。

「おまえ、どうせ精神が脆弱《ぜいじゃく》だから、犯人扱いされてしまったら、学校に来られなくなってしまうでしょう。そうなると、つまり……。わからないかしら。わたしの……、世話をする人間が、いなくなるのは困るの」

どこか早口で語られる言葉を耳に、僕はどうしてか自分の頬が緩んでいくのを感じていた。

黄金色の夕陽を浴びる彼女の横顔は、とても美しかった。

「はい。僕も、マツリカさんと会えなくなるのは、困ります」

彼女が、僕の方を見る。ほんの少し唇を開いた、きょとんとした表情だった。それから、固く唇を結ぶと、この話は終わりだといわんばかりに、肩を竦めてするりと脚を組み替えた。

僕の視線は、やはりというか彼女の白い脚の動きに自然と吸い寄せられてしまう。僕は慌てて眼を背けながら、違う話を口にした。

「それにしても、まさか、あの場所へ助けに来てくれるとは思いませんでした。よくよく考え

ると、この場所以外でマツリカさんのことを眼にするのって、初めてだったので……。本当に、幽霊じゃないんだなぁって……」

「おまえ、まだそんな妄想を抱いているの？」

マツリカさんは、呆《あき》れたように吐息を漏らす。

「それに、いつもと違って推理が理路整然としていて、推理小説の探偵のようでした」

普段ならば、億劫《おっくう》がって推理の道筋をすっ飛ばし、答えだけを語ることも多いのだ。

彼女はどうしてか不機嫌そうに眉《まゆ》を顰《ひそ》めた。

「犯人を追及するならば、ああした方が効果的なのよ。物証が充分になければ、しらを切られることだってあるのだから。必要がなければ、あんなことはしないわ」

「ああいうふうに推理を披露することって、これまでにもあったんですか？」

なんとなく、松橋すみれという、まだ見ぬ先輩のことを念頭に訊《たず》ねた。

しかし、返ってきた答えは意味深なものだった。

「学校では、あまりしないわ」

学校ではしない。

それはまるで、学校以外の場所で――。

「それよりも、おまえ。よく二年前の事件に答えを見つけられたわね」

首を傾けて問うてくる彼女に、僕は慌てて頷《うなず》いた。

「ええ、まぁ、なんというか、逆説的な発想なんですが……。この事件、松橋さんが調査をしていたのに、真相が解明されていない、ということに注目したんです。当時、探偵のような活躍をしていたという松橋さんには、当然ながらマツリカさんとの繋《つな》がりがあった。それなのに、あの事件は解かれていない。それなら、答えは二つです。それは、マツリカさんでも解けない難問だったか――、あるいは、松橋さんがマツリカさんに事件のことを話さなかったか。マツリカさんに解けない謎があるとは思えません。となると、なんらかの理由で、松橋さんが事件のことをマツリカさんに伝えなかったということになる。僕はその理由を、マツリカさんに事件を解明されたくなかったからだと踏んだんです。あとは、松橋さんが犯人なのか、それとも偽の証言をしているのか、そうだとしたら動機はなんなのか、そこを詰めていきました」

「ふぅん」首を傾げていたマツリカさんは、すっと眼を細めた。「おまえにしては、頭を使ったのね」

「そ、それはどうも……」

「けれど、おまえ、わたしのことを買いかぶりすぎよ」

「へ？」

「すみれは、わたしに事件のことを話している。だから、おまえの推察は誤り」

「あ、そうか、マツリカさんが謎を解いても、それが学校の人たちに周知されなければ――」

「いいえ、解いてはいないわ」

彼女は寝台の後方に手を突いて、身を反らした。横顔を向けて言う。

「あの子から事件の話を耳にしたとき、わたしは、すみれが偽りの証言をしているのに違いないと考えた。けれど、どうしても一つの矛盾に突き当たり、その矛盾を解決できないまま、時が過ぎてしまった」

「一つの矛盾？」

「あの子が事件を仕組んだのならば、わたしに事件のことを話すのは無意味というものでしょう。そんなことをするつもりは欠片《かけら》もないけれど、虚偽の証言に関して、わたしがあの子を糾弾する可能性だってあったのだから、わたしに話すことは不利益にしかならないはず。それならば、どうして？」

片方の柳眉《りゅうび》を上げて、マツリカさんは不可解そうに、そう問いかけてきた。

「マツリカさんは、その矛盾が解けなくて、松橋さんが嘘をついていたという推理の可能性を捨ててしまったんですか」

「ええ。わたしの推理に誤りがあるのに違いないと思ったわ。そうでなければ、執拗《しつよう》なほど、実際に準備室を見に行こうなどと、しつこく誘う必要がないもの。それに、あの子は愚かなほどに実直で、性格的に考えても、自ら進んで虚偽の証言をするとは思えなかった」

僕は、何度かまばたきを繰り返し、マツリカさんを見返した。

「あの……。その矛盾の答え、僕、わかりました」

恐る恐るそう告げると、マツリカさんは僕をじろりと睨《にら》んだ。自分に解けないのだから、おまえに解けるはずがない、と言いたいのかもしれない。けれど、わかる。

僕には、松橋すみれさんという人の気持ちが、わかるから。

「事件が起こったのは、文化祭の数日前、でしたよね……。松橋さんは、マツリカさんと一緒に文化祭を楽しみたかったんじゃないでしょうか？　だからこそ、密室状況を作り上げて、その謎を一緒に解明しようとした。謎が解けてしまえば、自分の思惑が台無しになる危険性があるのに、マツリカさんに事件のことを話したのは、そうとしか考えられないような気がするんです」

僕には、松橋すみれという人物のことはわからない。

けれど、こんなふうに考えたんじゃないだろうか？　文化祭という特別な状況下なら、普段の校舎の様子とはなにもかもが違っている。だから、いつもこの部屋に籠《こ》もって遠くから他人を観察してばかりいる気難しい魔女の手を取って、華やかで騒々しい景色を、共に見て廻《まわ》りたかったのではないだろうか——。

すべては、彼女を連れ出すための、口実だったのかもしれない。

僕だって、とても嬉《うれ》しかったのだ。

僕を助けるため、この廃墟から、わざわざあの場所へ来てくれたことが——。

僕の言葉に、マツリカさんは何度もまばたきを繰り返していた。

きょとんとした、それはどこかしら幼さの覗く表情だった。

「松橋さんは、確かそのあと転校してしまったんですよね。彼女にとって、最後の文化祭だったわけです。ただの想像ですけれど、それなら、そういった気持ちがあったとしても、おかしくはないんじゃないでしょうか」

それから、彼女は瞼《まぶた》を閉ざす。耳を傾けるような仕草でしばらく瞑目《めいもく》していた彼女は、やがてそっと吐息を漏らした。

「そう……。どうして、みんな、なにも言わずに去ってしまうのかしら」

そう呟《つぶや》く声音は、どこか寂しげで。

マツリカさんは、傍らのシーツを、優しい手付きで撫《な》でていた。

そんな表情もするのかと、呆然《ぼうぜん》と、見とれてしまっていた。

「おまえには、また、語られなかった言葉を、一つ見つけてもらったわね」

「僕は……」

語られなかった言葉を探している。その言葉は、僕の胸をぎゅっと締め付ける。

廃墟で寂しげに過ごす彼女は、あとどれくらいの言葉を見つけ出そうとしているのだろう。

春日さんが、自分のすべてを投げ打ってまで得ようとしたもの。

僕は、僕にとってのそれを、いつか見つけ出すことができるのだろうか――。

急激に、胸の中でわだかまっていた気持ちが、膨れ出すのを感じた。

「マツリカさんは、人がいいって、言いましたけれど……。正直、今回のこと、胸に刺さりました」

僕は俯いて、苦しい息を吐き出す。

「すべてを捧《ささ》げて、大切なものを見つけ出そうとしている子がいる。それなのに、僕はなにもしていないんです。姉さんがなにを考えて、どうしてあんなことになってしまったのか……。

ときどき、姉さんの友人と連絡をとって話を聞かせてもらっても、得られるものはなんにもなくて。僕の魂を全部捧げることで、なにかがわかるのなら、それでもいいって思うのに……。僕は、なにをどうしたらいいか、本当にわからないんです」

言葉と共に、吐く息が震えていく。視線を自分の膝元《ひざもと》に落として、ぎゅっと指を握り込むと、ぐらぐらと視界が揺らぎ始めた。僕は彼女の前で甘えたいわけではない。だから、こんなふうに言葉を震わせてしまったらだめなのに、僕は彼女にこのどうしようもないもどかしさを、聞いてもらいたくてたまらなかった。

「だから、春日さんのことは、自分のことみたいに思えて。だから、僕も証明したかったんだと思います。彼女の力になることで、僕にも力があるんだって……。なにかができる力が……。もし、姉さんが助けを求めてくれたのなら……。それに応《こた》えることが、できたはずなんだって」

「そう」

たった一言の相槌《あいづち》の、その言葉はどうしてか優しくて。

まるで、僕のわがままを辛抱強く聞いてくれる、姉さんの声に似ていた。

決して、取り戻すことが叶《かな》わないもの。

「でも、僕は、結局、またマツリカさんに頼ってばかりで……」

自力では、すべて解くことは叶わなかったから。

でも、涙は、零《こぼ》さないと決めた。

だから僕は唇に力を込めて、不細工な表情で俯き続ける。

「確かに、春日麻衣子は自らの存在意義を証明するために、すべてを捧げたのかもしれない。それはおまえにはできないことだったのでしょう。それでも、わたしは、あれが賢い方法だとは思わない」

ふわりと、優しいストロベリーの薫りが鼻を擽《くすぐ》った。

それは、心が掻《か》き乱されて、声にならない悲鳴をあげるとき、いつも寄り添ってくれる匂いだった。

眼を上げると、すぐ目の前にマツリカさんがいた。彼女は寝台から降りて、床に膝立ちになっていた。泣き止まない僕を見て、どうしたらいいだろうと、困ったふうに苦笑する姉さんの表情に、少しだけ似ていた。

「でも、僕は……」

冷たい指先が、頬に触れる。顎先をそっと持ち上げられて、僕の醜い表情を、彼女が上から覗き込んでくる。僕はその眼差しから、逃げることができない。

「思い出に、囚《とら》われてはいけないわ。それはおまえを縛り付けて、同時に前へ進ませることもするのでしょう。けれど、いつまでも囚われ続けていたら、それは呪いになってしまう」

どうしてだろう。その優しい言葉が心に浸透する度に、僕はかつて自分が吐き出したものを意識する。便器を摑《つか》んで、項垂《うなだ》れて、自分の無力さに喘《あえ》ぎ、すべての時間が止まってしまえばいいのにと呪ったそのときを思い起こす。

自分から零れて、散っていったもの。

「幸せだった思い出を、呪ってはいけないわ」

まばたきを繰り返し、マツリカさんを見上げた。

涙は彼女の優しい笑顔を、うまく映してはくれない。

「わたしが、それを祝福に変えてあげましょう」

彼女の匂いが近付く。長い髪がはらりと垂れて、僕の頬を撫った。冷たい指先に、頬と顎を摑まれている。僕は、これからこの美しい吸血鬼に血を奪われるのかもしれない、と漠然と思った。

けれど訪れたのは、額に触れた、甘く柔らかな接触だった。

「言ったでしょう。命題として共に考えてあげると——。おまえのその渇望は、おまえを成長させてきた。だから、思い出は呪いにせず、美しい祝福として胸に刻みなさい。なにも証明する必要はないわ。おまえは、ここにいる。おまえの価値は、わたしが知っているのだから」

なにも証明する必要はない。

過去を悔やんで、過去に囚われて。

自分にだって、生きている意味があるはずなんだと。

身体を折り曲げ、嗚咽《おえつ》を漏らしながら生きる必要なんて、きっとどこにもない。

きっと、姉さんは僕を必要としてくれていた。僕のことを大事に思っていたから、なにも言わなかった。僕はその命題を、少しずつ、時間を掛けて解き明かしていけばいい。

姉さんの存在を、呪いにしてはいけない。

姉さんのことがあったからこそ、前に進めたことだって、きっとある。誰かを救えたことだって、きっとあるはずなのだ。

「ありがとう、ございます」

それは、恥ずかしくて、擽ったかったけれど、マツリカさんが僕にくれた祝福だった。

だから、僕は涙で濡《ぬ》れた瞳《ひとみ》を隠すように、瞼を閉ざす。すぐ目の前にある美しい貌《かお》が、寂しげに眼を伏せた瞬間のことを思い出した。松橋すみれ。彼女の語らなかった言葉を想って、魔女は寝台のシーツを撫でつけた。もしかしたら、そこに並んで腰掛けた思い出があったのかもしれない。彼女の傍らに寄り添う人たちは、みんな、途中で彼女の元を去ってしまうのだ。そう考えた瞬間、僕は僕の頬に触れている、彼女の指先を摑んでいた。強く、縋《すが》るように、摑んだ。

僕はどこにも行かない。

途中で離れたりなんてしない。

あなたに、寂しい顔をさせたりなんて、しないから。

すべてを語ってもらうのには、時間がかかるかもしれない。僕も、自分の気持ちをすべて伝えられるなんて思わない。それでも、語らなかったことを後悔するようなことは、したくない。

一人では、どうしようもなくなったときがきたら、声を聞かせてほしい。それは羞恥や悪意に隠されて、どこかしら怪談めいた謎になってしまうのかもしれない。それでも、大切な人が声を上げたのなら、懸命に耳を傾けて、絶対に聞き逃すことはしないから。
僕はこの祝福を胸に抱いて、彼女の指先へ、そう誓った。

解説　青春学園ミステリの里程標となる傑作

宇田川拓也《うだがわたくや》（ときわ書房本店　文芸書・文庫担当）

二〇〇九年、第十九回鮎川哲也《あゆかわてつや》賞受賞作『午前零時のサンドリヨン』で颯爽《さっそう》とデビューした相沢沙呼《あいざわさこ》にとって、作家生活十周年にあたる二〇一九年は、単にキャリアの節目を迎えたこと以上に大きな意味を持つ記念すべき年となった。

その年の九月に講談社から刊行された『medium《メディウム》 霊媒探偵城塚《じょうづか》 翡翠《ひすい》』は、難事件を解決に導いたこともある推理作家の香月史郎《こうげつしろう》と人形めいた美貌《びぼう》の霊媒師である城塚翡翠のコンビが複数の殺人事件解明に挑むいっぽうで、一切の証拠を残さず若い女性ばかりを狙う殺人鬼の魔手が翡翠に忍び寄る——といった内容の連作形式の作品だ。初版に巻かれた黒地の帯には金色の文字で「すべてが、伏線。」とのみ記され、なんとも挑発的だが、物語の後半で起こる度肝を抜く展開と目を見張る奇術を観《み》るがごときめくるめくロジックは、その惹句《じゃっく》に偽りなし。たちまち大絶賛を巻き起こし、年末に発表される『このミステリーがすごい！ ２０２０年版』国内篇と『２０２０ 本格ミステリ・ベスト10』国内ランキングで第一位に輝き、Apple Books ２０１９年ベストブックのベストミステリーに選出された。その勢いは年が改まっても衰えず、全国書店員の投票によって決定する「２０２０年本屋大賞」にもノミネートされ、ミステリファンだけに留まらない厚い支持を印象付けた。

とはいえ、なにも相沢沙呼は『medium 霊媒探偵城塚翡翠』で突然〝化けた〟わけではない。際立った現象が起こる前には、何某《なにがし》かの予兆があるものだが、本作『マツリカ・マトリョシカ』こそ、そのブレイク前夜を象徴する重要かつ格別な一作である。もっといってしまえば、著者が自らの作風の限界に挑んだ入魂の作品であるとともに、日本ミステリ史における青春学園ミステリの里程標となる傑作なのだ。

冴《さ》えない内気な高校生の柴山祐希《しばやまゆうき》が出会った、学校の向かいにある廃墟《はいきょ》ビルに住み、双眼鏡で校舎を観察している魔女めいた正体不明の美しき女子高生〝マツリカ〟。彼女から「おまえ」「柴犬《しばいぬ》」と呼ばれ、命じられるがまま学校の怪談を調査する柴山が遭遇した謎を〝廃墟の魔女〟が解き明かす連作集『マツリカ・マジョルカ』『マツリカ・マハリタ』に続く本作は、シリーズ第三弾にして初の長編だ。

ある日、女子テニス部の部室の天井に浮かぶ女性の顔のような動く染み「怪奇、顔の染み女」の調査に行き詰まっていた柴山は、美術部の一年生である春日麻衣子《かすがまいこ》から、いまは〝開かずの扉〟となっている第一美術準備室にまつわる不思議な話を耳にする。かつて〝胡蝶《こちょう》さん〟なる女子生徒が首を吊《つ》ったとされるそこに、どこからともなく現れては消える一匹の蝶《ちょう》。そして文化祭の準備でこの部屋に入った女子生徒が忽然《こつぜん》と行方知れずになり、一週間も経ってから校庭の片隅で見つかった少女は、うわごとのように「胡蝶さん、胡蝶さん……」と繰り返すばかり――というものだった。

後日、いわく付きの第一美術準備室へ向かおうとした柴山はクラスメイトの村木翔子《むらきしょうこ》から、二年前にそこで女子生徒が襲われる事件があったことを教えられ、さらに写真部の高梨千智《たかなしちさと》と松本《まつもと》まりかとともに〝開かずの扉〟を開ける場に立ち会うことに。

いざ開け放たれた室内は、異様なことになっていた。女子の制服を着せられたトルソーが仰向けに倒れ、無数の青い蝶の標本に彩られている。その傍らには錆《さ》びたカッターが落ちており、トルソーの胸ポケットにはカエルのキーホルダーが付いた自転車の鍵《かぎ》が入っていた。窓には鍵が掛けられ、さながら密室殺人事件の現場のごときこの状況を、高梨は「密室殺トルソー事件」と命名。加えてトルソーが着ていた制服に関して柴山に不名誉極まりない疑惑の目が向けられ、さらにはこれが密室状況下で女子生徒が襲われた二年前の事件と瓜二《うりふた》つであることが判明する。こうして柴山は春日や友人たちと、現在と過去――ふたつの密室を解き明かす調査に乗り出し、一連の出来事をマツリカに報告するのだが……。

タイトルの〝マトリョシカ〟とは、人形を上下に分割すると、なかにひと回り小さな同形の人形が入っていて、さらにそのなかにも同じように人形が――という入れ子細工でお馴染《なじ》みのロシアの民芸品のことだ。そっくり重なった現在と過去の密室は、まさにマトリョシカのごとくであり、柴山をはじめ登場人物たちが各々展開し、作中で幾度も繰り返される推理のトライ&エラーもまた、解いても解いても崩し切れない謎が現れるという意味でしかりといえる。

そんな本作の特徴を挙げると、やはり一番はこの多重解決の型破りな濃度にある。〈マツリカ〉シリーズは学園を舞台にした、いわゆる「日常の謎」系のミステリである。こうしたタイプの作品は基本的にライトな読み心地がセールスポイントであり、謎解きも入り組んだ難解なものや高度な専門知識を要するものは避けられがちだ。『マジョルカ』『マハリタ』も重大な出来事は起こるものの物語の基調はライトテイストであり、マツリカが披露する推理もその味わいを損ねないものになっている。ところが本作では一転、「日常の謎」の限界を試すような推理に次ぐ推理が人物を変えながら繰り広げられていく。

穿《うが》った見方かもしれないが、第五章にある高梨のセリフ「まぁ、本格マニアやったら、人が死んでいない密室は密室じゃないと言うかもしれん」からは、ならば本格マニアも認める〝人が死んでいない密室〟を書いてやろうではないか——という歯ぎしりが、松本まりかの問い「人が死なない密室を書いた小説で有名なものはないんですか？」に対する返答「少なくとも長編の作品でそういうのはあまりないんとちゃうか？　最近はライトミステリとか増えてきておるから、短編とかならあるかもしれへん」からは、ならば〝あまりない〟長編で〝人が死なない密室を書いた小説〟の決定版をものしてみせようではないか——という著者の滾《たぎ》る野心が透けて見えるようだ。

著者はデビュー作以来、本格ミステリ作品では「殺人事件」を扱うことに背を向け、作家活動十年を迎えてようやく『medium 霊媒探偵城塚翡翠』をもってその禁を破ったほど、「日常の謎」に並々ならぬ意欲で取り組んできた。その書き手がじつに堅牢《けんろう》な謎を用意し、ジャンルの枠を壊しかねないほどこれでもかと謎解き要素と見せ場を詰め込んだのだから、本格マニアも本作には素直に唸《うな》るしかあるまい。

しかも、それだけ振り切った内容にもかかわらず、軽妙な「日常の謎」のトーンが損なわれることもなければ、本格ミステリとしても青春小説としても隅々まで目が行き届き、型崩れを起こしていないのだから畏《おそ》れ入る。

さらに驚くべきは、じつは『マジョルカ』『マハリタ』の二冊が丸ごと本作の伏線だった、あるいは長いプロローグだったと思えるような、考え抜かれた構成だ。

興《きょう》を削《そ》いではいけないのでいちいち列挙することは控えるが、たとえば、思春期の少年が女性に対して抱いているセンシティブな内面を描いた小説としても秀逸な本シリーズの魅力が、終盤の謎解きにおいても極めて重要な役割を果たす点（そうか、そういうものなのか。いわれてみれば確かに——と柴山くんと一緒に得心する男性読者も、きっと少なくあるまい）。また、クライマックスのマツリカ登場シーンも、前二作を踏まえていればこそ最大級に映えるものだ（ちなみに、柴山とマツリカによる役割を分けた過去密室&現代密室解明の構図も〝マトリョシカ〟的といえる）。そう考えると「すべてが、伏線。」というインパクト抜群の惹句は、先に本作で使われていてもおかしくはなかったのではないかと思えてくる。

物語の青春小説的側面にも目を向けると、謎が解き明かされ、ついに判明した犯人に、柴山は自分自身を見る（その重なりもまた〝マトリョシカ〟的だ）。柴山と犯人が対峙《たいじ》し、言葉を交わすなかから浮かび上がる、自分の居場所と存在価値を求める懊悩《おうのう》、青春のすべてを捧《ささ》げてでも届かない答えに必死で手を伸ばし続ける切実さ。犯行の動機となるその強烈な想いは、少年少女たちが真相を求めて過ごした時間が眩《まばゆ》いばかりに愉《たの》しいひとときだったからこそ、犯人の心を苛《さいな》む。その苦しみと痛みを少しでも和らげようと、今回の事件を通じてわかったことをそっと告げる柴山の姿は、これまで晒《さら》してきた情けないあれこれを帳消しにするほど男前で、シリーズ愛読者の目には頼もしく映るに違いない。

とはいえ、柴山が大きな成長を遂げたことで、シリーズの終着点も一気に近づいてしまった感があるのも事実だ。さて、このような破格の作品のあとに、我らが相沢沙呼はいったいどんな続きを考えているのか。大きな期待を胸に、その完成を鶴首《かくしゅ》して待ちたい。

最後に、これからしばらくは『medium 霊媒探偵城塚翡翠』で初めて相沢作品に触れる読者も多いであろうことを見越して、念を押しておこう。

本作は著者が「日常の謎」の限界に挑んだ入魂の作品であるとともに、日本ミステリ史における青春学園ミステリの里程標となる傑作である。

本書は二〇一七年八月、小社より単行本として刊行されました。

マツリカ・マトリョシカ

相沢沙呼《あいざわさこ》

令和2年 3月25日　初版発行
令和2年 12月20日　4版発行

発行者●堀内大示

発行●株式会社KADOKAWA
〒102-8177　東京都千代田区富士見2-13-3
電話　0570-002-301（ナビダイヤル）

角川文庫 22091

印刷所●旭印刷株式会社
製本所●株式会社ビルディング・ブックセンター

表紙画●和田三造

●お問い合わせ
https://www.kadokawa.co.jp/（「お問い合わせ」へお進みください）
※内容によっては、お答えできない場合があります。
※サポートは日本国内のみとさせていただきます。
※Japanese text only

ISBN 978-4-04-109003-9　C0193

◇◇◇

角川文庫発刊に際して

角川源義

第二次世界大戦の敗北は、軍事力の敗北であった以上に、私たちの若い文化力の敗退であった。私たちの文化が戦争に対して如何に無力であり、単なるあだ花に過ぎなかったかを、私たちは身を以て体験し痛感した。西洋近代文化の摂取にとって、明治以後八十年の歳月は決して短かすぎたとは言えない。にもかかわらず、近代文化の伝統を確立し、自由な批判と柔軟な良識に富む文化層として自らを形成することに私たちは失敗して来た。そしてこれは、各層への文化の普及滲透を任務とする出版人の責任でもあった。

一九四五年以来、私たちは再び振出しに戻り、第一歩から踏み出すことを余儀なくされた。これは大きな不幸ではあるが、反面、これまでの混沌・未熟・歪曲の中にあった我が国の文化に秩序と確たる基礎を齎らすためには絶好の機会でもある。角川書店は、このような祖国の文化的危機にあたり、微力をも顧みず再建の礎石たるべき抱負と決意とをもって出発したが、ここに創立以来の念願を果すべく角川文庫を発刊する。これまで刊行されたあらゆる全集叢書文庫類の長所と短所とを検討し、古今東西の不朽の典籍を、良心的編集のもとに、廉価に、そして書架にふさわしい美本として、多くのひとびとに提供しようとする。しかし私たちは徒らに百科全書的な知識のジレッタントを作ることを目的とせず、あくまで祖国の文化に秩序と再建への道を示し、この文庫を角川書店の栄ある事業として、今後永久に継続発展せしめ、学芸と教養との殿堂として大成せんことを期したい。多くの読書子の愛情ある忠言と支持とによって、この希望と抱負とを完遂せしめられんことを願う。

一九四九年五月三日